U0107284

从北京
到北平

清末民初的
士人生活记忆

方彪 著

团结出版社
UNITY PRESS

图书在版编目（CIP）数据

从北京到北平：清末民初的士人生活记忆 / 方彪著
. 一北京：团结出版社，2024.1
　　ISBN 978-7-5234-0569-7

　　Ⅰ.①从… Ⅱ.①方… Ⅲ.①随笔—作品集—中国—
当代 Ⅳ.① I267.1

　　中国版本图书馆 CIP 数据核字（2023）第 208340 号

出　版：团结出版社
　　　　（北京市东城区东皇城根南街 84 号 邮编：100006）
电　话：（010）65228880 65244790（出版社）
　　　　（010）65238766　85113874　65133603（发行部）
　　　　（010）65133603（邮购）
网　址：http：//www.tjpress.com
E-mail：zb65244790@vip.163.com
　　　　tjcbsfxb@163.com（发行部邮购）
经　销：全国新华书店
印　装：天津盛辉印刷有限公司

开　本：170mm×240mm　　16 开
印　张：17.75
字　数：241 千字
版　次：2024 年 1 月　第 1 版
印　次：2024 年 1 月　第 1 次印刷

书　号：978-7-5234-0569-7
定　价：59.00 元

自序

余 1945 年生人，难称"老北京"。20 世纪五六十年代生活在祖父、祖母膝下，周围有不少前清"遗老"、北洋"旧贵"。这些人经历了北京由清廷的"京师"，到民国的"首都"，又到了"北平特别市"之变，"几度浮沉几度秋"，所历所阅甚深。

从文化角度来讲，19 世纪末 20 世纪初正值转型的过程。有"觉者"也有"滞者"；有历史的传承也有时代的变革；有排斥、借鉴，也有认同、融合。鸿雁雪泥，留下了历史的印迹，也就是时下的"老北京"。

余所学所业，均围绕着北京。可叹读书不求甚解，著书不成一家之言。尝曰"退休后写小说"。《四合梦》《末代镖师》出版后，知小说不可为也，有"累矣"之感。友人劝余曰："何不操《京城百怪》《九门红尘》……之后，再度回归。"思之，实为佳择。

遂将《从北京到北平：清末民初的士人生活记忆》提上日程。脱稿后承蒙团结出版社诸先生抬爱得以出版。所记多系亲闻，但证之、考之而后用，庶几不失其真。如有失真，聆听方家正之、哂之，以免误谬流传。款款之心专此布达，愿先进诸公不吝赐教。

目录
Contents

一、衣

衣、食、住、行，"衣"居首。这是因为官场之上，衣是身份、等级最凸显的标识。明清鼎革之际，衣冠大变，这种"变"，是用屠刀完成的。1912年步入共和，衣冠亦是大变，这种变，基本上是正常的"过渡"。明清两朝的官服，《会典》有明载，本书也就不当"文抄公"了。本章节中的"衣"不单指服饰，还包括帽子、配饰等。

进入 20 世纪后，衣冠之变且巨且速。第一次变化是清末实施新政时。爱新觉罗氏惩前之鉴，入主中原后竭力防止"汉化"。其实，"汉化"也就是"中原化""儒化"，从文明的进程来讲是一种进步。雄才伟略的北魏孝文帝迁都洛阳之后，实施了许多"汉化"政策，促成了南北朝时期的民族大融合。这种融合是中原的农耕民族和草原的游牧民族互相注入生机，是一种互补，亦是正能量的合涌，为盛唐盛世奠定了人文始基。

可是爱新觉罗氏实逊拓跋氏三筹，定鼎北京后强行"剃发易服"。其铁血之道是"留头不留发，留发不留头"。至于"易服"，汉民族的"宽袍广袖"适合庙堂之上"坐而论道"，但于公私生活并不适宜，对下层民众尤甚。故早在战国时期，赵武灵王就实行过"胡服骑射"。

清末编练新军，建制、装备、训练"全盘西化"。以军装而言，飞跃到了 20 世纪。可是新军头上还有辫子，在热兵器时代，头部受伤后辫子实为麻烦，故在许多西方国家一线士兵剃光头。在白刃战中，特别是格斗中，辫子一旦被对方揪住，后果不堪设想。新军中的洋教官讥讽曰："大清军人的辫子只有一个时候有用处，就是斩首之时。"

洋人反对新军留辫子，清廷只能予以重视，于是明令新军不留辫。但并未执行，新军的官兵只是把辫子盘到了头上，故军帽需加宽加大。

新军起义时，为了区分敌我，则剪掉了辫子，此举也在宣示，"不成功则成仁"。起义获得胜利的地区，时人称之为"光复"。"光复"后男性民众则纷纷剪掉辫子。民国的军警，并未强行剪辫，一些"遗老"的辫子得以"犹存"。

"光复"后，一些有南社情怀的文人雅士，则"复我旧衣冠"。穿上唐宋以至周汉的宽袍广袖，峨冠玉带以示"重光"。钱玄同就是其中之一，此举犹如闹剧，闹几天也就收场了。

民国未实行"留辫不留头"，但两亿多条辫子全剪掉了。旗袍是满族妇女的"制服"，是否穿旗袍是区分汉、满女性的标识之一。但辛亥革命后汉族妇女开始穿上旗袍，在 20 世纪前期，旗袍可以说是中国妇女的"制服"。时下，旗袍不但犹存，而且不失时髦，甚至可以说是中国妇女的"国服"。

第二次服饰巨变是在北伐以后，国民革命军的军装和北洋军多异，文职人员则更异。国民革命军中有女兵，这些女兵和民国元年的"女子北伐队"不同，首先是数量多，其次是存在的时间长，故影响也就大。党政机关中的女兵，不可能穿旗袍，而是需要更干练的服饰。但随着"军事北伐，政治南伐"，服饰之变也就滞而不前了。

下文以帽、衣、鞋、包、手杖、手枪为专题，分述如下。

帽——君子正冠

国人甚重帽，"衣冠不整"则被视为"化外之士"。故孔子的高徒子路，被乱刀砍死之前还要"正冠"。如果说服饰是地位、身份品级的标识，帽子则是标识中的标识。"乌纱帽"和"高官"也就成了可以互相替代之语。

清廷的官员，均戴"翎顶大帽"，又称为"官帽"。一品官员的"顶子"（帽子最高部位的顶珠）为红宝石，二品为珊瑚，两者均是红色，故"红顶子"就成为高官的"别称"，以至有"煞红了顶子"，"以人血染红了顶子"之说。三品为蓝宝石，四品为贵金石，五品为水晶，六品为砗磲，七品为素金，八品为阴文镂花金，九品为阳文镂花金。顶子下有翎管，用于插翎子，翎子有花翎、蓝翎之别。花翎是一、二品以上高官的配饰，宗室王公可戴三翎。大臣中有"殊功"者，亦可"赏戴三眼花翎"。翎就是孔雀毛，西方人讥之曰"孔雀尾巴"。

"翎顶大帽"不是统一配发的，得自制。嘉庆年间开办的帽店马聚源专为官员制帽，除翎顶大帽外，也制便帽，如小帽（又称瓜皮帽）、风雪帽、三块瓦皮帽等款式，颇能领京城时尚，故官场之上有"头顶马聚源"之说。

孙中山先生领导的南京政府，废除了《大清会典》，旧官帽当然不存。可是"未暇布新"，从老照片上来看，大多数南京政府的官员穿新军的军装，自然头戴军帽。余者多穿西装，自然也就头戴西式礼帽。礼帽是国人的称谓，其实是西方人称之为便帽。

袁世凯继任中华民国临时大总统后，在服装上颇为"革新"，文官的大礼服是西式的燕尾服，帽子自然是名副其实的"大礼帽"。武官的大礼服是德、法合璧，军帽颇有新意，为法式帽德式缨，老百姓称之为"民国顶子"，又称之为"冲天冠"，时下电视剧中常见。

文武官员穿大礼服、戴大礼帽时甚少，原因是不方便。平常还是戴各种便帽。布质、呢质均有，因季节而异。夏季多戴"西式凉帽"，也就是编成的"西帽"，多用麦秆等物制成。

衣——四要之首

清顺治年间实行"剃发易服"后，明代的"宽袍广袖"退出了历史舞台，清代的服饰大体上可分为袍、褂、袄、衫、裤。袍、褂为官场服饰。长袍开衩，宗室有爵位者四开衩，余者均系两侧开衩。故"四开衩"也是显贵的标识，民人见之"侧目回避"。官员们的袍子称为"蟒袍"，胸前背后有"补子"，文官用禽，一品为仙鹤、二品为锦鸡、三品为孔雀、四品为云雁、五品为白鹇、六品为鸬鹚、七品为𪁗𪁎、八品为黄鹂、九品为鹌鹑，不入品者为练鹊。武官用兽，一品二品为狮子、三品四品为虎豹、五品为熊罴、六品七品为彪、八品为犀牛、九品为海马。

"褂"于官场而言，是指"马褂"。马褂穿于袍外，顾名思义是骑马的"制服"。八旗兵"从龙入关"，"凭弓马夺天下"，故马褂又称为"箭衣"。东北地区冬季漫长而寒冷，长时间握着马缰绳手会冻伤。为了解决这一问题，马褂接出了一块，状若"马蹄"，时人称之为"马蹄袖"。手藏于马蹄袖中，即可防寒保暖，平时则挽在衣袖上。

马蹄袖还有一项"大用"就是见尊者、上司、皇帝时，将挽起来的马蹄袖放下来，手套在马蹄袖里，请安、叩头。表示"我是您的马，任您骑驰"。有人制了一个笔筒，造型取于马蹄袖，口朝上，置于案头承笔，其用意可谓深矣。

只有皇上的马蹄袖，不防寒不会放下来。皇上见太上皇、太后时是否放下来，待考。皇上的马褂为黄色。显贵高官立了"殊勋"，可赏穿黄马褂。在镇压太平天国、捻军的过程中，对于建立了"殊勋"者，清廷无官可升，无银可赏，只好"来虚的"。戴红顶子、穿黄马褂的下级军官比比皆是。

有钱能使鬼推磨。胡雪岩是"红顶商人"，可是他还想更上一层楼，借助恭亲王奕䜣，获得了赏穿黄马褂的"殊荣"。但是他知趣、识相，平日不穿，只在内部宴会上和家族祭祖仪式上"显摆显摆"。

清末民初永增军装局的老掌柜王久成，在民国初年用银子打通关节，进宫给溥仪叩头，成了小朝廷的"都统"（纵一品），得到了戴红顶子、穿黄马褂的"殊荣"，成为一时笑谈。

马褂在民国时期不但"犹存"，而且仍是官场服饰。与清所异，是没有了马蹄袖，颜色、材质几乎全是黑色的礼服呢。学生们对马褂很反感，北大学生军的口号之一就是"脱下西装，不穿马褂"。

应该指出的是，民国文官的制式大礼服是黑色的燕尾服。交通部、外交部等"阔衙门"，用公款"定制"发给科长以上官员。教育部是最穷的衙门，查阅《鲁迅日记》，未见发大礼服的记载。况且，大礼服只在礼仪、典仪场合使用，平时穿着确实不便，洋派官员穿西装，旧派官员仍穿大褂、马褂。

马褂向黑色趋同，坎肩亦然。坎肩穿于大褂外，非礼服，是有装饰作用、保暖作用的便服。马褂穿在大褂外面，难免有不舒适之感，坎肩无袖，穿在大褂外、大衣里，很贴身。

明嘉靖时明定：读书人的"袍"为蓝色黑边。久而久之成了传统蓝大褂，为读书人所钟爱。老北京的师生，大多穿蓝大褂。蓝大褂虽无制服之名，但有标识之实。侦缉队穿灰大褂，灰大褂是发的制服。故灰大褂成了警察的代称。商人也穿灰大褂，但商人和官人的做派不同，前者谦和，后者气盛；前者卑恭，后者霸道，两者极易区分。

民国初期官员的大褂多为烟色，又称古铜色、咖啡色或喇嘛黄，这几种颜色的大褂和黑色的马褂搭配在一起，两者"皆彰"，能凸显官气、

一、衣

005

官派。大概也有和蓝大褂、灰大褂进行区分之意。

1928年"国府南迁"之后，明定文官的礼服为蓝绫绸的大褂，黑礼服呢的马褂、西裤、革履、礼帽。此五者组合到一起后，实乃不伦不类。究其因，反对"全盘西化"系其一。20世纪20年代末30年代初，批判胡适"全盘西化"。时人讥之曰革履、礼帽皆来自西方。思考的脑袋西化了，走路的脚西化了，只剩下"中段"，不西化也难，想西化也西化不了。

袁世凯的礼服"全盘西化"，蒋介石的礼服保留了"中段"。蒋介石召开伪国大，当选了"中华民国大总统"，在就职典礼上就是礼帽、礼服呢马褂、蓝绫绸大褂、西裤、革履的"民国大礼服"。时人嘲之曰："四不像"。

需要补充的是，在礼服问题上蒋介石还要了个"小阴谋"，借以戏弄一下副总统李宗仁。在就职大典前夕，蒋介石放出消息，就职时穿西装，于是李宗仁准备了一套西装。但就职的前夜蒋介石又改变了主意，正式宣布在就职大典上穿"民国文官礼服"，也就是"四不像"。李宗仁无法在一夜之间赶制出一套"四不像"，于是只能穿军装出席就职典礼。

当"蒋总统"和"李副总统"一同出现在主席台上时，李宗仁本来就身材矮小，跟在蒋介石的后边很像是随从副官。此照见报后，时人多有调侃。"有向灯的有向火的"，甭管怎么说，李宗仁都窝了一肚子气，出气的方法是三大战役之后，指使桂系所控制的河南、湖北等省"议会"，通电逼蒋介石下野。李宗仁由副总统变成了李代总统。但蒋是"退而不休"，李是"代而不理"，闹出了一场丑剧。

国民党的党务人员，时人称之为"党棍"。"党棍"们自认为是"中山先生嫡传"，故大多穿黑色的中山服，戴深灰色的西式礼帽，也就是西人的便帽。为了显示廉洁，黑色的中山装多为布质，帽子也不高，时人称之为"青衣小帽"。清末的"小民"皆是"青衣小帽",所不同者,青衣是黑色的对襟褂子,小帽就是六瓣合成的"西瓜帽"。

"党棍"们的"青衣小帽"和"长袍青褂"相比,确实显得有些寒酸。但时人并不视之为廉洁。时谚有云:"官僚斗不过党棍","党棍"确实是又黑又阴又损,"玩真的""玩邪的",还是避之三舍为上计。

20世纪30年代初蒋介石组织"复兴社",其特务处就是军统局的前身。时人又称复兴社为"蓝衣社",原因是复兴社的骨干分子著书主张穿蓝衣,以和"党棍"区分。穿蓝衣以示区分,大概是"党棍"们把"黑衣"弄得太臭了。由于诸多原因,复兴社也未能成为"蓝衣帮"。

鞋——足下生辉

清代的官员是翎顶大帽,蟒袍官靴。靴子是骑马所需,坐轿、坐车实无必要。但朝廷定制,又不得不遵。故官靴又称为"朝靴",上朝时即便酷热,也得穿靴子。夏季虽有通风透气的"凉靴",但穿起来还是没有布鞋舒服。一些老臣,特别是地方官,除非出席"典仪",否则不穿官靴,以布履"临案理事"。但不论是何许官员,面圣之时必须穿官靴,所以官靴之名渐被朝靴所取代。能够面圣的官员,当然是高官。"不够档"的官员,为了让"驾前称臣"的企盼成为现实,也乐于把脚下的官靴称为"朝靴"——上朝时所穿,面圣时所穿。

京官当然要经常面圣,外官进京述职也要面圣。所以必备朝靴。北京有家制鞋的老字号名曰内联升,前店后坊,专制朝靴。"内"指"大内",也就是紫禁城。能进入大内的官员,当然是面圣请训、面圣听训,而且与"升"相"联",实可谓官场之上的大吉。

清廷的高官,多有患足疾、脚气者。今人究之,其因有二,所食皆为精粮、精肉，久而久之体内也就开始缺乏维生素；出门即坐车乘轿，足不运动，亦是酿成足疾、脚气之因。"足下不适"，在本地、本衙怎么都好办，趿拉着鞋"临案理事"亦属可也。

若是面圣，进谒当轴的高官，拜会同僚，即便是会见区区御史，也得正冠、正衣、正靴。且不说"君前失仪"的后果不堪设想。上司、同僚、言官们若是"挑了眼"也会"麻烦至身"，弄不好能"有误前程"。

正因如此，官员们对朝靴都很重视。均会制备下跟脚、适脚之靴。小官当然是自备，高官自有门生故吏为恩师、恩上操心，送上跟脚、适脚之靴。民间不送鞋，因为"鞋"与"邪"同音，官场之上则不然，送靴可也。一表示您踩着我步步高升，二表示您步金阶时不忘提"携"。这也是官俗民俗之异。

送靴在当时是件难事，尤其是给患有足疾、脚气的人。于是，内联升应时、应需而兴。其经营策略是服务到家，但达官显贵们的家门可不是好进的。

若遇见豁达的高官，可让制鞋匠当面量脚型，这套程序当然可免。但官做大了，多难于豁达。门生故吏们只好打通"小跟班"的关节"小事大办"。一双靴子，可以说是区区小事。但官场之上，很有可能就是大事，和前程联系在一起，故"小事"值得"大办"。

不论视为"小事"，还是视为"大事"。总之，内联升把事给办了，"办其事联其值"。定制一双朝靴，文银五十两。实可谓之天价，开出天价仍有人"定货"的原因是天价有"天值"。清代七品京官月份三两七钱，年俸不足五十两。用五十两为恩师、恩上定做一双朝靴，一定是"物有所值"。所以说用五十两买双靴子绝不是"冒傻气"，更不是"冤大头"，而是"准能找得回来"。

从袁世凯小站练兵始，中国陆军在编制、装备、后勤、训练诸方面开始步入近代。仍以"鞋"为论，"支撑大清江山"的湘军、淮军是"草鞋兵"，一年中大部分时间都穿草鞋。北上"剿捻"后，所需的军鞋有两个渠道，一是在作战地区就近解决，解决的方式无外乎向地方摊派；二是向"子弟兵"的家乡摊派。两种摊派之异，前者基本上是"征调"；后者大多是"定制"。由地方官制定"指标"，按户派差，验收时"给值"；在子弟兵家乡设立服务性后勤补给基地，也就是乡情所聚，亲情所钟，图个放心。湘军、淮军的军装，解决的方式和军鞋大体相同。

袁世凯小站练兵，首批约七千多人。后来规模不断扩大，练出了北洋六镇（师），袁世凯也就成了北洋军阀的领袖，近代中国第一军事"强人"。湘军、淮军是由乡勇、民团等地主武装组合而成，在镇压太平天国和捻军的过程中，转战了大半个中国，是打出来的"乡情子弟兵"。北洋军是利用德械、德操，在操场上训练出来"新军"，时人讥之曰"假洋兵"。

小站练兵时的北洋新军确实是"洋"，不但装备了洋枪、洋炮、洋马，而且身穿洋装、头戴洋帽、脚踏洋靴。出操时由德国教官喊着"洋号"（口令），当兵的"人和腿都变直了、变硬了"，"洋靴子踏得操场山响，二里地外都听得见"。

"草鞋兵"的草鞋是当兵的自己打的，此项传统直到抗日战争中犹存。军布鞋、军装，当兵的粗手难拿细针，很难自己做。所以兵营外就自发地出现了修鞋匠、缝穷妇等随军服务行当。一日袁世凯在小站街头巡视，发现了两名士兵在街头大打出手，原来是因修鞋的先后顺序发生了争执。

袁世凯遂对街边的修鞋匠说："你多叫上几个同行，到我营门口开个修鞋铺怎样？"修鞋的上前施礼答道："大人抬爱，当全力效劳，只是……"袁世凯曰："本由我出，钱由你赚，把全营上下的军靴都给我修好。"这个修鞋匠后来成了北洋军最大的承包商，也就是大名鼎鼎的王久成。"王氏鞋铺"后来发展成永增军装局，系"联合企业"。

新军的军靴初始时是"引进"西方的，西方人的脚型和中国人"多异"，中国军人穿惯了草鞋、布鞋，对皮鞋、皮靴很不适应。前者通风、透气，后者捂脚、闷脚。故新军中患足疾、脚气者甚多，北洋军第一把手袁世凯，第二把手段祺瑞亦不能幸免，于是永增军装局也步内联升之后，对高级军官们"服务到家"。

辛亥革命后，朝靴退出了历史舞台，军靴蒸蒸日上，大小军阀招兵扩军，永增军装局实可谓"买卖兴隆通四海，财源茂盛达三疆"。朝靴无人问津了，内联升却打开了新局面。加工、定制千层底，礼服呢面、软缎面的布鞋，供"公教人员"所需。公就是"公务员"，教就是"教员"。两者均是"吃官饭的"，由各级政府"开支"（教员中虽有在私立学校执教者，但在公立学校执教者是多数）。软缎面的千层底布鞋，和蓝绫绸大褂、礼服呢马褂很配套，可谓"足下生辉"，给人以眼前一亮的感觉。

黑软缎虽然惹眼、招眼，但"不结实"，用老北京话来说，就是爱"出尖""顶尖"，也就是大脚趾极易把软缎顶破露出个"尖"来，故"教书匠"极少有穿"缎履"者，但官场之上的摩登之人对"缎履"情有独钟。因为当官的有汽车、马车、洋车恭候，"出门就上车"，很少走路，不怕"出尖""顶尖"。

永增军装局在20世纪40年代关门大吉，内联升一直红火，时下依然红火。一百多年以前"头顶马聚源，脚踩内联升"是身份的标志，是时髦、时尚，是风骚。时下，皮鞋中国化、球鞋大众化、旅游鞋普及化，布鞋成了"老土"。但内联升的千层底，黑礼服呢面、黑软缎面的"布履"是"土中不土"，原因是物极必反、"土极则洋"。

包——土洋有择

时下，各种包甚多，书包、背包、挎包、提包……老妪或许想起上小学时所用的第一个花书包；老翁也许想到青年时的军挎包，上面有雷锋头像和五个大红字——为人民服务。

其实，再小巧、精制、高雅、昂贵的包，起源也是一个"大包袱皮"。一块见方的粗布、土布，四角一系，拎起来走人。所包之物，系随身所需。普通人当然是自己拎着走，官人则有一个随从跟在身后"拎包"。久而久之，"拎包的"成为一种职业。清代叫"跟包的""小跟班"，民国则称为"随身副官""侍从秘书"。"大包袱皮"也就发展成皮包、公文包、挎包、图囊。

官场之上的皮包，大多用来装文件，故又称之为"公文包"。文职官员的"公文包"是横向的长方形，提手居中者的档次较高，大多由随从提着。提手居角者，档次较低，一般的情况下是自己拎着或夹着。

1928年北伐战争之后，"国府南迁"。随着"金陵王气"，北京变成了北平。凡有些门路的人，纷纷"孔雀东南飞"。北洋旧人大多想方设法改换门庭，投向南京谋个职位。行前，在衣着上也都要"党化"，穿上中山装，戴上青天白日的党徽，甚者，臂上还戴上青天白日的袖标。理所当然，也就提着皮包、夹着皮包到前门东火车站上火车，到天津后转乘津浦线，再到达南京。这条路名为"报效党国"，实为"升官发财"。北洋老人纷纷投向南京，只能坐在茶馆中侃大山的人就产生了羡慕、嫉妒、恨，慨叹"军事北伐，政治南伐"。可是自己又挤不进"南伐军"。见了

"党化"的人，则讥之曰："您这是要上哪？人家是夹着皮包上火车；您是夹着火车上皮包。找不着北，也摸不到门，换了套行头，也没戏。"

武职官员的皮包一般称为"图囊"，里面装着地图、放大镜、指北针等物，一般情况下由副官、侍从参谋、勤务兵背着，是竖状长方形。身边能有背"图囊"的随从，官阶大概不会低于团级。

手杖——饰物凶物

手杖本名"扶老"，老北京人称之为"拐棍儿"。顾名思义，其旨在"用"不在"饰"。一些德高望重的老臣，或是"三朝元老"或乃"先帝所遗"，或是"受托孤之任"，虽体弱身衰，但于情于势难于从其"告老"，于是多赐手杖，准其"扶杖入朝"。清代对于老臣的殊遇为"紫禁城骑马""紫禁城乘肩舆"。

京官平常由东华门进宫，皇帝大多在养心殿召见群臣，由东华门到养心殿的距离可不短，老臣们实难"跶着走"。于是皇上体贴老臣，入宫后安排其乘二人小轿，下轿后由太监搀扶到御前。所谓的"赐坐"，也就是可坐于"垫"上，"坐"着总比"跪"着要舒服些。于时下的老者而言，坐在"垫"上恐怕都有些"吃不消"。原因是"坐不下，起不来"。一百多年前的"老臣"大概也得由太监搀扶。赐老臣以"龙头拐杖"，"上打昏君下打奸臣"，是说书先生的编造。

西方人的"手杖"，老北京人称之为"文明棍"。腿变直了的假洋鬼子，往往手执"文明棍"。但不拄着走，而是夹着走，高兴时，还能在身侧"转个圈"，颇为潇洒，更是自鸣得意。鲁迅笔下"假洋鬼子"手中的"文明棍"，对于阿Q来说，则是可怕的"利器"了。

手杖系利器，可上溯到英国的"手杖国会"。议员们在下院（众议院）辩论时往往发生激烈的冲动，由破口大骂发展成手杖相加。所以议员们的手杖变得越来越"坚实"，以防大打出手时，手杖折断。

手杖成为武器后，商人就动了脑筋，起了歪心。精心设计后，外形上仍是手杖，去套后则是匕首，甚至是剑，步入20世纪后，手杖和手枪合二而一，成为特工人员的利器，用来搞暗杀。

袁世凯有"拄拐棍"的习惯，这位大总统的"手杖"很粗，是否去套后有匕首、剑之用，就不得而知了。袁家后人回忆，居住在中南海居仁堂时，袁世凯手杖不离身，听到地板、楼梯上发出声响，家人即得知"他来了"。由此看来，这是有意发出声响告之家人。袁世凯的国务总理赵秉钧、执法总长陆建章也是手杖不离身。陆建章有"屠户"之声，仇家甚多，"手杖"实有匕首、剑之用。但陆建章是被徐树铮"就地枪毙"，看来"手杖"也没有用上。

徐树铮是留德出身，很"绅士"，"文明棍"不离身。徐有"阴扇子"之称，和各方面结怨都挺深。据说，其"文明棍"拔出来就是双发手枪。徐是被冯玉祥部下从专列上拉下来，"就地枪毙"的。陆建章是冯玉祥的姑夫，冯此举是为陆报仇。看来徐的"手杖"也没用上。

手杖和权杖，也有一定的内在联系，权杖本是西方各级领主的仪仗，由卫士手执。后来小型化，由各级领主"自持"。此时的权杖，其作用基本上和我国的如意相同，是一种"标识"，更是一种"装饰"，但溯如意之源，是标识、装饰，更是"武器"。如意之始多为铜质、铁质，是将军们手中的"令旗""令件"，也是防身的武器，后转化为"饰物"。其功用主要是"饰手"，正襟端坐时，往往手不好"摆"。手执如意，则有助于"威仪"，免得手无所从，"放到哪都不是地方"。后如意由饰物发展成吉祥物、信物，在宫中、府中甚为普及，尤为女性所钟爱。但男性手中的如意，仍然有武器的功用，多为金属材质，景泰蓝为上乘。

西方的自持权杖亦然，不是进攻的武器，便是防身的武器。北洋军的军饰"全盘西化"，所以高级将领手中不会握着铁如意、铜如意。但手握权杖，以之为令旗、令件、信物则有之。例而言之，侍从参谋到一线进攻阵地传令时，手持权杖曰："××有令，后退者斩！"权杖至，如××亲临。

说起权杖来，还得溯源至袁世凯洪宪称帝。大典筹备处在英国定制了权杖，其造型仿照英国王室。东交民巷的英国洋行得知这一消息后，立即在中国暗中制造了一批各档"权杖"，材质均系铜质镀金，根据级别不同镶有各色"宝石"（料器仿品），级别最高为亲王权杖，亲王以下为郡王、公、侯、伯、子、男。

原因是袁世凯在"慰诚之典"后即封黎元洪为五义亲王，陆荣廷为南海郡王，冯国璋、段祺瑞为一等公，汤芗铭、阎锡山等八督军为侯爵，张广建等（甘肃督军）为伯爵，江朝宗、吴炳湘等为子爵。旨下，黎元洪明拒，观望者居多，所谓"观望"就是"不拒"也不"谢恩"。

观望者有来自拥兵自重的封疆大吏，也有北洋集团内部的"不满意"者——嫌封爵太小了。内务总长是大典筹备处处长，警察总监是副处长，此时都"搁车了"。英商制造"权杖"原想"捞上一笔"，没想到洪宪帝制实施八十三天即醒梦了。好在土军阀好"忽悠"，打着英国王室的招牌，这些权杖成了镇守使、旅长等将级军官手中的令旗、令件、信物。北伐后，这些权杖也就成了"铜器"。有的存留到"文革"时期，红卫兵给"抄"了出来，但不知是何物，最后归入工厂，熔化为铜锭。

手枪——有用无用

手枪是自卫武器，也是进攻性武器，看其所用耳。在北洋官场之上，手枪向着饰物和暗器两个方向发展。例而言之，左轮手枪镀金、镀银后"金晃晃、银涮涮"和宝石蓝的大礼服很配套。手枪镀金、镀银后，当然不再用于实战，半套置于腰前，更加凸显身份，是一种标识。

再追求官仪、官威的军人，平时也不穿军大礼服，原因很简单，太板、太累，大活人成了衣服架子。北洋政府的官场如戏场，有十年官运的人不多。"三月京兆"，也不是虚语。官场之上的明争暗斗，使得高官们颇有"自我保护意识"。除了身边有一群副官、护兵、马弁外，自己身上也得有件"真家伙儿"。

"真家伙儿"大多和马褂配套，辛亥革命之前，马褂的袖口上有个"马蹄袖"，文人的马蹄袖里往往放着一块白手绢，黑道上的人大多装有袖箭或暗藏一柄利斧、利刃。马蹄袖有防寒暖手的功效，民国初年犹存。

所异者，袖箭、利斧、利刃被一把精制的小左轮手枪所取代。这种小左轮手枪时人称之为"五子登科"，也就是说转轮内有五发子弹。民国初年已不再行请安礼，见面时往往拱手作揖。"有情况"时，借着拱手或掏手绢，正好出枪。

陆建章的仇家很多。革命党、宗社党（清室的死党）、黑道上的"朋友"、白狼起义军都想除掉他。由于整日提心吊胆，也就成了"神经质"，在陕西督军任上，一些"地方人士"来谒。谒者有位乡绅，亦有儒者之名。此人有鼻炎，马褂的袖中当然备有手绢。

在和陆大帅的谈话中，想掏手绢"解决鼻塞问题"，但又怕"失礼"。想掏未掏之际，右手几次奔左手袖口。陆大惊，先下手为强，右手从左袖口中掏出"五子登科"，将这位"地方人士"击毙，并高呼"刺客"，副官、护兵一拥而上，将谒者全部"擒获"。但被击毙者的左袖口内只有一条手绢，其他人身上也没有"凶器"。陆大帅"道歉"，并厚葬、厚恤死者。但影响极为恶劣，"地方人士"避之如恶煞。

传统的马褂没有外衣口袋，清末民初时官场上的人好在马褂内衣袋中置一块金质或银质的怀表，金表链、银表链外挂、外露。小型的勃朗宁手枪时人称之为"掌中雷"，其体积比大怀表也大不了多少。有防范意识的高官，金表链、银表链所系，也就是掌中雷了。

对于不骑马的人来说，高筒马靴是与军大礼服配套的饰物。北洋军的高官，大多乘坐汽车，仍然穿着高筒马靴是为了"威仪"。马靴的高筒还有一项功能，就是将匕首、"掌中雷""五子登科"置于其中。中高级军官身藏"暗器"当然是为了防身，但也把"暗器"当成一种时髦的"洋玩意儿"，在人前"显摆显摆"，特别是在"土造"面前风光风光。

溯"掌中雷""五子登科"等暗器之始，系清末新政设置巡警部之时。"警政"的样板远的在东京、伦敦、柏林，近的在上海、天津租界。洋教官、洋顾问"执教"的过程中，也受洋行之托推销"洋玩意儿"。清廷的高官用公款购入"洋玩意儿"，其心态也就是"好奇""好稀"，民国肇造后这种心态也就"承清之旧"，而且"有更甚焉"。

"革命党"都是"玩手枪炸弹的主"，谈起"刺客""死士"，高官们往往是"闻之色变"。身怀"掌中雷""五子登科"也就"仗了胆"。民国的警察总监吴炳湘，清末为山东巡警道，两次遭到革命党的刺杀，他的马褂内袋里有"掌中雷"，随身小跟班的马褂袖里也有"五子登科"。高官们出于好奇和自危，也就"随之"，以至影响了中下层官员。

大氅——风姿风度

氅者，大衣也。高级军官们的氅，又称军氅、将氅、帅氅、披风，多为黑色，也有红色、烟色。和军装"异色"，是为了"立异"，以示"身份"。也有的和军装同色，即黄、灰两色。和军装同色，是明智之举，至少在战场上"少挨枪子儿"。不过穿氅的军官，一般不会亲临一线战场。

北洋军的氅，无疑是从西方引进，系舶来物。溯史求之，吾国自有之，就是斗篷。斗篷用于防寒，把全身罩住，系冬季的物品。有棉质，也有皮质，男、女、老、少皆可用之，只是式样不同，款式略异。具体言之，就是军氅不包头，军帽露在外头，以便不失军官的威仪。

北洋军的氅，是高级军官的饰物，材质一般是礼服呢或大绒，前者春秋两季服用，后者冬季服用。总体来讲，氅不是用于保暖，而是显示威风、威严。

蒋介石好穿黑大氅，有人说是在美国特别定制的尼龙防弹衣。此说恐不属实，尼龙是20世纪30年代末才合成的"化纤"，蒋在二三十年代所穿的黑大氅不可能是尼龙制品。

大氅又名披风，骑兵将领甚钟之。纵马飞驰时，披风和马背平行，不但有"披"风之势，而且有"驾"风之感，有从天而降的气势、气概。

"五皮"——党国军人

北洋军的将校大礼服甚有威仪，下级军官和士兵则痞相十足。原因是这些"老总"均是行伍出身，"小站练兵"已是二十多年前的事。"小站之后"，招兵不练兵。更有张宗昌之流（奉系山东督军），"急则化匪为兵；缓则化兵为匪"。也就是说，"战事紧急时为了扩军就招安土匪；战事略平息后又遣散多余部队，被遣散者往往重新落草为寇"。故时人有"兵匪一家，兵匪不分"之论。这样的部队军纪、军风、军规、军仪无从说起，不明抢就算是"正牌军了"。

1928年北伐之后，"中央军"又称为"党军"。党军的下级军官多是黄埔出身，受过正规教育，颇重军仪、军表。老北京市民称之为"五皮"或"五加皮"。"五皮"的出处是这些军官们都头戴皮帽箍、腰系皮武装带、身背皮枪套、手戴手指露出的皮手套、足蹬皮马靴。身上共配五种皮革制品。党军的军官们好在武装带上加挂一条皮马鞭，既不是骑兵，在城区骑马又多有不便，皮马鞭所用者何？其所宣示者"本人是有马骑的实缺军官"，这就是"五加皮"的出处。

20世纪30年代初，国民党建立了军训制度。小学、初中建立了童子军，高中、大学要对学生进行"军训"，凡不参加军训或军训不及格者，不颁发毕业文凭。于是，五皮、五加皮进入了中学、大学，俨然"中央派来的教官"，是正牌的党国军人。

南京派来的教官，是清一色的"黄埔小兄弟"。各大学的教官大多是"黄埔生进陆大校官班"镀过金的"军界骄子"。黄埔小兄弟是"天子门生"，学生们讥之为"赏穿黄马褂"。"陆"与"绿"同音，军界骄子也就有了"赐戴绿帽子"之谓。

综汇本节所述，"老百姓"和"当官的"，都要戴帽子、穿衣服、穿鞋，而且要分四季而异。但老百姓形成的"俗"围绕着"用"，官场之上形成的"俗"在"饰"。此异不仅在帽、衣、鞋，整个民俗与官俗之异亦然。

例而言之，李鸿章视翎顶大帽、蟒袍朝靴为"行头"，临案时才"换装"，和洋人会谈时才"换装"。戏演完了即卸装，所以"跟包的"不离身。参战军第三师师长、陆军部教育总监陈文运在20世纪50年代任中央文史馆馆员，和人说起了北洋时期的军大礼服，慨叹道："穿起来就是受罪，尤其是夏天。但觐见袁世凯时又不得不穿，特别是春节时'拜年'。穿戴妥当得折腾一两个小时，两个副官都忙不过来。穿靴子、脱靴子得有一套程序……脱靴子时得借劲使劲，否则脱不下来。"在场的青年人愿闻其详，陈笑曰："贴身马弁扳住我的靴子，我踹他屁股一脚，靴子和人就全出去了。"陈接着说："你们别笑，我可不是欺负他，这是'配合'。我俩关系很好。北伐后我下野了，把他推荐给了我在日本陆军士官学校时的老同学，后来也戴上了将牌，这个人现在在台湾，我就不说他的名字了。"

陈文运高寿，"文革"时已经九十多岁。周恩来和中央文史馆全体馆员合影时，他坐在第一排，紧挨着周总理。红卫兵"抄家"时，陈执"龙头拐杖"立于"合影"前，居然把红卫兵"镇住"了，从而免于被"批斗"。

二、食

民以食为天，在中国吃饭不单是一种果腹的行为，还是一种社交行为。无论是公事还是私事都是饭桌上的重要谈资。吃饭的方式直接反映着当地的民俗，而食物的品质直接反映着当地的经济发展水平。

厨子——桌后宰相

"吃货"原意是"饭桶"。时下，有"美食家""吃过见过的主儿"之意。吃货是"吃出来的"，吃的过程中当然有比较。初级吃货认饭馆，高级吃货更上一层楼——认厨师。时下，厨子的地位、声望与日俱增、与日俱隆，各大饭店不但高薪聘请，而且互挖墙脚。不但有职称，还有级别，如厨师长、行政总厨。在清末民初，厨师的地位并不高，但对雇主无人身依附性，属自由职业者。

刚刚发迹的小京官，若不是"官二代""富二代"，家中大多无厨子，做饭的是老妈子、姨太太，甚至是太太。原因很简单，老妈子的工资远远低于厨子，另外小四合院、小三合院中，住进一个男性厨子，生活多有不便。

"老爷"和"太太"一般情况下是门当户对，而且大多是同乡。在吃上，档次、口味大同小异。姨太太系发迹后所娶，若是青楼女子"从良"，多少会做几个"青楼菜";若是小家碧玉,也当有几个"拿手菜"。时下,有"若想管住老公的心,先管好老公的胃"之说。百年之前,太太和姨太太也大多不会"放弃厨房阵地"。

"官二代""富二代"即便进京时没有带厨子同行,发迹后也会雇个厨子以成"公馆"的格局。"官二代"随父宦游,"富二代"随父经商。两者都是吃过见过的主儿,在选择"家厨"上,未必是"乡厨"。

真正的"乡厨"是会馆的厨子。原因是会馆聚乡人、乡情,饭桌上当然要用正宗的乡味,以唤起游子的乡思、乡恋,激发出同乡的亲和力、向心力、凝聚力,这也是会馆的初衷。

高官的府邸之中有多个厨子,但必有一个"乡厨"。高官系本省、本府、本县的人望、地望、乡长、乡贤,在官场上自然也是"盟主"。餐桌上的正宗"乡味",无疑也是聚人、聚气之道。

高官的府中执炊者除了"乡厨"之外,还要选几个不同菜系、不同地区的厨子。闯荡过的人、宦游过的人,多有第二故乡。在"味觉"上,第二故乡的影响有时不亚于第一故乡。例而言之,明万历朝的权相张居正系湖北人,却钟于苏州菜。于是,官场上争雇苏州厨子,以至操苏州口音者滥竽充数。

官场之上雇用"当轴"者所钟的厨子,系进谒、求迁的门径之一。"讨好上司,也要讨好他的胃"。但"当轴"均是吃过见过的主儿,讨好他的味觉也要"立异"。立异之道在"求异",挖掘出"花船菜""马帮菜""江山船菜""骆驼帮菜"……时人讥之曰:"吃倒了胃的人,吃豆腐渣才香。"

座次——与时俱变

官场之上最高级别的宴请,是一人一桌。在外客厅设宴,客人居东,主人居西。客人不止一个,主家也要设法"陪对"。餐桌系长方形小案,菜一道一道地上,随上随撤。此种宴请方式级别虽高,但不适于交流,故渐渐地淡出了社交场合。朱家缙先生的祖父官居礼部尚书，朱府上清末还使用过这种宴请方式。

八仙桌是使用最广的餐桌，老北京几乎家家都有。家中用餐，首座在东北角，次座在西北角，三座、四座、五座、六座依次而排。七座、八座，坐南面北，是"下位"。宴请宾客，主人则居"下位"。首席则系东北角。四合院中的正房均是坐北朝南。坐在首席、次席上的人腿肚子朝北，坐在主位上的人腿肚子朝南。故官场上有言："有饭局，要么腿肚子朝南，要么腿肚子朝北。"此话之意是"有饭局要么当主宾，要么做东，不当陪客"。

若是"纯官场"，则座次以"秩"，按官位的品级。社交中有各方面的影响，太势利了也显得"缺情少谊"。于是许多场合"以齿不以秩"，也就是以年长者居首位，余者互谦互让，主人则居下位。在府中宴请，主人当然是宅主，在饭馆中宴请，发请柬的，结账的（时下称"买单的"）居主位。

丰子恺的小品文中曾言，席间互让座次，犹如一场打架，你拉我让，多时才"搞定"。军中聚饮，多席地而坐。"老总们"务实、嘴急。故军中聚饮"例无座次"，大碗酒、大碗肉下肚就行。这种"聚饮"旨在劳军。不仅将领，就是中级军官也不会参与其间。下级军官与兵同乐，"有酒不分大小"，这也是一种带兵之道。高级军官能执此道者稀，北洋军的"老辈元戎"姜桂题能执此道，系军中美谈。

姜桂题任陆军检阅使时驻防南苑，好与兵同乐。南苑镇中有不少大酒缸、小饭铺、小酒摊。

"老总们"好到镇中聚餐、聚饮，姜桂题也好到镇中溜达，听听评书，看看小戏。碰上聚餐、聚饮的官兵，兴之所至时也参与其中，跟着干了几碗后，把大洋往桌上一放，对掌柜的、跑堂的说声"够了吧"。要是出门时忘了带钱，则对"兵头"说："先给我垫上，回去到副官处领钱。"聚饮、聚餐的要是"官尾"（连排级），则曰："这顿酒我蹭啦，算你们几个臭小子孝敬孝敬我老头子。下次再碰见，管你们够。"

吃法——轮流作东

社会交往的方式十分复杂，人与人之间有众多的沟通渠道、交流渠道，能在一起聚聚的人，身份地位可以有异，但得有所"趋同"。故古人曰："人以群分，物以类聚。"分类有多种方法，政治、经济地位居首，影响、能量次之，所求、所好又次之。平白无故接到请柬，恐怕是"酒无好酒，宴无好宴"，得留个心眼儿，别"被人家卖了还帮着数钱"。

能聚到一起摆一桌的人，有多种吃法。于官场上而言，基本上是轮流作东。

同僚、同门、同年、同窗、同乡……常在一起聚聚。今天你请我，明天我请你。作东的方式也不同，高官们的府中不但有名酒、名厨，更有四季时鲜，既可在大客厅摆桌，也可在外书房的过厅一聚。风雅点的可在花厅设应时之宴，集赏花、品美食、饮名酒于"一聚"之中。

会馆之中的馆客，正常的经济收入只略高于八旗兵丁，月俸三两七。最有代表性的就是内阁中书，其为官之"苦"是有衙"当值（值班），无公可办，两季冰炭，有额无份"。也就是说，内阁是清水衙门中的清水衙门，无公可办当然也就无权所用，"外官"调济的"冰炭钱"，很难分到内阁中书的名下，但内阁中书也是"七品官耳"。彼此之间轮流作东之地，也就只能找个最实惠的小饭馆了。

"饭团"——能聚有道

轮流作东，多少有些麻烦。形成固定的圈子后，"作东"也就发展成"饭团"，"饭团"也称"会"。例而言之，如"饭团"诸公"逢一会"，也就是每月初一、十一、二十一在一起聚聚。届时，各自前往某饭馆。由于定金已付，因故未赴会者，概不退款。饭团有些类似时下的"AA制"，所异者饭团按季、按年交半价餐费，又称"定金"。季末、年末时补上差额。补上时店家总要"留着零头"；如"吃家"表示"补齐"，店家就明白了，"没有伺候好，要换地方了"。

"饭团"每桌的菜，均由跑堂的呈上菜单，然后问道："爷还添点什么？换点什么？"或曰："爷还上点什么？下点什么？""饭团"是大主顾，店家会精心安排，好生伺候。如掌柜的在，会亲自到桌前寒暄几句。

实缺、实差的"主"，"饭团"能排满了，也就是由逢一到逢九都不"落下"。能排满了的"主"，不是什么大官，甚至不会是"中层"。但能量大，是"场面上的人"，能"了事"，也能"坏事"。这种人参加"饭团"的定金，一般都是由别人代付的。代付的人当然是有求于人，代付了定金后饭馆会"告知本主"，吃人家的嘴短，当然会关照关照，或是帮助"打通关节""托上门子"。

官场之上也有太太的"饭团"，名为太太，其实大多是姨太太。清代官场之上的饭局颇为严格，不会僭越。在"过女眷"的交往中，太太和姨太太不能同坐一桌，不能乱了名分。好在当时衣饰有别，太太穿红裙子，姨太太再受宠也不可能在社交场合穿红裙子。大执宾一眼就能看出，不会乱规矩。

旗门饭局上还有一个规矩，包衣、哈朗阿不能同自己的主子同桌。包衣、哈朗阿官当大了后可以脱籍，但脱籍后也还对主子十分敬畏。

入关前，凡是所掳获的人都编为包衣，分属八旗。包衣是满语，其意是"家的"，汉意可译为"使唤人"。上三旗的包衣隶属于内务府"奉天子之家事"，直接为皇帝服务。下五旗包衣隶属于各王府，是王公家奴。

包衣在旗籍上属于"另册"，而且子孙世袭，一代为奴，代代为奴。宗室们还领有一定的属下旗人称之为哈朗阿。包衣、哈朗阿有政治权利，可以参加科举考试，可以当官，甚至可官至总督、大学士。当官后可以脱籍、抬旗，但不论官拜何职，其祖上所遗"犹存"，难于和昔日的主人"平等"。

据《世载堂杂记》载，清末一位尚书回籍丁忧（为父母守孝），省里的三大宪（巡抚、布政使、按察使）当然要尽地主之谊招待一番。尚书大人为了答谢这番盛意，让夫人出面宴请三大宪夫人。由于宴会是夫人请夫人，所以家庭气氛十分浓厚，但入座时还是按照夫荣妇贵的原则，请巡抚夫人坐了首席。

宴罢，客人们行将告退时，布政使夫人突然态度十分严厉地命令巡抚夫人说："你先等会儿走，我有几句话要对你说。今天你坐了首席，因是在汉官家里，我也就不同你计较，要是在旗门之内，可容不得你这么放肆！"

巡抚夫人听罢大窘，连连赔不是，弄得尚书夫人不知所措。原来巡抚夫人祖上是布政使夫人祖上的哈朗阿。此时已近20世纪，旗门之中尚且如此。

步入民国后，太太"饭团"十分活跃。太太和姨太太也就无所"区分"了，只看谁的丈夫官大，谁的活动能量大。仍然严守旧制的人已经不多了，但一些恪守妇道、恪守古道的太太仍不屑与姨太太为伍，所组的"饭团"也"多异"。例而言之，太太"饭团"多设于功德林、全素斋；姨太太的"饭团"多设于"新潮之所"。古板的太太拒绝参加有姨太太的"饭团"；姨太太大概不会拒绝参加太太"饭团"。

有太太"饭团"，当然也就会有小姐"饭团"、少爷"饭团"，店家总是千方百计地促成"饭团"组成，帮着拉团、拼团。甚者，在"饭团"中加入、渗入、拉入、混入"坐桩"。"坐桩"的活动旨在调和"吃家"和"店家"。十个人交钱吃饭和九个人交钱吃饭，桌上的量也差不到哪儿去。"坐桩"就是不向店家交定钱的吃客，既然"白吃"，当然是店家的

二、食

代理人，帮忙把"饭团"稳住。玩得好的"坐桩"，不但能白吃白喝，而且能成为一方人士，用时下语来讲就是"很有能量"。

八个人正好坐满八仙桌，初始的"饭团"大多是"八人团"。随着八仙桌向十人圆桌、十二人圆桌扩大，"饭团"也随着不断扩大。这一方面是店家的促成，也是"饭团"自身发展的需要。高档"饭团"的八人团，均由官场上的体面人物所组成。店家很难"入桩"，没有身份地位的人也很难混迹其间。官场上的下层"饭团"，则往往鱼龙混杂，以利相合、以利相倾。官人、商人、道上的人均可混迹其间。"饭桌上就了啦""饭桌上就妥了""饭桌上就搞定了""没想到饭桌上就说翻了"。故对"饭团""饭桌"，实不可小觑。

不论是逢几会，都是固定的"饭团"。总统、总理、总监、总办们不会"组团"，也不会"参团"，原因很简单，这些大人物太忙，不可能让饭局锁住。退而言之，就是司长、局长们对"团"的兴趣也不大。且不说"奉上"，同僚们彼此之间的应酬已经够忙的了，焉能作茧自缚。官面上、商面上、街面上的"头面人物"所组成的"饭团"，若是哪位能把本区的警察署署长请来聚聚，则是件露脸的事，饭馆掌柜的也觉得风光。对为迎贵客所加的菜，不免单也得打折。

若扩而言之、广而言之，常在饭桌上聚聚的人就可称之为"饭团"——以"饭"团到一块儿。于上层而言，"醉翁之意不在酒，在乎山水之间也。山水之乐得之于心而寓之于酒也。"上层"饭团"也可以说，"饭翁之意不在吃，得之于心而寓知于吃也。"例而言之，北京政府的大总统徐世昌是翰林出身，是民国政坛上唯一的"文人总统"。徐的饭桌上常聚之人大多是诗友、文友，这个"饭团"十分"儒气"。段祺瑞好下围棋，身边聚了不少棋士、棋客、棋友，这些人的身份地位不同，社会影响不同，但有一个共同点："都能陪着总理下棋"，于是棋案和饭桌也就联系到了一起，形成一个特殊的"饭团"。

民国前期的"北京政府"，在1912—1928年的16年中，在法律上没有对外割地赔款，此举实胜清廷三筹。于实力而言，清廷的政局尚属"统一"，朝廷对各省封疆大吏完全可以"掌控"。民国前期的政局系各省军阀拥兵自用，北京政府、广州政府，"南征""北伐"，造成了对峙与割据。于政局而言，犹如一盘散沙。但在法律上没有对外割地赔款，不得不说是"职业外交家"之力也。北京政府的外交总长、次长，均系"海归"。在西方接受过正统教育，不但精通国际法，还精通西方列强的国内法。许多涉外纠纷，用"拖"的化解方式得到"暂安"，这种方法不是"苟安"，也不是"贻害后人"，而是对未来、对后人充满了希望与信心，认为后人有能力解决这些问题。这在当时来说，实属于上策。

"职业外交家"大多跨党系、派系，以颜回庆、陆征祥、王宠惠、王正廷、顾维钧等人为代表。这些人不但出任过总长，有的还出任过总理。在巴黎和会上"苦斗"，在《九国公约》中"力争"。其人其事，多有值得肯定之处。

这些人既是高官，又是高知。聚人聚气，多为中心。其"饭团"也具有群体性、专业性。多设在欧美同学会、远东饭店、畅观楼（万牲园内的西餐厅）等西化之所。在餐桌上，后辈外交人员能受益良多。

吴炳湘于1912—1920年在北京任警察总监，这个差事不太好干。吴谋求外放山东督军，认为老地盘上地熟人灵，但袁世凯说："你还是留在我身边吧。"直到段祺瑞出任"中华民国临时总执政"，吴才衣锦还乡，出任了安徽督军兼省长。

吴炳湘在北京任职时，由于职务的关系要和方方面面打交道，军界、政界、商界、教育界，甚至要和东交民巷的洋人进行"交涉"。所以吴总监有好几个"饭团"。吴不在饭馆应酬，他的衙厨、家厨都是高手。待客以鲁菜为主，佐以淮扬菜、徽菜。衙中设宴地点在大客厅，也就是清代户部的二堂，经西化内装修后颇为豪华。家中的设宴地点多在后花厅、外书房。吴的住宅系袁世凯所送，很是排场。

吴系秀才出身，和遗老们"有话说"；和北洋军的军头们，是小站练兵时的"老伙计"；主持过中兴煤矿公司，和商业界有往来，在饭桌上和各界均能沟通。1914年社稷坛对公众开放，时称"中央公园"。吴炳湘出任董事长。来今雨轩是董事会的俱乐部，餐桌上以苏菜和西餐为主。这个俱乐部是开放型的，各界人士均可光临。从《鲁迅日记》来看，来今雨轩是教育部同仁们的小聚之所，也可以说是各界人士的所钟之地，影响很大，到来今雨轩就餐品茗，成为20世纪的时尚。不但名人日记中有记载，文学作品中亦有描写。

"文革"前夕，段应凯由上海来京，全国政协在来今雨轩设宴招待。章士钊、泉伯泉、溥仪等人与宴。席间的话题，也就是"来今雨轩往事"了。只有溥仪无所言，于是叹道："咫尺之遥，我都未能到来今雨轩坐坐，谁让我命不好，当了皇上。"众人皆大笑，这大概是溥仪第一次"幸"来今雨轩了，也是最后一次吧！

拼菜——各显春秋

拼菜成席，并非官场所专。民间亦有此俗，但官民大异。旧京胡同里某爷作东，与宴者皆系近邻。开席前后，各家送一两个菜过来"添热闹"。一边喝酒一边品评着各家的菜，也是"喝小酒"的一大乐趣。

赵大爷和钱二爷走得最近乎，两家只隔着一个门。赵大爷到钱二爷家"干两盅"，赵大奶奶炒了个拿手菜端了过去，说："别让钱家嫂子一人忙呀。"

官场之上的拼席则不然，高官阶级很少进饭馆。溯其因，大概是清廷有禁令："二品官禁入茶楼酒肆。"《越漫堂日记》载，一位侍郎给同乡开的饭庄写了块匾。开业大吉时，这位侍郎前往"与宴"。被御史参奏，旨下："罚俸三个月。"对于二品高官来说，银子是小事，面子是大事，"敢不畏乎"？

民国的高官，大多有家厨、衙厨，故不到饭馆中一聚。具体言之，是饭馆的"硬件"不够；人来人往，多少也有些不便。各家、各衙轮流作东，吃的次数多了，也就品出了各家、各衙的精品。于是，拼桌之风渐兴。

"拼菜"之名是借诸民间，官场之上实为"会厨子""赛厨子"。由一家承办，也就是作东。与宴者的家厨、衙厨皆备下拿手菜，到承办家"过火"，是一场实实在在的美食盛宴、美食大比拼。此时，承办家的大提调、大执宾可得忙乎忙乎。大提调得安排好上菜的先后，原则是清淡的先上、浓重的后上。口味最重的莫过于湘菜、川菜，故湘川之后得上甜点、甜菜清清口，然后再进行第二轮。具体而言，先上的是苏菜或淮扬菜，继之鲁菜、徽菜，后上的是川菜或湘菜。当时，粤菜在京中并不"流通"。两轮的间隔是"甜味"，意在"换口""清口"。

大执宾得最有眼力见儿，因为此时各家的家眷也纷纷到场一聚，太太、小姐往往比老爷还不好侍候，桌不能乱了、位不能乱了。"上人"比"上菜"要难得多。大提调上错了菜能找补；大执宾上错了人后果可就严重了。

上述所讲的是"大拼"，官场上也是盛事、兴事。两家、三家走得近，也会常常"小拼"。"小拼""大拼"无鸿沟之分，也就是大小之异。太太们好"小拼"，"一聚"时好带上少爷、小姐，以成"通家之好"。

"大拼""小拼"都是尽口腹之美，但均具有更深之意。"食在其中""事在其中""势在其中""失在其中"。于北洋政局而言："眼见他起高楼，眼见他宴宾客，眼见他楼塌了"，不是虚话，是现实。"秦人不暇自哀，而后人哀之；后人哀之而不鉴之，亦使后人而复哀后人也"，不是虚叹是实叹。

二、食

混吃——蹭人饭桌

在旗之人有"捧爷""架秧子"之说，于饭局而言，也就是"吃大户"。有清一代，八旗子弟遵从等级制度。承认"爷"，对"爷"的敬畏也就成了习惯，就像请安一样，是"理"所当然、"礼"所当然。

于是围绕着老爷，就有一帮"捧爷"的；围绕着少爷，就有一帮"架秧子"的。京谚有云："吃孙、喝孙，不谢孙——白吃"；"吃爷、喝爷，谢谢爷——说着玩。""白吃"和"说着玩"等也反映了一种心态：虽对"爷"不满，但不敢把"爷"打翻在地，也不想把"爷"打翻在地。在承认"爷"的前提下，哄着"爷"玩玩，"白吃"和"说着玩"也就理所当然。

上层"捧爷""架秧子"，是围绕着王公。王爷府、公爷府中养着一群"吃客"。辛亥革命前，王公们不怕吃；辛亥革命后，王爷府、公爷府纷纷易主，"皮之不存，毛将焉附"，所以"捧爷的""架秧子"的也就"奔饭辙去了"。

一个八旗子弟，七七事变后当上了警察分驻所的所长，辖区在永定门、前门之间，是个肥缺。附近商家寻求保护，卖什么就得送什么。于是，这个八旗子弟也就成了"爷"，一群捧"爷"的天天当赶饭队。北平沦陷八年，就吃了"爷"八年。抗战胜利后，"爷"丢了官。八年的进项，本应有些家底，可是都让赶饭队"吃了大户"，自己却一贫如洗。

工作餐——三六九等

时下，许多单位都提供工作餐。溯源究之，工作餐始于清廷的军机处。由于"小军机"也就是军机章京（秘书）得当值，一天二十四小时不能"缺岗"。圣上"体贴"臣子，除茶水外，还提供点心。

军机处的值庐（办公室）地近养心殿（皇帝住所），距膳房、茶房均有段距离，故所提供的热水沏茶"不够开"，点心"又干又硬"。但不论是"大军机"（军机大臣）还是"小军机"，均是内外高官交结的"对象"。"小军机"系四品官，督抚大员、尚书、侍郎皆乐"与之游"。在值庐中喝凉茶吃干点心，但"下值出宫"后准有饭局，一定能"找补回来"。故东华门外饭庄林立，其名酒佳肴，是军机章京们真正的"工作餐"。

清廷的六部、五寺、都察院，中午"例不管饭"。诸官大多不理事，上衙门也就是点卯，喝足了茶后到附近饭馆一聚，酒足饭饱之后就"散衙门"了。清廷实行新政后，袁世凯出任外务部尚书。外务部实行新官制，诸官得"临案理事"，也就是说得"坐办公桌"，亲自处理问题。

诸官中午也不能"散衙门"去尽口腹之美，但"吃饱了才能干活"，袁尚书则不计"小钱"，外务部上上下下管中午饭。初始之时很简单，一人一大碗菜，或两个馍，或一碗饭。这碗"菜"分等，上等的不亚于东兴楼的"全家福"、八闽斋的"佛跳墙"。

民国时期最阔的衙门是交通部，为了让同僚、同仁们安心办公，总长特别体贴下属，上午、下午均有"茶点"，而且是"中西两属"。夏季有各种中西冷饮，实系"洞天福地"。

交通部"大饭厅"办得特别红火，基本上对外开放。所谓"基本上"，是"大饭厅"和"饭馆"无异，但敢到衙门来就餐者，不会有市井小民，大多是其他衙门的同僚、同仁。

警察创建之始就"管饭"，民国时期京师警察厅分五灶，即专灶、处灶、科灶、科员灶、职员灶。五四运动中，火烧赵家楼时被捕的三十余名学生，初押在步军统领衙门，后押解至京师警察厅。到警察厅后受到"优待"，伙食标准按科员待遇，学生们觉得"吃得不错"，开饭时六至八人一桌。

二、食

各派出所给"巡警老爷"提供的工作餐，就不怎么样了。所以警士们均备饭盒，把饭装回家去，自己则到管片商家去"吃蹭"。生意兴隆的商店"吃得比段上（派出所）要强"。

送餐——别有用心

官场上有送餐之礼。"大手笔"的主作东，诸客散宴回家之后，得知家中已接到"一桌席"，和自己用的一样。能如此"阔绰"，一是有经济实力；二是有求于人。溯"送餐"的始由，是皇上对臣子要"大用""大寄"时，在宫中设宴，圣上口吟："待到太平归来日，朕与将军解战袍"。对臣子而言，实为殊遇、殊恩。

宫中宴毕，回到家中后才得知，"大内已送一席至其家"。圣上恩泽及家人，怎敢不以死尽忠国事。此圣主驭下之道也，也是叫臣子"以死效之"的术也。

官场之上发挥、发展了此道、此术。送餐的餐具"皆金银器"，甚至是"稀世名瓷""精雕的漆器"。一桌席，于官场上而言，"值不了几许"。但食器却"价值连城"，"大求""大用"的目的也就达到了。"大求"者，下求于上也；"大用"者，上要下效力、尽力也。于北洋政坛而言，未闻有"以死效力"者，却有"舍财得官者"，而且能得到大官。

袁世凯为了当皇上，没少用"送餐"之术贿下、赂下、恩下、宠下，但都"白搭"了。道者，心中的德也；术者，心中的鬼也。虽诡计多端，人亦能识之。帝制始于筹安会，系"社会名流"所组成。杨度、严复、刘师培等皆名列其中，时人称之为"六君子"。此举且不言气节、操守，言"辱煞斯文"可也。梁启超出任过"名流内阁"的司法总长，此时避居天津租界。

段祺瑞系袁世凯手下的第一员大将，时任陆军总长。形形色色的请愿团呼吁"总统早登帝位，天下始安"，妓女、乞丐亦上表劝进。段见已图穷匕首见，"遂称病不到部上班"，家中亦闭门谢客。袁世凯则不时送餐表示慰问，"赵秉钧之鉴敢不畏乎"（赵在宋教仁案发生后被袁毒死灭口），于是，将袁世凯所送的食物统统倒入厕所或埋于后花园。

段宅在府学胡同，"院大墙高"有一连卫队驻守。但是竟然有"飞贼"夜入，被警卫击毙。段祺瑞只好进一步"避之"，移居团河军营之中，其意也是"拥兵自保"。也在告之，若再"逼迫"，则要"起兵抗之"了。

时人对段祺瑞有"三造共和"之赞。一造是率北洋军的军头们通电"压迫清室退位"；二造是洪宪帝制时，从内部拆了袁世凯的台；三造是组织讨逆军，"解决"了张勋复辟的闹剧。且不言段祺瑞的历史"功过"，对袁世凯"送餐"不食是实，在全国政协所编的文史资料中有他管家的回忆录。

外卖——服务到家

外卖时下很火。懒得在家中做饭，也懒得到饭馆就餐，就打个电话叫外卖，接单后送外卖的小哥即飞车送至。街头送外卖的电动自行车成了一景，时人对这一新生事物有感、有赞、有叹。

外卖溯源可到19世纪中叶的"同治中兴"时期。清廷回光返照，"京城一片繁荣"。以灯红酒绿为代表的妓院、饭馆最为兴盛。会馆"不开火"，饭馆就服务到家，给馆客、馆士"送外卖"，时人称之为"送桌"。

京城第二个繁荣期就是民国初年的"八百罗汉闹京城"。袁世凯为了"收买官心"，实行厚俸。为了收买议员选他为"中华民国正式大总统"，修改了"选举法"，不但成了"正式大总统"，而且成了"终身大总统"。

二、食

其所制定的"宪法"，时人称之为"天坛宪法"。为了得到选票，对议员也实行"高薪"，月车马费八百大洋，时人称参众两院的议员为"八百罗汉"，若用京腔来表述，就是"揣着八百块大洋的爷，走起道来都叮当响，到哪都得弄出点声儿来"。

议员来自全国各地，大多没在北京"安家"，住在会馆、旅馆里。"懒得出门时"，饭馆就"送席到家"。由送桌到送席，一字之变亦是经济地位之变，八百罗汉和清廷的"京官"相比，确实是财大气粗。以李慈铭（《越漫堂日记》的作者）而言，他由郎中转为御史后可以说是得了实缺、实差，但年支出不过千两银子，也就是八百罗汉两个月的"车马费"。

清末民初，外城的饭馆林立，内城的盒子铺比比皆是。盒子铺也就是熟肉店，所卖的熟食皆是干货。大多是酱肉、熏肉、烧肉、小肚、大肚、猪头肉、猪蹄、烧鸡、烧鸭、卤下水之属。"接单后"将上述熟食配成"八珍""六顺""四喜"后，置入盒中，送到买家，时人称之为"叫盒子""送盒子"。盒子往往附上"汤包"，可沏"高汤"。汤包中多置紫菜、虾米皮、五香粉、精盐、葱花等物。

高档的盒子系漆制，内置八种熟食，时人称之为"八珍大礼盒"。开盖置于桌上后，即可成席。此盒用于午餐，下午店家收回。用于晚餐，第二天店家收回，有的"殷实人家"自备此盒，店家"接单"后取盒配食，再送至买家。20世纪50年代老舍家还存有一个八珍大礼盒，不知此物是否能度过浩劫而犹存。

以清末而言，内城仍是"八旗驻所"。从法律上来说，内城是不许开设饭馆的。故饭馆多设于外城，集中在前三门外和珠市口、菜市口地区。外城会馆林立，南方人口居多，所食讲究"精致"。内城的八旗人口，马上得天下遗风犹存，所食重在"实在"，所以盒子铺的熟食都是"干货"。溯源究之，在马背上生活，所携带的食物只能是干货。干货置于盒中，便于行军。此种习俗沿之，直至 20 世纪。

在"送外卖"的过程中，"盒子"最为简而易行。宅门不会"叫盒子"，店家对宅门服务到家是"送席"，送席难免"凉了"，有的菜"离锅"就得"上桌"，得"趁热"。在服务竞争中，有的店家上门"带灶成席"。此灶轻便，烧大同块、阳泉块等优质煤，火力极旺。煎、炒、烹、炸，即灶成席。这种上门的方式 20 世纪 50 年代初期犹存，但费用较高。

御膳——徒有虚名

时下，许多饭馆的名厨均自称是御膳房的真传、嫡传。故宫中的御膳房尚未开放，御膳房的硬件不可知；软件亦难求。在溥仪出宫前，御膳房就停办了。这位末代皇帝天天"叫外卖"，把饭包给了东华门外的东兴楼饭庄。为此，还给东兴楼的"送餐小哥"发了进宫的铁制"腰牌"。由此看来，御膳房实难和东兴楼侪。

"软件"当属"非遗传人"。若究之，北海公园内的仿膳饭庄理应承之。北海辟为公园后，曾在内务府当差的赵润斋邀请了在御膳房当差的孙绍然等人创办仿膳。先在北海北岸，"三间屋耳"，1956 年迁至琼岛上的漪澜堂，从此声名大振。在此以前，只是以肉末烧饼驰名。溥杰谈到仿膳时，所称道的也只是肉末烧饼。

皇帝以一人"治"天下；天下也就"骗"一人。言"吃"就以吃为例。长江鲥鱼系天下美味，永乐迁都北京后不忘鲥鱼。于是运河两岸皆置冰窖，"冰镇鲥鱼"由驿骑沿运河飞驰进京。此事正史无载，零摄氏度的冰能否"保鲜"今人皆知。这是"一骑红尘妃子笑，无人知是荔枝来"的再版。

北京人确能吃到新鲜的鲥鱼，在市场上即可买到。至于新鲜的鲥鱼如何"上市"，有道是船舱内储水养鱼、活鱼进京。有钱的人就能吃上新鲜的鲥鱼，唯独皇上吃不上。明武宗南征时，在南京吃紫金山下刚刚上网的新鲜鲥鱼，让人想不到的事却发生了。这位皇上大怒曰："此味非鲥鱼，怎么不咸、不臭？"原来皇上吃的鲥鱼都是又咸又臭的，新鲜的轮不到皇上吃。

"明代版"的"冰镇鲥鱼"发臭说，是沿途官员贪污了"冰钱"。将鲥鱼用盐腌后送达御膳房，供皇上食用。此说大概是徽菜臭鳜鱼的再版。究"明版"，可用"清版"注译，原因很简单，"明版"记之不详又无人证。"清版"有多种记录，综汇起来也就"详焉"。20 世纪五六十年代时，"证人"大多健在。

清廷定制，大沽口沿岸的海鲜以黄花鱼、大对虾为主，凡是星奔月驰的"冰货"到京时，第一桶作为贡品，由皇上享用。但皇上吃不上"第一桶"，连新鲜的也吃不上。只能吃"不新鲜的"。御膳房的厨子为了压臭味，就多加盐。久而久之，皇上多口重。乾隆在位的时间最长，所以口味最重。对大臣示殊恩的赐食，"咸得齁人"。

乾隆在位六十年，又当了四年"退而不休"的太上皇。其政得失，非本书所能论。本节言"吃"，还是以吃入题。乾隆六下江南，当然有多种目的。到江南去尽口腹之欲，实为主要目的之一。在当时生产力和科技水平的制约下，富有天下的皇上也只能"就食""逐食"。江南诸鲜，不可能像漕粮一样"贡京师"。

按清宫定制，进御膳房当差，得是八旗汉军中的"陈旗人"，也就是说汉军得有"从龙入关"的身世，才能以苏拉的身份进御膳房当差。乾隆虽然六下江南，也未闻有带回厨子之举。"名鲜"不可至，"名厨"不能至，为尽口腹之欲，只能就食江南了。

时下，到处都有"满汉全席"，而满汉全席又和乾隆六下江南联系在一起。清宫档案中只有"满席""汉席"之分，而且只是"招待标准"。满汉全席究源，据末位顺承王之弟常瀛生先生考证，出自民国时期相声界的"报菜单"。常先生学贯中西，是《大百科全书》的特约编辑、北京文史馆的馆员，所言理应不虚。

据《光禄寺则例》载，满席分六等，一等每桌费用八两，到六等降至二两二钱六分，前三等系帝、后、妃、嫔死后的"随宴"。后三等供活人享用，用于皇帝大婚，公主下嫁，外邦来贡，少数民族的王公、衍圣公来朝。汉席三等，一等每桌肉食二十三碗、果食八碗、蒸食三碗、蔬食四碗。二等肉食二十碗、三等肉食十五碗，果食、蒸食、蔬食均与一等同。主要用于各级"赐宴"，是"礼仪"。

皇帝亲食尚"华而不实，营而不养"，尚且"又臭又咸"，赐宴大概"不可食，只可看"了。况且，以二两二钱六分银子"成席"，看也不经细看了。有人认为"满席""汉席"合二为一形成了满汉全席。有人认为满席被乾隆带到扬州，由盐商合为"满汉全席"。但满汉全席之名见于民国，斯时，扬州的盐商"豪华已尽，风月难寻"。其实，满汉全席成于民国初年的官场之上，系军需承包商用于招待军需官的"大宴"。两者均是暴发户，用时下语来表述就是土豪。

土豪对土豪，用旧京俚语来表述，就是"作到了一块儿了"。于是，在"报菜单"的启发下，"满汉全席"说出台了，可以说是官场之上的产物。常瀛生否定满汉全席为"清宫御宴"，比常先生还要"权威"的人却没有直接表态。原因也很简单，翁同龢之道有传。

民国时期，一位品尝过"满汉全席"的老者在20世纪60年代曾对人说，官场上的满汉全席，共有一百零八道菜，分三天进餐，每天上桌的菜是三十六道。由于作东的人急于"事功"。故一百零八道菜"毕其功于一餐"，而且"八大名酒"一齐上阵，开瓶后皆干一杯。让与宴者吃得、喝得"天昏地暗"，归来后三日不思饮食。问起所用的"满汉全席"，竟"无以对之"。这位品尝过"满汉全席"的老者，就是北洋政府的陆军部军需司主事段伯泉。

二、食

北洋政府的内务部户籍司主事方仲纯，也有幸品尝过"满汉全席"。两位"主事"在北洋官场之上都是有根基之人。段系段祺瑞之侄，方系吴炳湘之婿。看来，"满汉全席"出自民国官场之上属实。

吃货——有钱有闲

"吃货"系旧京俚语，系废物之意。时下，"吃货"升为"会吃""见过场面""美食家"……总之，"吃货"二字已无贬义。人"会吃"，是件好事。在饭桌"见过场面"的人，大多"有来头"，否则也不会有那么多的"饭局"，吃请、吃蹭皆然。"美食家"，亦可位于"百家"之中。成名成家，大多是"苦"出来的，只有美食家是"吃"出来的。有公款吃出来的，有私款吃出来的，当然也有"自费生""自学成家"的。

时下的吃货姑且不问，清末民初北京的官场之上有两大吃货。内城的吃货系海军大臣载洵。载洵和一般的吃货不同，是醇王府的六爷，也就是光绪皇帝的六弟。更"殊"的是不但会"吃"而且会"做"。据《新新外史》载，这位贝勒爷不但吃遍四九城，而且和各宅门的厨子不但认识而且是老熟人。

海军大臣是高官，贝勒爷是显贵，厨子在府邸之中、宅门之中属于"下人"，见了贝勒爷得"避之"，连过来行礼的资格也没有。可是载洵好"下厨房"，凡与宴，在菜上桌之前则曰："引我到灶上看看，我要露一手。"有幸品尝过洵贝勒厨艺的人，皆交口称赞。

论者常言，"真正会吃的人一定会做。"吃是"品味"，做是"成味"。品味是主观，成味是客观。两者有机地结合在一起，才能"主观和客观拥抱"，"道与术恰合"。可惜的是贝勒爷虽然好"下厨房"，但没有"开饭馆"。故名不显，亦无"私家菜"传世。

南城的吃货是谭瑑青，时人以谐音称之为"谭馔精"。时下的"谭家菜"，即出其门。

综上"御膳""吃货"两节，皇上富有四海，本应是最大的"吃货"，可是皇上"吃不上"鲜的。太监信修明在回忆录中说，宫中的后妃口福比不过中等人家的太太，"信公公"在宫中二十年余，先伺候慈禧，后伺候锦妃。1924 年冯玉祥"逼宫"时，和锦妃一起出宫，所言当不虚也。

吃货多出于官场之中，但官大的、位尊的、爵显的未必是"吃货"。例而言之，曾国藩每天早上必吃一大碗鸡蛋炒饭，碗之大惊人。此系工作餐，李鸿章陪同时如同"受刑"。吃完后一天不想吃饭，第二天犹觉"腹满"，第三天才恢复正常。

真正的美食家得有经济基础、文化基础；还得走遍各省区，对诸菜系有所比较。以上条件皆备，还得有一个安定的环境，也就是有闲心。有闲心就是"近庖厨"，虽不能掂炒勺，也得知道"该怎么做"。提出的要求"有道"，对"有术"（厨师）能起到指导作用。

正因如此，袁枚是美食家，谭祖任是美食家。更进一步说，"道""术"之间得系"无间"，谭家、袁家的姨太太均系"得道执术"之人，是真正的"家厨"，领厨房之风采、风骚、风味、风韵。

饭馆——因时借势

时下，老字号颇受世人垂青，能进入"非遗"者更为光鲜一时。北京的老字号中，饭馆居榜首。由此可见，北京人的口福非浅。一位"老北京"到一个省会城市出差，作东者是他的大学同学，两人私谊甚厚。席间，论及厨艺。出差者脱口而出："你这掌勺的欠点火候，比起北京的×××实逊风骚。"作东的苦笑着答曰："好厨师都跑到北京去了，北京聚人、聚气，也聚厨师。大饭店的厨师长……"下面的话咽了回去，改为"食在北京，不虚也"。

"食在北京"可溯源千载。历代封建王朝"聚敛贡京师"首先是贡吃。皇家吃"贡"，军事人口、政治人口吃"供"，也就是说是由国家供养。有清一代的八旗人口均由国家供养，八旗之半驻防京城以"拱卫帝居"，号称"京旗"。清末时京旗有六十余万人口，占城区人口的三分之二。京旗人口居内城，非旗籍人口居外城，外城的三十余万人口来自全国各地，基本上是"过客"，不会长年定居，更不可能终老京城。内城的六十余万京旗人口，有清一代在北京定居，辛亥之后全员转化为北京市民，系真正的"老北京"。

北京人口的特征，也就决定了北京饭馆的特征。外城的流动人口重"鲜"，内城的固定人口重"实"。外城的饭馆"面向全国"；内城的饭馆"为京旗服务"。

制约北京饭馆的硬件是"大运河"；软件是"士文化"。具体言之，就是大运河能运来什么，饭馆就只能卖什么。"士"系读书人，位于四民之首。京城的"士"，至少是"举人老爷"，京城的"士文化"，也就可以称之为"士大夫文化"。士大夫群体的需求，士大夫文化的趋向，是北京饭馆的软件。京旗的需求、京旗的趋向，亦是北京饭馆的软件。

以清代而言，鲁菜在京城执牛耳，领风骚。山东是"孔孟之乡"，文化发达。山东有三面临海之利，海参、鱿鱼等鲜货制成"干货"后，沿运河直抵京师，成为"时鲜"。山东地接江苏、安徽，与淮扬地区是近邻中的近邻。于味道而言，是南味中的北味，北味中的南味。离南北而合中道，就是鲁味。鲁菜占尽天时、地利、人和，长执京城餐饮业的牛耳，宜也。

进入 20 世纪后，京奉、京汉、京包、津浦铁路汇京师。其运输能力远远大于京杭运河，北京饭馆的硬件发生了变化。科举制度废弃后，软件也发生了变化。八大菜系，皆有可能在京城一显身手、一展风采。

同时，清廷旗、民分城分治的禁令名存实亡，士人北"迁"，饭馆也就纷纷北"开"。民国时期，长安街上有十二家风味餐馆，时人称之为"长安十二春"。即鹿鸣春、新陆春、庆林春、方壶春、东亚春、宣南春、四如春、大陆春、淮阳春、万家春、玉壶春、同春园。淮阳春多为淮阳、闽、川风味。鹿鸣春的精蛋鱼、淮阳春的肴肉煮干丝、大陆春的红烧羊菌、新陆春的南腿鱼唇、庆林春的烧四宝等菜，皆名冠一时。

和传统的"八大楼"相比，"十二春"确系"新军"。"八大楼"即东兴楼、正阳楼、泰丰楼、新丰楼、致美楼、鸿兴楼、庆云楼、春华楼，多为鲁菜馆。十二春可以说是开"南军北上"之先声。

"八大楼"之外旧京还有"四大兴""八大居"。"四大兴"即福兴居、万兴居、同兴居、东兴居；加上万福居、广和居、同和居、砂锅居，又称"八大居"。

老北京的饭馆甚多，内外城各择一进行介绍。外城选广和居，内城选砂锅居。

广和居——何不复出

广和居系八大居之一，以其影响而论，当为八大居之首。溯广和居之源系隆盛轩，道光十一年（1830）改名为广和居，位于菜市口北半截胡同南口路东，系一套大四合院，门面磨砖刻花，颇为精致。由于地处会馆的中心区，也就成为宣南士大夫们的光顾之所。初系鲁菜馆，后多引进"南味"，此系"顾客至上"之举。宣南是士乡，南人居多。清末民初，系广和居全盛的时代，从《鲁迅日记》中来看，大先生、二先生均是常客。

广和居的名菜有炒腰花、江豆腐、潘鱼（潘炳年）、曾鱼（曾国藩）、吴鱼片（吴闿生）、清蒸干贝、四川辣鱼粉皮等。备有多种名酒，尤其是陈年的黄酒，浙江绍兴黄酒为南人所"欣"，山东即墨黄酒系北人所"钟"。

广和居的服务对象是"宣南士大夫"，随着士人北迁，广和居也迁至西长安街路南，更名为广和饭庄，但时人仍然好称其为"广和居"。1928年"党军北伐""国府南迁"。官场上的食客"孔雀东南飞"，广和居冷落了下来。1931年歇业，其灶上名厨大多投向了同和居。于是，同和居大兴。由此看来，广和居的"灶底甚厚"。

广和居在历史上的影响，和清末的清流党、革命党联系在一起。于清流党而言，三度兴起，均以广和居为俱乐部、为诗廊。"革命党北上"，党人在广和居题"反诗"，震动了京城。

清流党在中法战争、甲午战争、清末新政过程中三度大兴。能成为"清流"，得是"正途出身"，也就是通过科举考试，步入仕途。"两榜进士"在治学之道、为人之道、为官之道上都很传统，以修身、齐家、治国平天下为己任。时人、势人视之为迂夫子、愚夫子。迂且愚，在官场之上当然"不得烟抽"。但有忧国忧民的情怀，以抨击权奸时恶为所执，绝不苟同，更不合污。

清流党人不当轴、不当权，但颇能左右视听，在晚清的政治舞台上发扬了"立于朝诤于朝"的传统。在列强瓜分迫在眉睫的时刻挺身而出，大声疾呼：对外要"抗侮保权，重振国威"；对内要"整饬纪纲，惩办贪污"。"专事抨击，以正朝纲士风。"

清流党人以广和居为"俱乐部""诗廊"，京城文士慕名而来，其意当然是"欲结清流"，使自己"置身名流"。一些名难见于经传的"小字辈"，当然有自知之明，到广和居来"就餐"，也就是为了"观诗"。目的是从诗中获得"信息"，以利"混迹官场""混迹文场"。

同盟会成立以后，特别是同盟会北方支部成立以后，革命党人开始潜入北京，以"手枪炸弹是问"，先后刺杀过五大臣、载沣、良弼、袁世凯，庸官权贵们谈虎色变。革命党人的战术之一就是在广和居"题诗"，诗文往往不胫而走。其中一首《匕首行》声振京城，吓得宗社党人声销迹匿。民间更是相传"三千刺客已进京","三千刺客皆死士"。

步入共和后,广和居又"火"了一把。其南味新潮、时尚,为"八百罗汉"所欣、所钟。"八百罗汉"选举袁世凯为"正式大总统"后,也就完成了自己的"历史使命"。袁大总统以区区二百元的"遣散费",把"神圣的议员"打发出京。

鲁迅和教育部同仁是广和居的常客,鲁迅离开绍兴会馆迁入内城后,也就和广和居乏缘了。时下,"八大楼"不但复出、复兴,而且有"借名"图兴。不知何故,广和居这块招牌没有重立、重兴。

砂锅居——从未捣蒜

砂锅居位于西四缸瓦市路东,原名和顺居,开业于乾隆六年(1741)。究砂锅居之名,系因用一口直径三四尺的大砂锅煮白肉。一些好事之人为了一睹为快,假以就餐为名,前来看个究竟。久之,"和顺居"被"砂锅居"所取代。这个超级大砂锅也就成了镇店之宝。后因锅底漏了而不能再使用,其上半部则一直保存到1966年。

砂锅居的招牌菜系砂锅白肉、砂锅下水、砂锅丸子……最终有了"全猪席"。总体而言,其菜名是在"猪身上找齐儿"。笔者于1991年点校清宫太监信修明遗稿(1992年由燕山出版社出版删选本)时,曾经查到一些相关记载。

综合各书所记,可以看出,坤宁宫祭杆子所用的猪系精养、精选的"特供品"。进宫的方式也很特殊,是由"土地"从圆明园赶到坤宁宫后立即进行屠宰。祭杆子后所分的肉又叫"分胙",王公显贵能得到皇上、太后的恩赐,能吃上祭杆子的肉,是沐天恩的福祉。久而久之,坤宁宫中用超级大锅的煮肉之法也就传出了紫禁城,府邸之中多有效法,民间也有模仿者。所不同的是,超级大锅难寻,和顺居就制作了一个超级大砂锅,这个超级大砂锅起到了"幌子"的作用,是绝好的促销广告,和顺居也就水到渠成地变成了砂锅居。

推而究之，坤宁宫大锅中的猪肉是大火"涮"成。一般来说，猪肉不能"涮而食之"，得"小火煨成"。但供祭杆子之猪系精养、精选之品种，宰杀前由圆明园赶到坤宁宫，猪的全身得到了充分的运动，"放血"能特别彻底，故能"涮而食之"。食之时只撒"盐花"，是怕佐料坏了天成之本味。"分胙"之肉在王公府邸之中亦属难得之美食，溥杰幼时对此肉留下了极深的记忆，20世纪60年代与人谈起，仍然是赞不绝口。

砂锅居不是坤宁宫，不可能有"特供"的猪。虽制作了超级大砂锅，也不可能以"涮"的方式来"成之"。但白汤、白肉传承了下来，如果煮不出白汤、白肉，准是下锅时肉就不新鲜了，一锅浑汤，只好用酱油来遮遮了。

砂锅居有三百多年的历史，所以故事颇多。20世纪20年代初，缸瓦市一带的居民盛传汤玉麟大宴砂锅居的故事。细究之，原来是准备"大闹"，一桌"全猪席"吃得开心了，"大闹"也就变成了"大宴"。大宴之后，砂锅居的名声如日中天，赫然挂起了一副对联："名震京都三百载；味压华北第一家。"

信修明之说系"笔传"；汤玉麟的说词是"口碑"。发展到今天，则全都成了百姓中口耳相传的故事。这也是北京人对砂锅居的认可吧，这种认可是老字号的无形资产，弥足珍贵。

三、住

言旧京家居，首论当是四合院。溯史求之，"野有井田，居有四合院"。考古学已证实，西周初年国人已经修建了完整、完美的四合院。四合者，天合、地合、人合、己合。其实，"四合"只是向往与追求，系农耕文化的一种希冀，四合院是农耕文明的一种载体。国人对四合院情有独钟，结缘已有三千多年。四合院的历史，比长城还要悠久。长城是"农耕"和"游牧"两大板块的人为"界墙"，意在"华戎之辨"。修建四合院的目的就是把自己和外界隔绝起来，自成一个"小天地"。

由于城市的发展，宋、金时期城中的坊墙已被打破。打破坊墙后，国人开始高筑院墙。元、明、清三朝，北京的四合院极盛。四合院的功效之一，就是使我国的城市未形成严格的"居住区"。西方的城市，均按居民不同的政治、经济地位，形成不同的"居住区"。在现代也很难打破。也就是说，这种区分不是法律上的明文规定，但却是难于逾越的"樊篱"。

四合院对外全封闭的格局，使不同政治、经济地位的人得以处于同一街区之中。不同地位的人居住在不同档次的四合院中，在同一条胡同中"关起门来过日子"。王府和平民可以"毗邻",豪宅和小户可以"对门",你过你的,我过我的,老死不相往来。

步入 20 世纪后,一切都在变。以四合院而言,也不能"以不变应万变"。20 年代末,有能力建新宅的人,对四合院已经不感兴趣了,进入 30 年代,小洋楼开始取代四合院。仍住在四合院中的高官、豪富们,也对四合院进行了改造。改的过程中"体"的变化不大,但"用"则完全西化。

30 年代中期,北平特别市社会局明文规定,不再修建四合院,原因是"占地多而不适用"。的确,大四合院占地在十亩以上,小四合院也得有"一亩见方"。下文笔者将清末民初住宅的特色和用途简单介绍一下。

街门——标明身份

顾名思义,街门系临街的门。但旧京各档次的住宅,多在大小胡同之中,街门也就是宅内通向宅外的门,与旁门、角门、后门相比当然规制高大,故街门又称之为"大门"或"大街门"。

清代对王公府邸有严格的规制,严禁逾制。例而言之,努尔哈赤三弟舒尔哈朗之子济尔哈朗,凭战功在崇德元年就封为郑亲王。入关后屡立战功,以亲王爵世袭罔替,系开国八大"铁帽子王"之一。郑王府逾制,于顺治四年遭弹劾而罢官、罚银。权相和珅府邸亦逾制,这也是其被赐死的罪状之一。故有清一代,许多府第的建筑等级"不达标"。以大门而言,王府的规制系五间,许多王府只有三间,这是为臣之道。文武百官,在为臣之道外还要有"居京之道",概而言之,就是"包子有肉不在褶上"。

辛亥革命后,南京临时政府明令废弃了《大清律》《大清会典》,"逾制"的问题也就不存在了。民国新贵们在"起第"的过程中，"五脊六兽，不知道怎么作了。"也就是说，可以随心所欲了。但很快就明白了过来，还是实惠实在些好。因此，民国建筑不但务实，而且"趋西"，在设计上、工艺上进一步中西合璧。

19世纪，北京的街门大体可分为四类，即广亮门、金柱门、蛮子门、如意门，四者的共同点是街门均系倒座房的一间，所异者广亮门的大门在"内"，全间房系"外门洞"。金柱门内外各半间，蛮子门的大门在"外"，全间系"内门洞"。如意门的大门亦在"外"，而且无"柱"，由砖拱环。

19世纪末20世纪初，北京的居民从大门即可看出宅主人的根基。广亮门多系传统的显贵；金柱门多是应时、应势的"后起"；蛮子门不言而喻，是随着湘军、淮军兴起的"暴发户"。例而言之，中国的首富、首贪盛宣怀，在北京的住宅就是"蛮子门"。称南方人为"蛮子"，在清初无疑是具有敌意、蔑意的称谓。步入20世纪后，盛宣怀任邮传部尚书，系从一品的高官，可以挟淮军以自重、挟洋务以自重，"蛮子门"无疑是"醋意"了。

20世纪20年代，老北京，又出现了"随墙门""随意门"，顾名思义，此种门不但随意，而且简易、便宜，宅主人不但"明白"而且"透彻"，有钱自有花法，不在大街门上下功夫。

和街门配套的，就是影壁。影壁有内外两种，外影壁隔街、隔胡同，正对着大门，档次最高的是雕砖八字影壁；内影壁在大门内。内、外影壁的说词甚多，总结起来讲，就是迎财运、官运，保财运、官运。内影壁还有一种功用，就是避免门外之人窥视内宅。

官宦人家的影壁上多高挂宅主人的官衔牌，以示炫耀、震慑。

和大门配套的还有上马石、拴马桩、系马环。高官、显贵之家的大门两侧均置有上马石。明清两朝北京的官员大多乘轿、乘车，骑马的人很

三、住

少。置上马石只是阀阅门第的一种"显示"，若究其"用"，当然也可供下马。但"下马"和"丢官"系同义语，入仕之人甚忌之，所以只称"上马石"，不称"下马石"。

由于上马石重量达数吨，移之甚难。时下大兴胡同、香饵胡同、黑芝麻胡同、帽儿胡同、豆腐池胡同等地，还保存有上马石。上马石是供宅主人和贵客踏踩的，差役、兵丁、弁佐等人不得妄用。在上马石两侧多置拴马桩、倒座房的后壁上亦有系马环，此两物是供差役、兵丁、弁佐等人拴马用的，亦是宅主人身份的一种"显示"，也可以说是一种官俗。

20 世纪以前，北京官宦人家的大门可以说是"门虽设而常关"。宅主人和贵客由大门出入，其余的人均走旁门、角门、后门，标准四合院多坐北朝南，大门设于四合院的东南，旁门、角门多设于四合院的西南。东为上西为下，这也是一种区分。

在大型四合院的西南角，多置有车门。原因是"大门"均在多层石阶之上，车、轿出入不方便。宅主人出入，特别是家眷出入多走车门，既严谨又方便。大门有仪门的性质。出入大门者，大多有些"身份"或"来头"。

元大都系平地起新城，规划十分严整。大街是南北走向，胡同系东西走向。两条胡同之间即是宅院，多进的四合院往往大门坐北朝南，后门坐南朝北，整个院子在两条胡同之间。例而言之，北洋政府的警察总监吴炳湘的住宅大门坐北朝南，在安定门内路东的方家胡同，后门坐南朝北，在国子监街。大门西侧有车门，国子监街的后门亦可走车。

后门无台阶，汽车、马车可驶入。后宅是家眷的住所，系太太、小姐、少奶奶们的"天地"，当然"甚有能量"。后花园中的花厅、内书房是宅主人的"第二办公室"，能够进入花厅、内书房的人多系宅主人的友人、近人。

下属、幕友们若能从后门出入，当然和宅主的关系"不一般"。故"走后门"一词含义甚深，而且颇有历史可溯。

外宅——男人天地

且不言三路三进的大四合院，一个标准的小四合院也有外宅、内宅之分，民间则称之为外院、内院。四合院对外全封闭，对内相对开放。相对开放也须"有别"，首先是尊卑之别、男女之别。总体来讲，外宅系男人的"天地"；内宅系女人的"洞天"。官场中的"交往"，一般情况下夫人、小姐是不参与其间的。彼此之间"过家眷"，大多是同僚之外，还系同年、同乡。"过家眷"有两重含义，一是互相进入内宅，会晤之地在内书房、花厅等处所；二是家眷之间有所往来，夫人、小姐也成为朋友。

总的来说，外宅是女眷们的"禁地"，内宅对执友有一定的开放度，但这个度也就只限于内书房、花厅、藏书楼等处所。

下屋——尊卑有别

从标准四合院的角度来讲，下屋就是大门两侧的南房，又称为前罩房、倒座房。下屋的后墙（南墙）临街或临胡同，故大多无后窗户，以求"严紧"，即便开了后窗户，也是高而小，不能破坏了四合院对外封闭的格局。

"下屋"是针对"上房"（坐北朝南的正房）而言，大小四合院中的上房均是宅主所居，下屋顾名思义是"下人"所居。最大的四合院可达三路三进，下屋当有十几间、二十几间，小四合院的下屋也就是三间。

以宅门而言，够级别的官员均设门房。门房二爷的办公室就在紧邻大门洞的下屋。大宅门门洞东侧的下屋，往往隔成一个小院，时称"东跨院"，也就是"候见室"。西南角的下屋，也隔出一个小院，时称"西跨院"，是家塾先生所居，先生有"西宾"之尊，不与"下人"混杂在一起。东西跨院之间的下屋，是听差、厨子、花匠等男仆所居。高档宅门中，贱如"老妈子"也不会居住在下屋，原因是"男女大防"，即便是"下人"，也不得"混杂"。

车把式、洋车夫、汽车司机也均住在下屋中，"司机"的地位高出一般"下人"，可独居一室。高官均有随身的卫士、护兵、马弁，也就是"警卫员"，这些人也住在下屋中。不配长枪、腰挎盒子炮、肩背大砍刀，时人称之为手枪队、大刀队。这些人都是"亲兵"，在军事素质上有些根基，下屋中所住的护兵、马弁，也就是一个班，至多是一个加强班。

现任高官的住所附近，大多设有马号。顾名思义，马号是养马之所。众多的骡马，若饲养在本宅，难免"不卫生"。所以马号邻近本宅即可，例而言之，摄政王府的马号在今聋哑学校，恭亲王府的马号在今郭沫若故居，和本宅均有一定的距离。

民国高官的马号之中，还驻有"长枪队"。武官骑马是为了显示威仪，长枪队也就是"卫队"。马弁当然要骑马，马号中的骡马总得有十几匹，多者几十匹。卫队一般是一个加强排，甚至是一个连，而且装备精良，虽然不能和护兵、马弁一样混吃混喝，整天是大碗酒、大碗肉，食宿条件也高于一般的部队。士兵也系武装带，足蹬翻毛皮鞋。

二门——出入禁地

二门又被称为垂花门，系上房和下屋的分界门。时下，多认为内宅中的女性"大门不出二门不迈"。其实，二门的功用远不止于此。

19世纪时，北京官宅的大街门是"门虽设而常关"，只有贵客到，宅主人才"开门接客"。进入20世纪后，军警在高官、显宦的大门前站岗，大门打开后，贵客至也就"开中门接客"。

所谓的"中门"，就是二门后的四扇门（二门有框无门），平时关着，所起的作用是内影壁，门上多书"四季平安"等吉祥语。出入的人从门两侧的游廊进入内宅。贵客来访，宅主人打开二门上的四扇门，也就是开中门接客（详见礼仪节）。

清代一些宗室的二门前，陈放着两根朱漆木棍，声称是"皇上赐祖上的"，若有"歹人"闯进大门，打死勿论。从努尔哈赤之父起，其本支是宗室，宗室也就是正统的龙子龙孙。由于宗室腰系黄带子以示身份，所以时人称宗室为"黄带子"。

宗室二门前的朱漆木棍，系何帝所赐难考。直至清末，一些宗室的二门确置朱漆木棍，以示门第。

直至民国初年，官宦之家的二门前置衣架，上有几件土布大褂。凡穿短衣之人进入内宅，必须罩上大褂。

二门的四扇门，系"活门"，撤去四扇门后，二门也就成了一个小戏台。"戏子不入内宅"，就在二门演戏。宅主人和家眷可在上房的廊子上看戏。

一进院——大雅之所

多路、多进的大型四合院，房屋均在百间之上。故一进院的正房多系大客厅，东四厢房为外书房，耳房是幕友、朋友们的客居之所。一进院虽在二门之内，仍是男人们的天地。大客厅是备而不用，宅主人很少在大客厅见客。故大客厅只是"礼仪之所"，也是聚会、团拜等活动之所，使用率很低。

三、住

大客厅两侧的东西厢房，其用有二：一是会客，特别是以文会友；二是藏书，在藏书室中坐而论道，更是雅事中的雅事。

二进院——主尊主宠

二进院的正房系上房，是宅主人的住所。清末民初的高官显宦大多有几房姨太太。姨太太们争宠，争宠的结果是一个人很难"专宠"。能住在二进院东西厢房的姨太太，一定是得宠的。和老爷住得近，是得宠的标志。

三进院——女人天地

三进院的正房，系太太的住所。太太是正妻，姨太太再受宠也是"大水漫不过龙王庙"，对太太得有几分礼让。住在三进院东西厢房中的姨太太，无疑是不受宠的。老爷不宠，也就和太太做伴了，这也是同病相怜了。

后罩房——藏宝藏娇

后罩房在三进院后，是女性的居所。由家眷看管"宝物"，故后罩房也有"藏宝"的功用。后罩房一般为七间，其后窗外就是后花园。民国新贵们所建的高档四合院，后罩房有的多达十几间。规模甚大的四合院，为了"收住风水"，给后罩房加了一层，成为后罩楼。但再违制的建筑，后罩楼也不会是三层。

后花园——别有洞天

高官显贵们的府邸都有后花园，大型的后花园中有花厅、内书房、藏书楼等建筑。后花园不是开放之所，能进入后花园的客人和宅主人均系至交、深交，彼此有"过家眷之谊"。所谓的"过家眷"就是不回避家眷，而且双方的太太、小姐也有所往来，"有通家之好"。

西花园——入幕之宾

高官显贵的府邸中均有花园，后花园、西花园之别者何？不止是在方位上，更在功用上。后花园在三进院后，是女眷们的天地。西花园从方位上来讲位于宅之西，从功用上来讲是西宾们的活动之所。西宾若专指，是家塾先生，宅主望子成龙心切，当然要对儿子的老师表示尊重。

西宾可以是秀才，也可以是翰林。以宅主人的地位而定、以宅主人的见识而定。西宾若是泛指，幕友、清客、棋友、琴友、师爷……皆可称之为西宾。小而言之，西宾是秘书班子；大而言之，围着宅主人转的食客皆可称之为西宾。西宾不是朝廷命官，没有品级，宅主人的官再大，也不是其下属，但以不同的形式为宅主人服务。西宾的"工资"不是由朝廷发，而是为谁服务谁给钱。"吃人家的嘴短，拿人家的手短"围着宅主人转，也就成了西宾的特征。

清末新政中开始废除幕僚制，民国初年逐渐不存。制度不存但群体犹存，例而言之，段祺瑞府中的棋客、棋士，仍可称之为西宾。

门房二爷

旧京有"宰相门房七品官"之说。清朝无宰相，能担任大学士、军机大臣这样的要职就算"入相"了。掌门房者均系"下人"，俚云："门房二爷"，言外之意主人是老大，门房是老二。二爷是个肥差，"无事不登三宝殿"，前来进谒者十有八九是"有事相求"。要见主人，得先过"门房二爷"这一关，照例得送上"门包"。门包系红纸所封，故又称为红包。时下，仍是被广泛使用的词，但含义更广、更深了。即便宅主是"清官"，进谒者也得表示表示，这是惯例、官俗。

有的进谒者心中有数，宅主见不见无所谓，只要把礼收下就行了。此时对门房二爷就得"孝敬孝敬"。以庆亲王奕劻为例，于帝系而言，他已属"远支"，但权倾朝野，不但是"铁帽子王"（不降封）而且先任军机处领班（首席军机大臣），后任皇族内阁的总理大臣。登奕劻的门，能获见的自然不多，只要门房二爷能把礼收下，则"大事济矣"。

每当奕劻退朝后，门房面呈礼单，如果点点头，则是嫌轻；说声"费心"，则是"尚可"；说声"如此费心"，则是"满意"。这是天机，要想获悉，谒者得进一步"孝敬孝敬"，才能得到"信息反馈"。袁世凯走的就是奕劻的路子，得知"王爷要出掌军机处"后，派差官送来了十万两银子，扔下就走，对门房说了声："王爷将有大花销，千万赏脸收下"。袁世凯是庆王府的常客，对门房二爷，"该花的钱全花了"，所以诸事得心应手。

大门警卫

电视剧中，大小宅门都有"站门的"，不是兵弁，就是恶仆。其实，皇上是不容许官员拥有"私人武装"的，尤其是京城之中。家丁持械不但犯忌，而且犯禁。曾国藩是"中兴功臣"，平定了"洪杨之乱"后进京面圣。两宫（慈安、慈禧）在养心殿召见。慈禧劈头第一句话不是嘉奖，而是"你带了多少人马进京？"

王公府邸在定制上有"侍卫"，但清末之时，侍卫成了"养爷"的专差，时人称之为"三爷帮"，大多是不成器的少爷、姑爷、舅爷，实系"侍而不卫"。许多王府亦雇有镖师，这些镖师不乏武林高手。陈式太极拳进京之初，就是以王府为依托发展起来的。

王公、高官的府邸均是"门虽设而常关"。只有贵客（同级别或上司）

至，才开门迎客，平时出入均走角门、旁门、车门、后门。袁世凯出任总理大臣后，以良弼为首的八旗少壮派组织宗社党，提出"外平乱党内除奸贼"的口号。乱党指南方独立的各省，奸贼暗指袁世凯。同盟会的津京支部，组织了对袁世凯的刺杀，虽然没有成功，但影响甚巨。对良弼的刺杀成功了，八旗权贵们闻乱党色变、谈乱党色变，所组的宗社党如鸟兽散。

袁世凯乘机把北洋军开入城区，不但控制了城防，而且把权贵们控制了起来。控制的方法是以保护为名，派大兵到王公府邸、高官豪宅门前站岗，在四周巡逻。权贵们已成惊弓之鸟，见大兵在门外布防反倒产生了安全感。没有被保护的人也纷纷要求给予保护，袁世凯则一一允诺。为了表示尊重和礼敬，大兵们只在门外站岗、巡逻，绝不逾大门槛。

权贵们为了表示欢迎，也就打开了大门。此举有两意，一是向袁"输诚"，二是向周边"显示"。民国肇基之后，官俗上承清之旧的地方甚多。开门、站岗也就被北洋新贵们承袭了下来。按照"定制"，文官由京师警察厅派员，武官由步军统领衙门派员。但参谋部、陆军部、海军部等大衙门均有自己的卫队，步军统领衙门也就"免劳"了。只有将军府的元戎们，由步军统领衙门派员站岗。

门内洋车

老百姓手头富裕些的大多出门坐洋车，焉有进门坐洋车的？袁世凯时期的总统府设在中南海，文武官员的汽车、马车除了少数有"府牌"的外，都不可能开进总统府。清廷对重臣、老臣有"紫禁城骑马""紫禁城乘肩舆"（二人轿）的殊恩。袁世凯则反其道而行之，对于"不够级别""不宜府牌"的文武官员加恩"中南海坐洋车"。

凡属"不够级别""不宜府牌"的文武官员，军官在中南海北门，时曰"军人门"，从汽车、马车上下来后有洋车恭候。文官在中南海西门，时曰"文官门"，从汽车、马车上下来后有洋车恭候。拉洋车的身着拱卫军的军装，但不配军阶标识。无论军官还是文官都到居仁堂前下车，分别由文武承宣官引入候见处等候大总统召见。事毕，步出居仁堂后仍坐上洋车。在觐见的往返途中均有两名拱卫军士兵在车后跑步相随，时人曰"车从"，年高者上下洋车时，两名"车从"进行搀扶。"车从"对"中南海坐洋车"者上下车时，均敬礼示敬。

对于"身份特殊"的人，既不享受"府牌待遇"，又不好令其"坐洋车"，则由承宣处派出马车接送到家。总统府的马车有特殊标识，途中站岗、巡逻的军警都要以立正、敬礼的姿势相迎相送。时人视之为"殊荣"，能够享受这种殊荣的人不多，王闿运即是其中之一。"中南海坐洋车"的制度只行于袁世凯时期。能进总统府拉洋车的车夫都是京师警察厅精心挑选出来的，条件是"身体强健、五官端正、不隶旗籍、不涉乱党"。可谓之曰"御车夫"。时人戏称之为"总统府行走""中南海跑车"。

别馆——另置天地

进入民国后，"府"字渐成了"政府"所专，高官的私宅称为"公馆"，风景区所设私宅为别墅，又称为别馆。"藏娇之所""躲清静"的地方称为"小公馆"。

本宅不论称为"府"还是"公馆"，都比别馆规制宏大。例而言之，恭王府在诸王府中可称为"翘首"，其后花园有大观园之谓。可是恭亲王奕䜣在后海南岸小翔凤胡同建鉴园别馆。建筑面积约580平方米，不是标准的四合院，为花园的格局。王爷"多娇"不会违制，故用不着"藏娇"。该宅现为西城区文物保护单位。

庆亲王为军机处"领班"，又是皇族内阁的"总理大臣"。但国事摆不平，家事也摆不平。贪了几千万两银子，当然有钱建别馆。奕劻在后海北岸李广桥有所"花园别墅"，其子在后圆恩寺胡同建中西合璧的别馆为藏娇之所。此宅在20世纪40年代末成为蒋介石的"行辕"，现为宾馆，系北京市文物保护单位。

张作霖在京居顺承王府，其子张学良在安定门内设置了"小公馆"。段祺瑞在吉兆胡同有所规制宏大的公馆，其子段宏业却不住其中，另置"小公馆"。儿子躲老子，也是图个"清静"。老子不究，是"眼不见心不烦"，图个"两皆安"，也是为了"清静"。

民国初年，曾任国务总理的熊希龄借"赈灾"之名对香山进行了"开发"，于1917年在静宜园行宫内建双清别墅，系园中之园。步熊之后，新贵们纷纷兴建了栖月山庄、玉华山庄、芙蓉馆等别墅。

颐和园为清朝皇家私产，内务府为了讨好"民国新贵"，不时邀请警察总监、步军统领等实力派、实权派到园中"避暑""小住""养疴"。长廊东端的"飞云泳川"，一度为吴炳湘的别墅。

昌平地区的小汤山有温泉，明清均建有行宫。乾隆朝进行了扩建，颇具规模。1900年的八国联军之役，行宫遭到破坏。民国初年在行宫旧址之上建起了旅馆、别墅，大总统徐世昌手书勒石"汤山别业"。北洋政府的政要们常聚于此商讨国是。

庙寓——佛前求安

清廷移鼎北京后，实行"旗、民"分城而治、分城而居。将非旗籍"官民人等"一齐移往外城，只有僧、道不在迁出之列。为了早朝方便，非旗籍的京官就以佛、道两教的寺观为"别馆"，时人称之为"庙寓"。

住在寺庙中的官员不只是京官，有清一代各省的封疆大吏进京"述职"时，也都好下榻寺庙之中。所以近代史上许多重大的历史事件，也都发生在寺庙里，1898年9月18日晚，谭嗣同到法华寺夜访袁世凯；1900年李鸿章进京和八国联军"议和"，下榻在贤良寺。

寺庙是佛门净地，本不应接纳世间名利之客，疆吏们进京时庙寓而居，实令人有些费解。追根溯源，要从清初说起。

清顺治三年（1646）内阁奉上谕，"为防各省来京官员钻营嘱托，交通贿赂，由五城御史督令司、坊官员时加访缉。"于是，各省进京官员不敢下榻在京任职的同乡、同学、同年的私邸，以免御史以"钻营嘱托，交通贿赂"的罪名，令五城兵马司指挥使、十坊的吏目暗中进行"访缉"，找出些蛛丝马迹"风闻参奏"。

不下榻同僚之家，下榻逆旅之馆总该是名正言顺的吧。可是清廷又立法禁止二品以上大员出入茶楼、酒肆、戏园……违者以"违制"论处。轻者罚俸，重者谪降。清代旅馆的功能复杂，茶楼、酒肆往往附于其中。总督、巡抚均是二品以上的高官，要是下榻旅馆之中，一旦被御史钻了空子，那真是有口难辩，所以疆吏进京，还是不住旅馆为上策。

不住旅馆就住会馆吧，一旦住进会馆，招惹的是非就更多了。会馆是应试举人、进京商人云集之所。高官们住进会馆后，和这些人有同省乡情，彼此之间也难免有些旧谊，弄不好就落个"聚乡党通议朝政，交商贾为官谋利"的罪名。

封疆大吏们有的是银子，干脆建宅起邸，在京城之中安个"家"。进京述职之时下榻本宅，一切麻烦均免，可谓"万全之策"。但此策是下策中的下策，后患无穷。从朝廷角度来讲，大吏建第京师，难免有窥测朝廷之嫌。

从官制上来讲，清廷不设"招待所"接待进京述职的疆吏。也不许总督、巡抚们仿唐之制在京设"奏事院"，但外官总免不了进京面圣听训，进京后总得给自己找个"栖身之所"。

京师有"寺庙甲天下"之称，仅佛寺就有一千余所。大中型的寺庙不但建筑规制远胜民间的四合院，而且寺内环境舒适，翠柏、修竹、劲松、古梅交映成趣，诚有闹市园林之雅，客房之中轩敞别致，窗明几净，可谓士人之居。斋堂素餐，清淡可口，实胜过市厨杂味，于是各省的大吏进京述职时纷纷择寺、观而居。

下榻寺、观之中，一可免于私邸应酬；二可免于旅馆的喧扰；三可免于会馆的是非；四可免于安家的麻烦。真是何乐而不为！

令人不解的是溥儒。这位天潢贵胄是和张大千齐名的大画家，时人有南张北溥之说。溥儒是恭亲王之孙，其兄溥伟是个复辟狂。

按照清廷定制，王公府第为皇帝所有，由内务府管理。王公们只有居住权，降封后收回，由内务府另行安排住所。清帝在退位召书中，明确了王公府第为私产，由王公个人所有。"皇产"成为"私产"后就存在了分家的问题。溥伟、溥儒分家时，恭亲王府一分为二，前部归溥伟，后部归溥儒，后部也是世人所说的"大观园"。

在京城府邸之中，后花园大多不大。原因是京城不但米贵，而地皮更贵。"大观园"不但占地甲京城，而且园境甲京城。可是溥儒在20世纪20年代前期却到和大观园一水相隔（后海）的广化寺"养病"，而且出资五万大洋，将广化寺修葺一新。"大观园"和广化寺"后院"，实不可同日而语。五万大洋在当时是巨款，以房产折价，当是时下的"天价"。溥儒很"穷"，为给母亲办个体面的寿礼，还要"出画"。

广化寺系佛门，是静地，但不是净地、禁地。广化寺和大观园近在咫尺，在寺中"养病"，什么都躲不了。溥儒"图个嘛"唯有心知了，因为溥儒并不是佛门弟子。

张绍曾在清末任新军统制（师长），步入共和后出任了绥远都统（省级军政长官），后又出任了陆军总长、国务总理。在任总理时期经常到西郊大觉寺小住。小住名为"换境""礼佛"，实为"躲事"。直接原因是军警"索饷"，闹得这位总理在"衙门"中不得安，在私邸中也不得安，

三、住

只好躲在佛门以求暂安。

冯玉祥成功地发动北京政变后，电邀孙中山北上"共商国是"，"主政大计"。可是驱直后皖奉联手，段祺瑞出任了"临时总执政"，在张作霖、段祺瑞的双重压力下，冯部的国民军虽然控制着北京，但冯大帅很难处置这个局面，颇有些"进退皆失"的境地。冯玉祥曾在护国战争后一度失去了第16混成旅旅长之职，被迫到京西天台山天台寺"养病"，此时也就二度上天台山"养病"。养病避居天台寺一可避免和张作霖、段祺瑞发生直接冲突，二可避免和孙中山直接会晤。

西便门外的白云观，是北京地区最大的道观。白云观的后花园不但规制宏大，而且在造园艺术上巧夺天工，四时景观皆有入胜之处。

民国前期，北洋政府的总统、总理、总长换得"勤"，大多"坐不暖席"。但警察总监吴炳湘、步军统领江朝宗在动荡的政局中尚能"稳定"。于是白云观的道长们以四时景物之变为由，邀吴总监、江军门到观中赏冬雪、观夏荷、探春花、品秋菊。有半日之游，也有数日小住。江朝宗也就和白云观结缘，直至20世纪40年代中期还是观中的常客，并且拉一派打一派。

江朝宗在1917年的张勋复辟过程中，"总理"没当成却丢了"步军统领"的职位，但凭借着五年中所聚的人气，一直在北京"混"。1937年七七事变后，江朝宗当了维持会会长，也就是北平的头号汉奸。但"会长"未能转正成"市长"，他还不甘寂寞，在伪华北道教协会中"摇羽毛扇"。抗战胜利前夕，江朝宗去世了。江朝宗虽然躲过了法律的审判，但在官场上也是名副其实的丑角。军统抄查江宅时，所获仍很丰厚。

墓庐——另辟居所

达官显贵们在城区大建阳宅；在郊区大建阴宅。所谓的阴宅也就是

"坟地"，为了守孝，坟地上建有墓庐。"天下名山僧占多"，京郊西山则是"坟尽占"。逝者入土为安，守孝者"有房为安"。墓庐不建则罢，建则颇有规制。原因之一是清廷惯例，"不籍犯官坟茔"，也就是抄家时不没收"阴宅"。

例而言之，醇亲王奕譞的墓庐名退潜别墅，系依山而建的五进院落，大门如城关。二进院旁建花园，园中有亭、楼、窟等建筑，引山泉环绕，并有游廊连接。辛亥革命后，每当"风紧"之时，载涛便来"守孝"，也就是"避风"。看来"知退"的奕譞对身后已"察觉"，故大建墓庐，以利子孙。

熊希龄"开发"香山后，高官们争着在这块风水宝地建万年穴，修墓庐。有的至今犹存。建墓庐名为守孝，实为避暑、躲事。清代如此，步入民国后此风犹存。"告病""下野"的官员退居墓庐之中。

馆寓——考场官场

所谓馆寓，就是住在会馆里，以会馆为寓所。传统的农耕社会最重乡情。儒学的积淀，科举的兴盛，"士子"更为世人所尊所重。今日的"穷书生"，或许就是来日的"状元宰相"。为了给本省、本府、本县的应试举子创造一个良好的"考前环境"，会馆也就应时、应势而生。

据不完全的统计，北京地区的会馆绝大多数是"试馆"，也就是接待进京举人的招待所。试馆有四百余所，商人的会馆也就十所左右。于京城而言，"会馆"可以说是专指"试馆"。

"举人老爷"可以直接参加吏部铨选，铨选得中，也就进入了仕途。但"铨选得官"，总不如"二榜进士"风光，首选还是参加会试。会试名落孙山，"举人老爷"就难免滞留会馆之中，"润砚待来科"。长住会馆之中，也就有"馆客""馆士"之称。

会馆之设，本为接待举人，所以"举人老爷"住在会馆之中系"天经地义"。老馆客、老馆士往往成为旅京的官、学、商三界的"中心联络人"，也是初入考场者的"应试教练"。跃龙门成为进士公、翰林公后，往往得不到实缺、美差。外放州县者自然"辞阙赴任"，在京中任职的内阁中书、郎中、员外郎、主事……均属清职苦差，往往仍然滞留会馆之中。这些人确实很"苦"，其经济收入也就略高于吃粮领饷的八旗兵丁。但怎么说也是朝廷命官，在会馆中的住所要调房，比举人老爷住得宽绰些。

会馆的大小，不能以省、府、县三级划分。穷省的会馆大不了，富县的会馆占地十几亩。例而言之，广东的南海县、浙江的绍兴县均是名县、富县，所以在京中所建的会馆也规制宏大。总体来讲，大会馆多路、多进，小会馆也就是四合院。

蜗居其中的"清职""苦差"若出于经济发达地区尚可住个"小院"，能自成一统，若出自穷县，则难免杂处、混居。参加过会试的举人老爷，跃龙门后不得实缺、美差的进士公、翰林公，可以说均有"馆寓"的经历，当过"馆客""馆士"。

界寓——身居化外

两次鸦片战争之后，中国的许多城市均出现了租界，租界系国中之国，其行政、司法均不属中国管辖。故一旦进了租界，也就等同于"出国"。北京无租界，但东交民巷使馆区根据《辛丑条约》驻有八国军队，形如"占领区"。其地的行政、司法，中国政府无权过问，亦是国中之国。

东交民巷使馆区的范围不大，中国人无权在其中购地建宅。避入其中的"政治难民"，只能住入西方人所开设的旅馆或依附于使馆、领馆等外国机构。六国饭店就是东交民巷中最有影响的旅馆，可以说是"政治难民"的俱乐部。

北京和天津之间只有一百多千米，而且有直达列车。故清末民初的高官显贵，纷纷在天津租界中购地建宅，"风紧"时就避居其中。清末庆亲王奕劻首先在天津租界购地建"府"，建筑外形虽然完全西化，但周边居民还是称之为"庆王府"。1924年以后溥仪、载沣均避居天津租界。民国的总统、总理、总长可以说均在天津租界内安了家，超脱如梁启超者，也不能例外，梁启超在天津租界内购地建宅，梁宅系二层楼，规模还不小。各省的督军、师长，甚至旅长也在租界内"起邸"。天津租界内云集着下野的、闲居的、避难的、躲事的高官显贵，上起皇帝、总统，下至旅长、局长。

时人对因各种原因住入天津租界的人称之为"界翁"，这些人往往也自称为"界翁"，可以说是人嘲、自嘲心知肚明，界寓求安、界寓求生。清末民初有过"进租界"经历的官人、军人不在少数。故吴佩孚声称自己有"三不"，其中一"不"就是"不进租界"。吴信守了此言，他在二次直奉战争、北伐战争中两次战败，均未进租界。

西化——欧风难度

所谓的"西化"就是"西方化"，和"西人接轨"，在家居方面首先是家具西化；继之的是内饰西化；再继之的是安装电灯、电话、自来水和对传统四合院的改造、改建。

第二次鸦片战争之后，西方列强的公使进京，开始在东交民巷地区"设馆"。初始之时系强购王公府邸为"公使馆"，但王公府邸均系传统的四合院，西方人不论是"办公"还是"家居"均感到有所不便，于是进行了"改造"。有的拆旧建新、有的保存中式建筑外形，对室内进行"西化"。

《辛丑条约》签订之后，东交民巷地区成为国中之国的使馆区，一切行政、法律均按西方准则。建筑上也就洋房林立，不但有使馆、私邸，而且兴建了银行、洋行、医院、学校、影院、饭店……这些变化对传统的生活方式产生了新的影响，有人赞叹："欧洲的房、中国的汤。"其意是洋房胜四合院一等，西餐比不上中国的佳馔。

在"家居"西化的过程中，教堂和传教士的住宅起的作用颇大。东交民巷虽然"开放"，但老北京市民则视之为"禁区"，见了高鼻子蓝眼睛的"门神爷"则躲着走、绕着走，更不敢入内一观。教堂则不然，洋神父满面笑容地请君入内，娓娓动听地传教布道，并借助于办学、办医兴教，在老北京市民中很容易造成影响。

教堂的建筑均系哥特型，在传统的四合院中可谓"立异"，而且给人以新奇感，"新奇"就很招人、引人。传教士的住宅系租入或购入的四合院，为了适应西方人的生活方式，多进行了改造。囿于各种限制，房屋的结构不动，门窗则更换为西式，给环院的走廊安上玻璃，整个四合院也就连成了一体。室内则改方砖地为地板或瓷砖，安装上电灯、电话、自来水。经过这番改造，四合院也就西化了，但不是全盘西化，而是中西合璧。这种改造模式一直延续到20世纪50年代初期，时下尚有犹存者。

步入20世纪后，在东交民巷使馆区界外兴建的北京饭店虽是西方人创建，但给老北京市民以直接的影响，在南城兴建的远东饭店系国人投资、国人经营，更是让老北京市民耳目一新。身历目染之后，有条件的人"家居"也就逐渐发生了变化，四合院开始"西化"，但西化的进程十分缓慢。五四运动中"火烧赵家楼"，其实曹汝霖的住宅并没有楼，全是平房。但增建了锅炉房，安装了暖气。曹任交通总长，是肥缺中的肥缺。安锅炉烧暖气，在当时是很罕见的"奢华"。

段伯泉是段祺瑞的堂侄，任陆军部主事。在 20 世纪 20 年代中期修建住宅时，前院是标准的四合院，后罩房七间是西化的洋房。洋房中有电灯、电话、自来水、卫生间。由于洋房的门窗均系绿色，和后花园中的青翠很是协调。

吴炳湘在 20 世纪 20 年代中期修建的住宅仍是标准四合院，所异是在院外又加了一道围墙，以便各屋均能开后窗户。传统的四合院均无后窗户，即便有也是高而小，为的是"严禁"。加了一道围墙后，后窗户可以大开，既通风又采光。院内、室内进行了有度的西化，安装了电灯、电话、自来水。

北平军训总监白雄远在 20 世纪 30 年代初购入了一所内务府名下的"旗产"，为一进标准四合院。进行西化改建亦是加盖了一道院墙，各屋均开了后窗户，室内安装了电灯、电话、卫生设备，并在大门外增建了一个一亩地大小的西式花园。

总的来说，旧京官员们的住宅在 20 世纪初均步入了"西化"的进程，但进度很慢，究其因甚多，时局动荡，位不暖席是原因之一，而且是重要的原因。

1928 年"国府南迁"，随着"金陵流"，"政治动物"纷纷到南京谋求发展。"经济动物"则迁往天津、上海租界之中。有的求"安"，有的求"富"。北京变成北平后房产市场颇为萧条，有能力兴建、改建新居的人越来越少，"西化"的进程更是"乏力"。

三、住

四、行

这一时期，出行的工具甚多，既有传统的轿子、骡马，也有现代化的汽车、电车、自行车。一个人的出行方式，在一定程度上反映着他的身份。

八抬大轿

轿子在唐宋时已经兴起。明朝权相张居正，返乡守孝时乘坐三十二人抬的大轿。轿有四廊，坐累了还能在廊子上散散步。于清而论，档次最高也就是八抬大轿了。等而下之，系四人抬的中轿、二人抬的小轿，小轿又名"肩舆"。

轿有民轿、官轿之分。民轿均系青布小轿，只有喜轿可以用各色帷幔，饰以各种花纹，故喜轿又被称为"花轿"，花轿多是"四人抬"。不论官家、民家，都不会自备花轿。凡有嫁娶，都要到轿子铺"定日子"。

官轿分等级，二品以上幛呢（帷幔）用红色。自三品始，皆用绿色。官轿多是四人抬，王爷们才乘八抬大轿。一台大轿有一个领班，时人称之为"轿头"；十六名轿夫，八人一班，两班相倒。换班称为"换肩"。换肩时，"轿子不能落地"，得在行进中完成，还不能让坐轿子的人感觉出颠簸。轿后有一平板骡车，供"休班"的轿夫"喘口气儿"。轿子四角有四个扶轿子的侍卫，侍卫们一手扶着轿子，和轿夫"同步行走"。一是为了让轿子更"稳";二是为了"以防不测"。八抬大轿转弯时很容易"乱了步",所以不但要"调教有素",还得听轿头的口令。

在雍正实行"摊丁入亩"之前,顺天府在属下各州县征调二万名轿夫进京服力役,概而言之,年轻力壮的大多在征调之列。这两万名壮劳力在京城大小衙门中"应差"。"摊丁入亩"后无力役可征调,大小官员开始改乘骡车。清末之时,摄政王载沣出行亦乘骡车。

高轮骡车

车轮子越高,车的越野性越强,车的速度也就越快。与此相配,拉车的骡子也得是"高头大骡"。传统的骡车均系"一骡独挽",为的是便捷、安全。官车按品级饰以红帷、绿帷,给高官赶车的"把式"不得"跨车辕子",得跟着车跑。两个把式,一边一个才能更好地控制"高头大骡",时人谓之"双飞燕"。

车到府门,坐在车上的人并不下车。此时的车厢变成了轿子,轿子四角有铁环,将轿杆插入其中,由四个男仆缓缓抬起步上石阶进入内宅,时人又称"双飞燕"为"府第车",乘者皆王公显贵。

王公所乘的骡车,还有一个明显的标识,就是"朱轮紫缰"。这也是"王公"和"高官"的区别。部曹之属,七品官耳。"上衙门"时也多乘骡车,车的体积小,拉车的骡子个头也小,除饰绿帷,和民车几无区别。

四轮马车

四轮马车,又谓之洋马车。洋马车进入北京,是在第二次鸦片战争之后,西方列强在东交民巷建立了使馆区。公使们坐的四轮马车,渐渐在中国人中产生了影响,北京人乘坐四轮洋马车时,已是20世纪。袁世凯出任外务部尚书后,中国的外交官开始乘坐四轮马车。

四轮马车在 20 世纪初最牛，是身份的标志。袁世凯当上中华民国临时大总统，特意从英国定制了一辆西式马车，据说是仿英国国王的样式。但袁大总统是"新华宫之囚"，不敢出总统府的大门。只到天坛祭过一次天，祭天的仪式、仪仗不可"西化"，系乘"大轿"前往。警察总监吴炳湘、步军统领（九门提督）江朝宗为轿前引马，两人皆穿民国军大礼服，甚是"西化"，行进的队伍显得不伦不类，时人讥之。袁世凯的御车用来接待过孙中山，洪宪梦醒后不知"车落谁家"。

保定军校也从英国定购了一辆豪华的四轮马车，时蒋百里任校长。该车由八马挽，蒋夫人曾说："坐在此车上有骄傲的公主之感。"

民国元年严复任北大校长，袁世凯欲停办北大，明令月薪六十元以上者一律暂发六十元。按规定北大校长的月薪系三百元，严复致其夫人信中云："六十元还不够我养马车的费用。"严复的马车确属"豪华型"，由两匹洋马力挽，四角配铜钟，车内外配气灯。前座是赶车的，后有跟车的，均穿西式车服。民国元年时一个三级警士的月薪四块大洋，六十块还不够养一辆豪华马车，故西式马车不易推广。袁世凯的长子袁克定等"潮人"，弃骡车后直接坐上了汽车。20 世纪 20 年代后期，西式大马车也就被汽车所取代。

1916 年底，蔡元培出任北大校长。孙宝琦（清驻法公使，民国时曾任总长、总理）对他说："不可再步行了。"遂以家中的一辆闲置马车相赠，此车由一匹关东马所挽，只有赶车的，没有跟车的，走起来慢悠悠的，实属代步工具。

北大的教务长马寅初，上下班均有豪华马车接送。这辆豪华马车在师生中很"招眼"，但不是马先生自备，系由中国银行所提供。马寅初是留美博士，专攻经济学。中国银行聘其为"首席专家"，提供了这辆马车。

"屁股冒烟"

"屁股冒烟"这句话听起来不雅，这是老北京茶馆中的侃爷对"汽车阶级"的戏称。当时的汽车在起动时，排气管中会放出一股青烟，甚至有一阵爆鸣声。若揶揄一个总好钻营的人时则说："您什么时候屁股能冒烟，也让我们哥几个挨挨熏。"

汽车进入北京，是在《辛丑条约》之后，西方的驻华公使，首先弃马车换乘汽车。国人最早把汽车开进北京的是袁世凯，慈禧太后七十寿辰时，他进献了一辆汽车。但此车不但没有上过街，慈禧也没有乘坐过，现在仍存于颐和园，成了文物。

有清一代慈禧不坐汽车，权贵们也就不便乘坐汽车了。"步入共和"后，袁世凯"深居不出"，大太子袁克定、二太子袁克文，一个在官场上、一个在文场上闹得挺欢。两位公子爷都以汽车代步。总理、总长们也都弃马车换乘汽车。溥仪在出宫之前（1924）已置备了汽车。其父醇亲王载沣，先于儿子坐上了汽车，于是，"王爷们"当仁不让，纷纷成了"汽车阶级"。

溥仪购置汽车时花了三千六百多块钱，据说洋行老板为了扩大影响，对皇上实行"优惠"。一般人购买一辆够档次的新车，得四千元左右。在当时来讲，四千块大洋能买一所中档的四合院（鲁迅的八道湾住所花费为三千元）。

蔡元培的马车系自备，1919年初为了接待杜威来华讲学，北大购置了一辆二手汽车，此车样式虽老，却用了很多年。直到蒋梦麟出任北大校长，北大只有此一辆汽车。1930年蒋梦麟由教育部长改任北大校长，制备了一辆蓝色的高档轿车，作为专车。胡适任北大文学院院长时其雪佛兰是自备。

威风上路

轿子、马车、汽车均系交通工具，用于代步意在便捷，但还有摆谱、耍威风的功效。京谚有云："在京的和尚出京的官"。和尚举行各种宗教活动，没有什么顾忌。"大德"们以经幡、法号、鼓乐为先导，仪仗俨然。京官可就不同了，王公、高官们出行，也就是前有"引马"后有"顶马"，至多再有"扶轿子的"。没有地方官前导后拥，鸣锣开道的威风。

刘秀未当上东汉皇帝时，曾有壮志豪言："仕官当作执金吾，娶妻当得阴丽华。"原因是执金吾出行时最威风，清朝的步军统领在职掌上和执金吾相近，步军统领的全衔是"提督九门步军巡捕五营统领"，简称九门提督或步军统领。其主要职责是负责北京地区的城防和治安，确保皇上的安全。所以大多由近支王公们充当这一要职。

步入共和之后，京城官制多变。但步军统领衙门却保留了下来，新任步军统领江朝宗原是前清的汉中镇总兵，在张勋复辟的过程中还当过一分钟的"总理"，副署了黎元洪解散国会的"大总统令"。用他自己的话来说是"过河拆桥"，当了一分钟的总理，丢了五年的九门提督。

给老北京市民留下记忆的是，江朝宗巡街的一景。和前清时不同的是，江朝宗巡街乘坐敞篷西式大马车。该车高大，前座上是两名驭手，后座上是两名侍从副官。江朝宗端坐在主座之上，身穿陆军上将大礼服，头戴"冲天缨"，时人称之为"民国顶子"。主座四角有四名马弁跨车镫，均腰挎"自来得"（十响驳壳枪），背插大砍刀，前有一连马队，后有一连马队。

平日出行，马队"缩编"，前后各一排。

警察对清末民初的老北京市民来说是新生事物，被蔑称为"看街狗""臭脚巡"。首先是打扮得新鲜，原来负责维持北京治安的是八旗街兵（内城）和五城练房（外城），两者均穿传统的"号坎"。"看街狗"们穿着洋服、扛着洋枪、挎着洋刀，腰上还挂着一根洋"哭丧棍"（警棍）。

见了尊长也不请安，来个"猴举爪"就算完事了。和人理论起来张口"京章"（地方法规）闭口"京章"，可是老百姓知道"京章"是什么东西。常言道："民不举官不纠"，可是"看街狗"什么都要过问一下，生怕人说他是"哑巴狗"，"咬得（管理）也太宽了"。

以内城而论，共设了二百零四个派出所，时人称之为"巡警阁子"。内城系"九门腹里之地"，即老二环路以里地区，总面积不过一百平方千米，平均每半平方千米，就有一个"巡警阁子"，只要站在门口一声高呼，巡警阁子之间即可"以声相闻"。

清末民初，北京人口不过百万。可是警察却多达二万余人，平均五十人中就有一名警察。老北京市民叹道："这年头，看街狗比看家狗还多。"步军统领江朝宗好"巡街"，警察总监吴炳湘从不"巡街"。可是京津保军警稽查处的"大令"经常巡街。

民国初年，北洋政府的将军们一度好乘敞篷马车、汽车，原因之一是"民国顶子"戴在头上，不便向车厢里钻。而头上的"冲天冠"又是身份的标志，所以乘敞篷车亮亮相。但刮风下雨时，乘坐敞篷车难免变成落汤鸡。穿着"军大礼服"，手挂指挥刀端坐在敞篷车上亮相，是给别人看"耍猴"，况且京谚有"沐猴而冠"——"头戴民国顶子"之讥，所以新鲜劲儿、时髦劲儿一过，乘坐敞篷汽车、马车的将军也就越来越少了。钻进车厢后也不忘"威风"二字，补救的方法是在汽车、马车的登车板上跨四名马介，此时的"马弁"应改称为"卫兵""护兵"了。

护兵腰挎盒子炮，背插大砍刀。大刀护手上挂着铁血十八星的陆军军旗或五色国旗。车开起来后旗迎风招展，煞是"威风"。时人称坐车的人为"兜风的"、挎车镫的护兵是"喝风的"。20世纪20年代，耍这种威风的人就越来越少了。原因是进口的新车开得很快，拐弯时护兵一走神就被甩了出去，后果是非死即伤。

20世纪20年代中期，热河都统的汽车和梁思成的摩托车在西单碰了车。两边都有来头，梁思成是梁启超的公子，梁任公不但是大学者，而且出任过司法总长、财政总长，在政坛上颇有影响。故京师警察厅很是棘手，调查报告闪烁其词，意在双方能和解。

没想到的是堂堂的热河都统，竟然一走了之。梁家一气之下"诉诸法律解决"。都统大人放言道："上哪告都行，我就不信法院还能到热河抓我，法警进得了我的大门吗？"热河在民国前期系省级特别行政区，属奉系地盘。大总统徐世昌的"政坛大计"此时是由"平衡直奉"到"联奉治直"，和东北王张作霖"诸事多有默契"。于是示意张作霖尽快摆平此事，以免造成不良影响给直系提供"口实"。

张作霖心领神会，以检阅使的身份将都统大人骂了一顿："妈了个巴子的，你跑什么，不就是碰车吗，拍钱了事。"都统大人觉得赔钱面子上太窝囊，张大帅骂道："我说你的脑袋是让叫驴给踢了，派副官到协和医院送上一份厚礼，看望看望不就结了吗。老山参、鹿茸，还有什么金表、照相机……多花几个钱，别小家子气。"

厚礼送到后，大总统徐世昌在居仁堂请"都统"和"总长"共进晚餐，自然诸事皆了。

官眷出行

官员出行，多有招摇过市者；官眷出行，则十分收敛。不论是乘坐什么交通工具，均布以帷幔。

民国元年"女子北伐队"进入北京，这些人是真是假都玩过手枪、炸弹，扛过毛瑟枪。不但"戎装"而且"武装"，和传统的女性相比甚殊。

唐瑾、傅文幼、尹锐志、尹维峻、沈佩贞等人在虎坊桥湖广会馆召开的国民党成立大会上，颇出风头，力争将男女平权写入党章。

袁世凯也想利用这支"娘子军"，于是拉拢沈佩贞为己所用。沈在名片上公然写下了"总统门生"，乘着敞篷马车招摇过市，又拜了江朝宗为"义父"，在北京城中颇有"满不吝"之势。余者不失初衷，在"宋教仁案"发生后重组"女子铁血暗杀团"，要为宋教仁报仇。虽不果，志不夺，气不衰。

沈佩贞沦为"总统门生"后，和北洋的"军头"们混在一起，由骑马、打猎，发展到行酒令时输者"嗅足"。实为闹剧、丑剧，被报纸曝光后，在江朝宗的支持下，不但砸了报馆，还冲到总编家大打出手。

袁世凯的姨太太众多，袁世凯自己纵欲，却对女眷看管得甚严，要求女眷不得出新华门半步。其爱女袁静雪在20世纪60年代回忆说，总统府外的天地深深地吸引着她，和大哥袁克定"闹个没完"，要跟着大哥出去逛逛。

大哥答应了，出行的方式是把她带上汽车，车窗上挂上了窗帘，外边什么也看不到。车开到了锡拉胡同的袁家老宅，隔着房间听了几段名角的清唱。未到曲终人散，袁静雪即被送回了总统府。在归途上，由于大哥不在，小妹也就打开了窗帘，第一次看见了外部世界。

袁世凯的老宅和东兴楼饭店隔街相望，清末东兴楼加盖了一层，被袁世凯强止，原因是站在三层楼上即可窥视府中家眷了。标准的闺秀是大门不出，二门不迈，送客到二门止步。"出大门"也就有两桩事，一是看望尊长；二是年节会亲。标准的出行方式是在院内上车，车由大门西侧的车门驶出，进门亦是驶入车门。故够谱的宅门，在大门西侧还有个车门。出入的车辆只要载有"家眷"，则一律拉上窗帘。

辛亥革命中，从禁锢了数千年的妇女中冲杀出了"女子北伐队""女子铁血暗杀团"，大声激呼"男女平权"，美国号称世界上最民主、最先进的国家，但法律上真正达到"男女平权"是在罗斯福新政时期。辛亥革命时期的女界精英，"不爱红装爱武装"，持炸弹、匕首、短枪、长枪，在历史的舞台上潇洒地走了一回。

许德珩在五四运动中，是北大学生中的风云人物。据他的回忆："五四前夕，为了串联，女同学一起参加五四运动，我和另外几个男同学去女子高等师范，在一间很大的屋子里，有两个女同学代表接待我们。还有一个女学监。我们坐在这一头，女生坐在那一头，中间坐着女学监。房大、距离远，说话声小了听不清，大了又不礼貌，好多话还要请中间的女学监传达才行。"

6月4日下午，北京十五所女校的学生也冲出了校园，到总统府请愿。她们顶着狂风，排着整齐的队列。据在场的女生吕云章记述，女师师范部的学生一律穿着淡灰裙、淡上衣，专修科学生穿着蓝布裤、黑裙子，后头一律都梳着一个髻。附中的学生也是淡灰裙、淡灰制服，头上是左右一边梳一个小髻。队伍从下午一时后陆续出发，到总统府前变换队列排列站立，等候代表向军警交涉……好几个钟头，没有一个人坐下休息……

女学生的行动，在中国是破天荒的壮举，并显示出女生的亲和力、凝聚力、组织力，表现得热情、淡定，有序、有秩，沉稳、磊落，大气、大方。不但获得了知识界的认可，而且获得了社会上的认可，成为与祖国同步迈入现代的新女性。

本节名为"官眷出行"。落墨却写了民国元年（1912）女子北伐队进京、五四运动中的女学生。看起来是跑题了、离题了，诚然如此。但如果只言"大门不出，二门不迈"，出则"张帷拉帘"，则甚是"扣题"，但落墨未免又"小乎哉"！况且"出行"也就是"亮相"，是"站了出来"。

辛亥革命前后的三十年，即1898年至1928年，是中国历史上骤变、巨变的时代。发生了戊戌变法、八国联军之役、清廷新政、辛亥革命、新文化运动、五四运动、中国共产党成立等重大的历史事件。1928年"党军北伐""国府南迁"。北京改为了北平，首都变成了文化古城、学生之城。于风俗而言，变且新的是"女俗"。由"小脚"到"大脚"，"小脚"不但放了"大脚"，而且"走上了大道，走在了大道上"。

以辛亥革命期间的女子北伐队、女子铁血暗杀团而言，究这些女士的出身，不外是官僚、士绅、富贾，五四运动中的女学生亦然。在当时的条件下，休说贫民，"小家碧玉"要想受到中等教育都难，受到高等教育更是难！

以冰心而言，其父为清末民初的海军高级军官，甲午之后中国没剩下几艘军舰，冰心的父亲是海军舰长，后任海军行政官员。海军的薪俸远远高于陆军，言冰心是"宦门小姐"，不为之过。

五四运动之后的 1920 年，不但女生进入了北大，女教授也堂堂正正地"执北大教席"。王兰是第一个北大女生，陈衡哲是北大第一位女教授，二人是北大第一，也是全国第一，在世界也系"前茅"。不但日本妇女界羡慕，罗素在北大讲学时也认为："女生在北大的处境比英国大学要好。"

应该说，辛亥革命前后三十年女俗之变，很少涉及农村和城市的下层。但"微风起于青蘋之末"，自然会"盛怒于土囊之口"。且古语有云："天下之父归之，其子焉往。"不妨进一步曰："其母、其姐、其妹、其妻归之，其将焉往。"正因如此，中国"走上了大道""走在了大道上"。

跛着上朝

"诗圣"杜甫在长安任拾遗时，上下班有官马接送。但与友人交往，没有官马可乘。所以私行甚少，怕步行遇弹劾。看来唐朝的官场甚不"讲理"，用时下语来表述，就是"挤兑穷人"。相比之下，清朝还比较"讲理"，雍正以后官员车马自备，无力自备车马者，跛着上朝、上衙门，"悉听尊便"。

谭嗣同贵为四品京官，为时人所重的"军机章京"。想巴结的人甚多，其父是湖北巡抚，应该是有能力自备骡车。可是到军机处"当值"时，均是步行到东华门，手中提着一个大包袱，里面装着行头（翎顶大帽、朝靴、朝服）。由宣外的浏阳会馆，走到东华门的路途不下十里，谭嗣同选择步行可能与"强身"有关。谭曾从大刀王五习武，刀法颇精，平时七星枪（左轮手枪）不离身，不但有豪气，更有志气、胆气。所惜者，运气也，轻信了袁世凯，铸成大错。

汪晓岩中进士后，由于"排名太靠后"，不得入翰林院，出任了内阁中书，这是一个最穷、最闲的官。言其穷，月俸"三两七"，略高于京旗下层。言其闲，清代的内阁本就虚设，康熙设"上书房"、雍正设军机处后，内阁的执掌也就是存档了。至多是发些公开的"红头文件"，告谕臣民知之。

汪晓岩是安徽六安人，后出任淮军的"执法营务处"。晚年回忆起内阁中书时的境况，感慨万般：

内阁平日无公可办，但中书要"当值"，时人谓之"看房"。一到冬天苦不堪言，由于房屋高大，小小炭盆只能供"暖砚"，也就是"砚不结冰"。保证"上谕到"能发出去，这事要是"误了"，后果十分严重。轻者革职，重者难当，说不定会被"发往军台效力"。所以"看房"也要准时到达、按时离去，还要办好交接手续。

安徽六安会馆在宣武门外。冬天天亮得晚，黑得早，街上又没有路灯，一手拎着"行头"，一手提着小油灯步行到东华门外的值庐换行头。言罢唏嘘再三，对身边几个在内务部任职的小同乡说："比起你们来，我太苦了。好在不当值时，会馆大多在宣武门外，彼此离得很近。同仁们串个门，喝点小酒步行可达。"

也就是说，穷京官上朝、上衙门难免跬着，与同事、同乡、同年"走动走动"也是跬着。

以李慈铭为例，此公捐资成为郎中，后又跃龙门成为两榜进士。腹有诗书五车，后人称之为"旧学的殿军"。时望亦高，执清流党之牛耳。李慈铭中进士后出任了巡城御史，从其日记来看，此时才自备骡车。

自备骡车得有车棚、牲口棚，骡子可不少吃，车把式的开销也不小。

19世纪末，跬着上朝、上衙门的京官，不自备骡车的原因大多是雇不起车把式。

洋车大兴

进入20世纪后，北京街头洋车大兴。洋车又名"东洋车"，起始在日本。电视连续剧《姿三四郎》所反映的是，19世纪末日本的洋车夫。《骆驼祥子》所反映的是，20世纪初中国的"拉洋车的"。

洋车又名"仰车"，拉车的根据"坐车的"身高、体重，选择一个最佳的仰角，让坐车的人"舒坦"，让自己"省力"。这个仰角是多少度，和行车的速度也有关系。

坐洋车的当然不会是高官，坐洋车大多是"小差事""穷差事"的角色。洋车和骡车比，确实有许多便捷之处。首先是免去了车棚、牲口棚的麻烦；其次是"车把式"可能会出幺蛾子，"拉洋车的"没这个能耐。中国不缺劳动力，北京街头巷口，"叫洋车"是件最简单的事，有时还会发生争座。发生争座时，坐洋车的就能"选车"了。

能拉上包月，则是美差。祥子的黄金时代，就是给教授拉包月。在1928年"国府南迁"之前，拉包月的多是吃"小差事""穷差事"。随着"金陵王气"，大小衙门骤减、巨减，拉包月的多是吃上了"教书的"，也就是教授。

吃、住均在主人家的祥子，月佣金十六元。回家吃饭的二十元，能回家吃饭，住所一定离主人家很近。主人外出应酬，拉车的不上桌，但可以领两毛钱为"车饭钱"，此钱到饭馆柜上领，羊毛出在羊身上，也就是由"买单"的出了。主人的饭局越多，拉包月的收入越高。送主人亲友回家，不论远近也是二毛钱，由所送的客人下车时给。如果车是自己的，每天车份三毛，这是"祥子们"梦寐以求的生活。能实现者，月收入在30—40元，和小教师、小职员相差无几，但社会地位则"甚殊"。

洋车迅速取代了骡车，从表面上来看是"人力车"取代了"畜力车"。从社会发展史的角度来看，是一种退步。汽车取代洋车、三轮车，无疑是一种进步，但却走过了漫长的时期。这是由中国的国情决定的，人口众多，劳动力低廉，生产力落后。老北京人有云："这年头，什么都缺，就不缺人。满大街都是洋车，拉车的都快比坐车的多了。"

但"官车"和"民车"还是有差别的，休说眼毒的人，就是老北京的市民也是"一眼分明"。民车"等座"，官车"候主"。民车贫气，官车富气。具体而言，由于经济上、官场上的种种原因，不但"科级干部"，就是"司局级干部"也有不少坐洋车上下班的。北洋政府的各部总长、次长配有公车。余者或自备马车或洋车。西式马车固然舒适体面，但也多有不便。于是高档洋车应时、应需而兴。

豪华的洋车在结构上已经现代化，胶轮、铜瓦、铜轴，甚至还安装了轴承。冬有暖篷，夏有凉篷，既防风又防雨。车上安有照明的煤油灯、气灯。车厢底下有铜制"音响装置"，由坐车的脚踏控制，可随时发出停车、加速等信号。

豪华洋车甚至还有军警开路、护卫，斯时，车中所坐的大多是官太太。奉军的团长、营长好摆这个"谱"，老北京市民很看不惯，讥之曰"五脊六兽——不知道怎么作了"。

洋车上路，最威风的是胡景翼。胡为陕军师长，后任京汉铁路中段护路司令。1924年和冯玉祥、孙岳一起发动了北京政变，囚禁了贿选总统曹锟。后出任河南督军，在开封实行新政，影响甚大，河南一时成了北方的革命中心。

胡景翼的身高和体重均系特殊的超标，难于乘军马，亦难于乘坐小汽车。平日出行，乘一辆特制的"洋车"，该车超高、超大、超长、超坚，由一个特选的军士拉车，后面有四个护兵推车。拉车的军士负责控制方向、把握平衡，车的"动力"全在推。胡仰坐在车上，肚子像隆起的小丘，而且还在左右"波动"，时人谓之"沙丘"。

胡景翼难于乘马是马驮不动他，难于乘车是不可能钻进车厢。国民军的将领乘坐洋车影响不好，也有损"军人形象"。只得请永增军装局，对一辆美国的道济卡车进行了改装，成为胡司令的"专车"。

三轮长盛

时下，小汽车已入寻常百姓家，但20世纪二三十年代，一辆够档的小汽车得四千元左右，抵得上三进四合院。不但买车难，养车比买车更难。一个司机月薪得四十元，车饭钱一元，在油上、轮胎上、配件上做手脚是"行规"。当时小车司机买下小四合院、小三合院不足为怪。

汽车无法取代人力洋车，但20世纪30年代以后，三轮车逐渐取代了洋车。由"拉洋车"到"蹬三轮"，无疑是一种进步，老北京人都知道，江朝宗是民国初年的步军统领，时人称之为"九门提督"。七七事变之后，又出任了北平伪维持会会长。"维持会"后来改为"市政府"，江朝宗也就是首任伪北平市市长。

究江朝宗之能力，首先是能"挨揍"。堂堂陆军上将衔的九门提督，为何挨揍？简述之是洪宪帝制时期，"新华宫"发生了重大泄密事件，江

四、行

朝宗以步军统领的身份（北京卫戍司令）逮捕了几名嫌犯，这些人均是袁世凯的近人。逮捕后置六辆牛车上，解往军政执法处。

军政执法总长雷镇春大怒，当场狠狠地打了江朝宗几个耳光，骂道："何不解到你的步军统领衙门，送来害我。"江捂着脸连呼："得罪大哥……"事后有人问江，奈何如此"示弱"。江答道："没有办法，他力气太大……"

袁世凯册封黎元洪为"五义亲王"，时黎避居东厂胡同私宅，拒见任何来客。"册封专使"这一差事无人愿当，也无人敢当。江朝宗自告奋勇前往黎宅，强行入宅，在中堂高呼："请王爷受封。"黎元洪避之不见，江在中堂"长跪不起，高呼不已"。黎气极，率家人、兵弁冲入中堂，将江朝宗一顿好打，逐出了黎府。

其次是不怕"挨骂"。张勋带着5000辫子军进入北京，强迫大总统黎元洪解散国会，但国务总理伍廷芳拒绝副署，于当时的官制而言，大总统令无国务总理副署无效。江朝宗冒天下之大不韪，出任了一分钟的总理，副署了这道命令。结果是总理干了一分钟，步军统领也干不成了，成了"过街的老鼠——人人喊打"。

老北京市民对于江朝宗的话题非常之多，但很少有人提到最早坐着三轮车出现在北京街头的人是江朝宗。三轮车也是从日本引进的，虽然也是由人力驱动，但用简单的机械装置，减轻了蹬车人的负担，应该说是一种进步。

江朝宗的三轮车大致上和豪华的洋车相仿，但速度比洋车快多了，由于车上端坐着"江军门""老提督"，自然属于"官车"。江朝宗坐着豪华三轮往返于老北京的诸道观之间，拉一派打一派，闹得道教界不得安。20世纪40年代中期的"火烧老道"事件，不能说和他无关。

1949年初解放军进入北京后，军管会有军人不许乘坐三轮车的规定。革命军人不坐三轮，革命干部当然也就不坐三轮车。党员、团员跟三轮车也逐渐无缘。随着经济的恢复和发展，自行车开始普及，不少单位都有"公车"，骑着"公车"上下班，也是一种"福利"。能配有专用自行车的干部，很是令人羡慕。自行车的普及，也是三轮车淡出的原因之一。

20世纪60年代，载客的三轮车不复存在，载货的三轮车就承担起部分载人的功能。例如，接送病人。最让人难忘的是金岳霖教授，毛泽东很关心他，说："你得多接触接触社会。"金岳霖就请一位蹬货运三轮的师傅，每天拉着他到王府井转一圈，算是接触社会。货运三轮车又叫"平板"，蹬车的师傅多被称为"板爷"。板爷拉着金岳霖到王府井转，现在的人觉得不可思议；当时的人可不会大惊小怪。原因是私家汽车、出租汽车在20世纪50年代中期从北京消失了。50年代后期，人力三轮车也从北京消失了。老人、病人出行，多是乘坐"平板"。虽然60年代初恢复了出租汽车，但数量很少，和一般民众更是乏缘。

五、茶酒

"茶酒不分家。"最简单的说法是开吃、开喝前先喝壶茶清清胃；酒足饭饱之后，再喝壶茶消消食。其实，"茶"和"酒"均有深刻的内涵，茶有茶之道，酒有酒之道。

京城聚千官万吏，名酒、名茶也就聚之京城。"官场"也就是最大的"市场"，茶酒更是如此。但茶酒进京除了商业渠道外，还有"贡""送"两个渠道。贡由皇帝"享用"，送是由百官"笑纳"。

民间对茶、酒有需求，官场对茶酒更有需求。不同的需求会形成不同的俗，两者间可沟通，但还是多殊。例而言之，民间的酒多用于"饮"，官场的酒多用于"礼"。民间沏茶是"留客"，官场端茶是"送客"。

酒聚京城

民间有"四路酒军围京城""四路酒军闹京城"之说。官场之上，顺天府设东、西、南、北四路厅，分辖所属的二十四州县。民间有"四路烧酒"，南路烧酒集于礼贤镇、西路烧酒集于黑龙潭、东路烧酒集于燕郊、北路烧酒集于立水桥。所谓的"集"，首先是镇上集中了一批酒坊，时人称之为"烧锅"。其次是各村的"烧锅"向镇中的酒坊送酒，有的酒坊甚至自己不酿酒，"专以收酒为务"。

四路烧酒，各有千秋，各具特色。南路烧酒最有名，原因是京南的河泊故道上，极易打井，而且浅水层水质甘洌，故为酿酒提供了水的保障。故礼贤镇和周边地区，有多家烧锅，形成了地区优势、集团优势。

礼贤镇的居民，多是"搬迁户"。礼贤村原在金中都的东北郊，元兴建大都时归入城内。全村整体迁出，落户京南。由于地处驿道，也就由"村"发展成"镇"。镇中居民和"城区"有历史渊源，亦有天然联系。和其他的三路酒军相比，有地理优势、人文优势。故南路烧酒最为驰名，在京城酒市上占有半边天。

溯史求之，四路烧酒围京城，奈何不在近郊设置烧锅。八旗进驻北京后，清廷为了整肃军纪，严禁官兵酗酒。其防范措施之一，就是严禁在墙垣四十里内开设酒坊。礼贤、燕郊、立水桥、黑龙潭距城均在四十里之外，不犯禁，由酿酒而言，又都具有地域优势。优势最突出的就是南路烧酒，故打下了"半边天"。

其他三路酒军，也打下了自己的地盘，原因是各具特色，谁也取代不了谁。时下，对白酒按酒型划分为清香型、酱香型、浓香型、兼香型……四路烧酒均属清香型，但香、柔、浓、烈各有不同，人有所偏爱，久饮一种酒，会产生味觉、嗅觉上的适应和依赖，也就离不开了。

北京内城六十余万旗人，可以归入官场之中，基层亦然。原因是京旗的上层和下层均属"吃粮领饷"。下层兵丁的饷银平均三两有余，和七品京官相差三四钱。京官住会馆、八旗住官房，住会馆的花销总得比住官房大些。两相比，扯平了。

穷京官和八旗闲人均好小饮、小聚，其消费水平也就是四路烧酒。四路烧酒衡之于时下，也就是二锅头。烧酒在当时又名烧刀、白酒、白干，故《清稗贵钞》有云："都人饮料，茶为香片，酒为白干。"新茶陈酒，往往在白干前冠以"老"字，也就是"老白干"。

中上层官场人士，不会喝四路烧酒，大多喝山西汾酒。汾酒亦属清香型，由山西陆路进京，时人谓"走骡驮"。骡驮当然不便以瓷器、陶器、砂器盛装，均置"酒篓子之中"，这种容器不易破、不易碎，到京后分装上市。汾酒出自晋中南，运到北京也诚属"不易"。酒以"陈年"为"佳酿"，故汾酒前也加了个"老"字，称"老汾酒"。山西的竹叶青，也附汾酒进京，在中上层颇有市场。

时下，酱香型、浓香型的白酒占有市场，酱香型以茅台为代表，浓香以庐州老窖为代表。茅台成名进京是20世纪初的事，庐州特曲、大曲成名进京则更晚，迟至20世纪50年代。在交通问题没有解决之前"蜀道难"，"黔道更难"。故茅台和庐州老窖在清末民初，很难"名满京华"。

能进京的名酒，大多系沿京杭运河舶来。例而言之，绍兴黄酒沿浙东运河转入京杭运河，即可顺利抵达北京。故北京的"南酒店"有大批绍兴黄酒出售。以至"南酒店"和"黄酒店"几成同义语。

安徽、江苏、山东的一些名酒，也沿大运河北上。山东的即墨黄酒，在老北京颇有市场。好喝黄酒的人有焦口、甜口之别，焦口是即墨黄，甜口是绍兴黄。顾名思义，焦口味"苦"，甜口味"甘"，品饮之陈，各赴所钟。沿运河北上的安徽、江苏、山东的名酒，大多不上市，运至会馆之中供乡人享用。

北京市场上常见的名酒除山西老汾酒外，还有些应时的酒，如莲花白、菊花白、竹叶青、桂花酒、玫瑰酒、四消酒、五加皮……影响较大的是海淀柳浪庄（六郎庄）的莲花白、门头沟妙峰山的玫瑰酒。

应时的酒多系文人雅士小饮、小聚、雅集时品用，除了应时之外，还有"应典"的功效。如九九重阳，必赏菊花、饮菊花酒、赋菊花诗。农历六月荷花盛开，赏荷花、饮莲花白、赋咏荷花诗，亦是应时、应典的雅事、雅趣。

所谓的"少年才俊""五陵公子""京城小爷"好饮青梅酒。以成青梅煮酒论英雄之典。举杯开怀,纵论古今,放言时政,抨击权奸;但更多的是发泄不满,借酒使性、自吹自擂,甚者披发佯狂,破口骂街。此系"少年""公子""小爷"所为,官场之上的"老练成达"之士不会有此行。京谚有云:"老要张狂少要稳。"其实,京城之中"老不张狂少不稳"。不但"暮气"大,而且"墓气"大。言"行尸走肉",不虚也。

北京上层的高官、显贵均有所谓的家酒、府酒。这种酒绝不会上市,除自家享用外,多用于社交、奉上、恩下。例而言之,"从龙入关"的王公在关外均有王庄,而且规模巨大。王庄中酿制的"关东烧",是高粱酒中的佳品,显贵造酒,有的是粮食,故出酒率低,度数高。而且"浓而不烈,烈中有柔"。庄头每年都要"送上几车进府"供老王爷、老公爷享用。

入关之初,老王爷、老公爷、小王爷、小公爷的"身子骨"还有马上健儿的遗风余韵,于酒而言,也就是还顶得住。久而久之,"凭弓马得天下"的健儿,成了"京师游手之徒"。身子骨连"关东烧"都"顶不住了",得加工"改造"。最常用的方法是在"关东烧"中加绿豆,成为绿豆烧。绿豆可解酒毒,使烈酒变得甜口、柔口,喝了不上头。而且呈淡绿色,和青梅酒一样惹人酒兴。

清末,庆王府对"关东烧"进行了进一步的"改造",出现了名噪一时的"香白酒",时人称之为"庆邸老酒"。20世纪60年代《文史资料》中撰文:

庆王府每年秋天要泡制一批香白酒,泡制的方法是"在大绍兴酒坛子内放最好的白干酒五十斤,外加香圆果三斤、佛手三斤、木瓜三斤、广柑三斤、茵陈草一斤、绿豆三斤、冰糖五斤,密封后写上年月,然后入库。每年照例泡制一批入库,依照年次取出饮用。"

五、茶酒

高官们也好以家酒"联谊",名为家酒,实则沿大运河运来的名酒。冠以"家"字后,就和"某宅"联系了起来。究家酒之"实",家乡所酿多为实,"吾家所酿"实为虚。好在官场之上"言虚不言实";"务虚不务实"。于酒更是如此。也正因如此,"府酒""家酒"难于进入20世纪。孔府家酒一度"颇兴",但也只是"一度"。

清末,洋酒进入北京市场。庆王府、醇王府、外务部……均设置了西厨、西餐厅。民初,北京饭店、六国饭店、远东饭店、欧美同学会……均设西餐厅,洋酒随西餐在特定的官场圈中"兴时"。总体来讲,"洋酒"远不敌"国酒"。但国人所开办的张裕葡萄酒厂、双合盛啤酒厂却双双一展风采,不但进入了大小西餐馆,而且进入中餐馆,颇为时尚、时兴。在官场上领风潮者,无疑是"洋务官员"。但崇文门、东单、王府井一带的小西餐馆里,也不乏"时尚青年""洋学生",这也是官俗影响的扩大吧。

何为御酒

何为御酒?"专贡"皇帝享用的酒即为御酒。皇上系独夫,"独"到什么程度,只能以例明之。景德镇御窑生产出的贡品,经督窑官查验后"不达标",即就地碰毁,不可令其流入民间。故御窑附近均有"瓷穴",而且规模巨大。尽管皇上用"不达标",但臣下使用则为上品,小民若能用之,实属三生有幸,可当传家宝了。但皇上"独",不愿与臣下、小民分享。

于清廷而言,溥杰明确表示"不贡御酒",而且爱新觉罗氏诸帝,"亦无嗜酒者"。溥杰"最有发言权",有清一代,"朝廷无贡酒之责""诸帝亦无嗜酒者"是史实。但晚清有个嗜酒的亲王,这位王爷"根正",系道光第五子,咸丰的"大弟",爱新觉罗氏"奕"字辈皇脉的"尊长"——惇亲王奕誴。他的两个弟弟就是晚清政治舞台上的恭亲王奕䜣、醇亲王奕譞。

用旧京时谚来表述，奕誴这个人"不招待见""不得烟抽"，别说肥缺了，苦差事都难捞上，是个货真价实的"穷王爷"，而且"穷横穷横的"，对谁都"满不吝"。奕誴平生所嗜，就是酒。进宫找慈禧"闹事"，内务官用一车老白干就给他"打发了"。

《清史稿》认为奕誴"性不羁而慈，朝野多有称赞"。清宫太监信修明回忆说，奕誴"每恃酒使性，诸王莫不畏惧"。不求显，对慈禧这个皇嫂无所求，君臣关系也就很淡薄了。于家庭而言，小叔子找嫂子"闹事"是家务纠纷，嫂子总得谦让相容。所以入宫见慈禧时，一不顺心就卧地不起，只要不在三大殿（外廷），也就与国法无涉，构不成"大不敬罪"。

慈禧则顺水推舟地说："老五又喝多了。"太监则曰："五爷，内务府给您备了车关东烧，在东华门外候着您。"奕誴听了后爬起来就走，慈禧有时还让太监追上，送些"尺头"（衣料）。

内务府给奕誴送的关东烧，性最烈。一车白酒就让五爷"消停半年""安生半年"，所以说"五爷闹事好打发"。五爷府就在东城朝阳门内烧酒胡同。故奕誴常叹曰："这是命，分府时就注定我这辈子只能喝酒……"

清廷定制皇子十六岁出宫，分府就是自立门户。奕誴的府邸在烧酒胡同，诚系天缘巧合。清代亲王年俸一万两，"洪杨之乱"后只发半俸，奕誴的日子确实不好过。找慈禧闹事就是"要酒喝"，振振有词道："两江总督刘坤一的养廉银十八万两，和他比，我真是个'叫花子（要饭的）。'""老五"说的是实话，"送车老白干"，对于"四嫂"来说也就是"发句话了"，内务府遵旨照办就是了。

酒缸有大

燕市买醉，最好的去处就是"大酒缸"。所谓的"大酒缸"，就是临街的酒店。店中陈设着几个酒缸，缸有大缸、二缸之分。大缸由于过高，要埋入地中一部分，才能覆以朱红漆木缸盖后代替酒桌。二缸高度适中，覆以朱红漆木缸盖后即可代替酒桌。店中以酒缸代替桌子无疑是增加了"酒"的气氛，让来客"入境自醉"。

有些名气的"大酒缸"，讲究原封开坛，"现打现卖"。让老主顾喝着放心。酿酒的烧锅均有自己的特色，所谓的特色就是醇、浓、香、甜、辣诸味的有机组合。喝惯了一种酒，也就适应了一种"特色"，对其他的酒自然会产生一种嗅觉、味觉上的"抵制"，喝起来就"不上口"。所以"大酒缸"都有常年"酒座"，守在缸边"压桌"。

"大酒缸"不仅以酒取胜，对佐酒小菜也十分考究。众多佳肴可分为两个系列，一是常有，常有就是一年四季之中保证供应，如五香花生仁（炒货）、煮花生米、煮小花生、豆腐干、辣白菜、玫瑰枣、豆豉豆腐、豆豉面筋、老腌鸡子、炸虾米、拌豆腐丝、咸鸭蛋……二是应时，应时就是季节性供应，如冰黄瓜、拌粉皮、拌菠菜、芥末墩、醉蟹、熏黄花鱼、鱼冻、酥鱼、拌香椿、糖醋藕……

"大酒缸"佐酒的小菜不论是常有还是应时，大多为冷菜，随叫随到，物美价廉。螃蟹、黄花鱼在当时来说是十分大众化的应时佳肴，并非高档食品。"大酒缸"门外有固定的摊商出售佐酒凉菜，以肉类为主，时人称为"红柜子""白柜子"。

一些有名的"大酒缸"门前还聚集着许多卖热酒菜的（摊商），如水爆羊肚、炸灌肠、卤煮小肠、羊霜肠……高档"大酒缸"门前多有卖苏造肉、苏造酱、苏造鱼者。"苏造"溯源是南府（升平署）厨师苏某所创的烹调方法。"苏造"在当时算是"高档货"，著名的苏造白鱼不但价高，而且要预定，专供上层人士光临"大酒缸"时享用。

高档"大酒缸"或设有后堂，或设雅座，专供招待"衣冠人物"。所谓的后堂就是与前堂隔院相对的"营业厅"；雅座就是在前堂中隔出的一个小天地，或另开一个套间。"衣冠人物"主要指士大夫阶层，也就是"穷京官"。

酒足饭饱是光顾"大酒缸"的目的,特别是无家室相随的"馆客""馆士"。所以"大酒缸"不但备下了多种佐酒的小菜满足"酒足",而且备下了"常有"的主食满足"饭饱"。例而言之,葱爆羊肉是"大酒缸"常有的热菜,食客可要二两至半斤,加葱爆熟后夹火烧,下肚压酒。铛炖鱼也是压酒的佳肴,汤滚鱼熟端上一碗,不但暖腹开胃,而且有醒酒的功效。清水饺子最受欢迎,京俚有云:"饺子就酒,越喝越有。"一盘清水饺,既可佐酒足,又可供饭饱。

常年居住在会馆中的"穷京官",出于经济条件的限制,大多喝四路烧酒,久而久之,也就通过酒文化沟通为酒座。仕途失意,整日在"值庐"(办公室)中坐冷板凳,散衙门之后,踽踽独行于京华闹市。八大楼、八大堂前车水马龙酒肉飘香。可是清风透袖,囊中羞涩。时值早春,严寒的余威未尽,但会馆中已经"撤火",三间斗室冰冷如霜,真是有"家"难回。

于是趸进一家"大酒缸",推开门,酒香和着暖意扑面而来。站门的伙计立即迎呼道:"老爷请!"赶忙安排老爷在"雅座"就位。不用吩咐,立即端上四碟小酒菜,这四碟系店里的"拿手菜",也就是时下的"招牌菜"。又温上一壶南路烧酒。"小菜"十分可口,烧酒温热后醇香四溢,一盅入口顿觉胸臆已舒。

老爷正在"独饮无相亲",就听站门的迎呼道:"先生请!"先生是官学教习,也是有顶子、有功名的衣冠人物。把"老爷"和"先生"安排在一桌就座,正是站门的"眼力见儿"。二位都是"常客",也就是"熟脸"。彼此点头致意,三杯酒下肚之后就聊了起来。

站柜的见二位酒意已兴,凑到桌前说:"您二位还添点什么?"老爷道:"两盘炸灌肠。"先生说:"两碗水爆羊肚。"站柜的转身出门,不一会儿就端了过来。老爷夹起一块儿一面焦一面嫩的灌肠说:"一人再添二两。"

先生说:"等会儿上三十个清水煮饺压酒。"

二人越说越投机,但"盛宴终须散"。老爷、先生争着喊站柜的伙计结账。伙计老练成达地说:"今儿是二位初喝,这账二一添作五。明儿您二位再来,我听第一声吩咐。今儿您二位多喝了点,慢走。"

能成为"大酒缸"的"酒座",是士大夫京师化,也是"穷京官"平民化。京师化、平民化也就是"入乡随俗"。北京内外城都有"大酒缸";北京内外城也都有"南酒店"。酒是最能沟通的;最能沟通的是酒。

南北黄酒

柳泉居与虾米居,都是老北京著名的黄酒馆。柳泉居位于新街口南大街,至今犹存,不过早已改为饭馆。虾米居位于阜成门瓮城外,临护城河,原名临河居,临河网虾招徕顾客是其主要特色,后来就改名为虾米居,20世纪40年代初停业。老北京人称黄酒为南酒,顾名思义,南酒出自南方,为南人所钟,在北京城中居于"客籍"。正因如此,黄酒店被称为"南酒店",以区分于土生土长的"大酒缸"。

由于绍兴黄酒最为驰名,老北京人就把黄酒统统冠以"绍兴"二字,称之为"绍兴黄酒"。其实,不但南方各地均酿造黄酒,山东、山西、北京等北方地区也有自己独具特色的黄酒。黄酒醇厚、柔和,多为文人雅士所品饮。故黄酒店不但店名高雅,往往冠以"轩、居、斋、馆"的名号,而且室内陈设古朴、雅致。对酒更是考究,绝对原坛、原封置于柜台,开坛之时醇香四溢,环室酪郁袭人。故有"一瓮春色"之说。

柳泉居始创于明嘉靖年间,以齿而论,可以说是京城泰斗了。以"柳泉"为店名,是因为当年的前堂(营业室)是个过厅,只卖些零打的散酒。"酒客"穿过前堂到后堂落座饮酒。前堂、后堂中间是个庭院,院中有眼古井,水质极佳,甘甜可口,四季常满,不枯、不溢。井旁有株古柳，时人称古井为柳泉，酒店也就名之为柳泉居了。柳泉居虽称南酒店，但不卖绍兴黄酒，而是汲柳泉之水自酿黄酒，号为"柳泉佳酿"，书上记载是"色如琥珀，酒味香醇"。

柳泉居的庭院之中置有几块"奇石"，经有关人士考证为太湖石。溯石之源，是宋徽宗时从太湖之滨搜罗大批奇石，运到开封堆成艮岳。金海陵王营建中都时，又从开封把这批奇石移至中都郊苑。初置琼华岛（今北海公园）行宫，后流入民间。这几块饱经沧桑的奇石傍古井、依古柳成"堆秀"，环石遍生青苔，布满了爬山虎。文人雅士徘徊院中，触景生情，诗兴大发、酒兴大发，诗文化和酒文化融汇为一体，柳泉居也就名誉京华，成了士大夫们的聚饮之所，亦是发思古幽情的独酌之处。

虾米居的后墙临护城河，窗为扇形、桃形、菱形，倚窗远眺西山，近俯清流，均能形成框景，使远山近水尽收眼底，为酒增添了不少情趣。虾米居临河网取活虾，将欢蹦乱跳的虾米呈客人验名正身后烹饪成佐酒佳馐，给小店增加了远离市尘的野趣。直到20世纪30年代初，虾米居仍然不安装电灯，晚间点燃蜡烛，给酒客以窗外的河水东流而室内的时间倒流的古趣。文人雅士们不远十里到虾米居来喝一壶绍兴黄酒，流连上半日，目的是闹市取静，领略这"三趣"的真意。实可谓醉翁之意不在酒，在乎"三趣"之乐，然"三趣"之乐则得之于心，寓之于酒也。

文人雅士光顾南酒店，不是买醉而来，追求的是情趣和境界。经营者为了迎合这种需求，把酒境布置得古朴大方，幽静清新，给人以闹市取静、市井脱俗的风雅情韵。如果说"大酒缸"的酒境是红火、热闹，突出的是一个爽字，南酒店的酒境则是清新、清爽，突出的是一个"雅"字，但也离不开一个爽字。大千酒境，均由爽字沟通。

南酒店的酒客对品酒之道更是十分讲究，落座之后出示自带的白杏一枚（多是窖存之物），酒保到柜上将白杏剖为八块，将杏核剖为两半，加上碎冰糖，然后一同置于酒壶之中，与黄酒同时温热。待酒香四溢之时，酒保把酒和四碟南味酒菜一同端上来，一般是两荤两素。如果是好友聚饮，所上之菜系四大、六小，以示四喜、六顺、十全十美之吉。第一道菜特别注意"配搭"，要色香俱美，以显示出本店的最高水平。

第二道菜由客人点，因为人的口味总是有所偏爱，也就各趋所钟了。南酒店的特色是淡、鲜、爽，老黄酒多饮不醉，南味酒菜多食不腻，文人雅士又多是有闲之人，所以不论是独酌还是聚饮，一坐就是半天。有些风雅之人乘着酒兴，诗兴、书兴、画兴大发，店主人赶紧送上纸、笔、墨、砚，因为酒后题诗作画往往都是风神洒脱、韵致入微的佳品，裱好之后悬于四壁，是绝好的促销广告。

有些店主人喜欢请名士们在四壁上题诗，清末时广和居的店墙之上成了同治、光绪、宣统三朝清流党人的诗廊。大多是抒怀、咏志、咏史、抨时之作，不乏喜、笑、怒、骂之笔。一些慕风流者与其说是前来品酒，不如说是前来观诗。诗文化和酒文化的沟通系一拍即合，水到渠成。

文人雅士大多可归为士大夫阶层，居京的士大夫也就是科举仕子和众多的京官。史称有清一代与胥吏（旧时官府中办理文书的小官吏）共天下，官多不理事，京官们更不理事。诸事由"师爷"办理，师爷是民间对幕宾和众吏的混称。绍兴是出师爷的地方，师爷们操纵衙政，往往成为父子相承、兄终弟及的职业。故有许多师爷居京已有数代，可是仍然不落籍京师，并有意识地保持乡俗乡音，以示笔下有刀的师爷身份。久而久之，老北京人就给师爷前均冠上了"绍兴"二字。

清代的行政结构是官主政、师爷主事、差役具体办事。绍兴师爷当然喝绍兴酒，差役们慕师爷之行、之尊，也就随师爷之俗，跟着喝起了黄酒，所以六部、五寺、都察院等大衙门附近，均有许多南酒店。这些南酒店分为两档，上档是师爷们的聚饮之所，下档是差役们的壶中天地。

不同身份地位的人走进不同的酒馆，系人以群分。走错了，这顿酒不但喝不对劲儿，还会造成不愉快的结局，甚或是更为严重的后果。总体来讲，"大酒缸"中的酒客不会去泡南酒店，南酒店中的酒客也不会去泡"大酒缸"。柳泉居、虾米居系文人雅士们的觅境之所，师爷、衙役大概也不会光顾。

溯史求之，19世纪末，柳泉居因一场"以诗会友"的活动，曾经名动京城。

京城诗社，南有"宣南"北有"青莲"。京城名流，亦有南北之分。南派以李慈铭（浙江绍兴人）为魁首，李虽区区御史，但系"旧学殿军"。宣南诗社的成员多是进士出身，官职大多是"部曹"，用时下语来表示，就是"中央机关处级公务员"。北派以张之洞为领袖（张系河北南皮县人），张入仕后颇为显达，是清廷重臣。青莲诗社的成员多是高官，以帝师陆润庠为盟主。

宣南诗社的活动地点常在陶然亭、龙树寺、天宁寺；青莲诗社的咏和之所，则多在什刹海、净业寺、会贤堂（饭庄）。诗社以诗会友，诗人不是"党人"，但也有圈子，不论是四季之游还是应时之聚，不会"走错了门"。可是柳泉居之微，却有一次汇南北名流、集两社诗友的盛会。

跨界盛会为何选在柳泉居，令人实是费解。昔日口碑相沿，系名流、诗人们常在柳泉居雅集、小聚、独酌。南北名流、两社诗友也就在柳泉居不期而遇。于是，"诗文化沟通了酒文化；酒文化沟通了诗文化"。这是大而言之，小而言之则是柳泉居佐酒之物甚能调和南北。具体言之就是"大酒缸"所备、"南酒居"所备，柳泉居皆备之，"南淡北咸"，兼容并包。不论何许名流、何许诗人，在古井旁、垂柳下，倚奇石，均能食兴大发、酒兴大发、诗兴大发，"三性备焉"之所，当然能聚人聚气。合两社、集南北，良有因也。

这一天，京城众多诗人、名流云集柳泉居，小店客满，跑堂的使出了浑身解数，也是难于应对。急得想出了应急之策，其法有些类似时下的自助餐，而且后到者只能"立饮成诗"。

诗人、名流公推翰林院编修周介仁作序，侍讲学士赵兰轩泼墨。周介仁系安徽庐州人，赵兰轩乃在旗之人（当代鉴赏家赵宇泽之曾祖）；周系宣南诗社，赵乃青莲诗社。此举也意在"汇南北而合两社"，玉成盛会。

此次雅集的影响颇大，与会者的序、诗、画均合裱为一长卷，陈于琉璃厂多日，实有今日书画展的性质。闻讯而至的参观者络绎不绝，"皆系京城学子"，而"观者如堵，亦是空前"。

此长卷在民国时期几经易主，后归于画家陈半丁。其子陈燕龙继承父业，晚年常和画坛同道谈论此长卷。所憾者"已不存焉"。但"柳泉雅集"实乃旧京文坛上的盛事。若此长卷存世，当是柳泉居"镇店之宝"。

辛亥革命之后，士大夫、师爷、衙役退出了历史舞台。北洋政府的"公务员"大多喝过些洋墨水，系新派人物，对南酒店不感兴趣，虾米居就像众多的南酒店一样关张大吉了，柳泉居则改成了饭馆。

就两者的区别而言，作为名驰京城的老酒店，柳泉居敢"闯"，虾米居能"守"。"闯"就是变，因时、因势、因需而调整自己，以适应外界的变化。"守"就是以不变应万交，时易、势易、人易，"我自岿然不动"。以静制动是哲理，亦是用兵之道、经商之道，但要有个"度"，这个度就是"守其所不能攻"。

茶聚京城

游牧民族对茶实系不可离，朝廷利用茶马互市对"诸部"进行"调控"。表现好的政策进一步优惠，"不听话的""挑事的"则加价限购。长城内的农耕民族对茶没有"硬需求"，但丰衣足食的中上层农户，却大多和茶结缘。

清末民初北京城区有一百多万人口，内城的八旗人口，上层和下层均属"茶人"。上层当然可尽饮天下名茶，下层则喝高萃、高碎、高末三种"京味茶"。言其为京味，首先是诚为八旗民众所饮，八旗民众所钟。其次是京外无此物，亦无此俗。

具体言之，高萃系高档茉莉花茶的剩货，适当掺入中档茉莉花茶的剩货。高碎是中档茉莉花茶的剩货适当掺入低档茉莉花茶的剩货。高末是低档茉莉花茶的剩货，适当加入柳树叶、枣树叶。此三档茶，好坏均在于调配、搭配。喝惯了后，跟吃惯了陈年老米一样，"离不开了"。

外城的上层人口和下层人口，也都是"茶人"。上层人口以会馆为依托，大半个中国的名茶何愁不至。下层人口是"打工仔"，无论男女均属下人。上房每天都要换两次或三次壶。上房也就是标准四合院中的北房，系宅主的居所，于是上房也就和宅主成了同义语。上房换下来的壶里自然是好茶叶，下人们就"喝剩""品剩"，久而久之，也就喝出来了、品出来了，成了真正的"茶人"。

名茶聚京城

"清廷无贡酒，爱新觉罗氏诸帝亦无嗜酒者"属实。清廷的贡茶颇多，贡茶之始系封疆大吏进献辖区的名茶，皇上首肯后就会成例，年年新茶至，驿驰京师。朝中高官也好进献家乡的名茶，皇上首肯后亦会成例，由地方官年年进贡。

乾隆嗜茶，自云："不可一日无茶。"群臣也就以茶奉上、以茶悦上，贡茶纷至。乾隆是"行家"，能够"首肯成例"的不多，西湖龙井可为代表。乾隆六下江南，都亲临龙井就茶就水。以成龙井茶、虎跑泉之雅。

酒和茶相比，名声不好。酒鬼、酒徒、酒腻子、酒色之徒、因酒误事、以酒乱国。时下，对于"酒驾"处理甚严。茶则不然，茶和雅总是联系在一起，"茶人"和雅士等尔。正因如此，官场之上饮茶、品茶、送茶、赠茶成风。

皇上对贡茶能"首肯成例"，高官对于所送、所赠的茶，自然也就可以"笑纳"了。所以产茶区的名茶，以不同的渠道聚于京城。首先是商业渠道，其次是会馆渠道。商业渠道由安徽的歙县商帮所把持，安徽、浙江、福建、江西、江苏的名茶，由水路、陆路进京。雨前、明前的新茶为赶时令，则储于锡罐中"飞骑"进京，直送高官、显贵的府邸之中。节令前是天价、节令当天是时价、节令后是市价，三价相差甚殊，可达百倍。

名茶的产区，均系富庶之乡。商家好依托官家，以达到乘势、借势的目的。所以会馆运送到京的名茶均不上市，而是用于"联谊"，说白了就是通过种种渠道给高官、显贵送至府上，"笑纳"后也就"成例"。官场上彼此心知肚明，笑纳不会白笑纳，成例更不会白成例。

京官给皇上的贡茶，可以说均是由会馆转手的。有些贡茶又成了皇上的御赐茶，皇上赐茶，不论是朝堂中的一盏清茗，还是锦盘中的半斤茶叶，均是旷典、殊恩。在官场中的影响着实是不可计量。

七分在水

茶界公认，"三分茶叶七分水"。此说出自"茶圣"陆羽，他口授了天下二十名水的次第，以庐山康王谷帘水为第一。此排行榜系陆羽"口授"，又没有提出排行的"依据"。其水的分布多在江淮地区。陆羽终身没有"北游"，对北方的名泉、名水也就没有涉及。

茶人好评水，自张又新口授陆羽天下二十名水后，见诸文载的天下第一泉达十余处，品评标准也开始形成，即源清、水甘、品活、质轻。源清、水甘、品活在评比之中仍缺少客观标准，质轻则可借助于量器一较高低。乾隆六下江南，可以说是遍访名泉。命内务府制银质小斗，严格称量天下名水的重量，得出的结果是：

京西玉泉斗水重一两；

济南珍珠泉斗水重一两二厘；

镇江金山寺斗水重一两三厘；

苏州惠山虎跑泉斗水重一两四厘；

平山泉斗水重一两六厘；

清凉山、西山、虎丘、京西碧云寺等地斗水重一两一分。

于是，京西玉泉山成为钦定的"天下第一泉"。早在顺治年间，摄政王多尔衮就认为"京师建都日久，地污水咸"。故宫廷之中一直饮用玉泉山的泉水。取水的驴车打着御用的黄旗（一说水桶上盖着御用的黄旗）由西直门进城，西直门也就有水门之称。

"京师建都日久，地污水咸"之说溯源可至辽、金，近千年的都城造成的"污染"系地表水、浅层地下水的污染。宣南系辽、金故城，所以"地污水咸"为甚。故官场之上沏茶多用西山泉水。碧云寺等京西古刹，把寺中名泉当成释家好施之惠供施主们取用。

旧京有"南城茶叶北城水"之说，因为会馆、茶庄均设在南城。但南城地势低洼，水质欠佳。北城地势较高，永定河故道上又多潜流，故水质相对而言要比南城好些。特别是安定门外的上龙井、下龙井、满井均以水质甘清而誉满京城。官场下层人士，难于取"西山诸泉之水"，往往取安定门外三井之水为茶饮。

其实，宣南的湖广会馆中有口子午井，井建于永定河故道潜流之上，潜流有间歇性。《阅微草堂笔记》中载："子午二时汲则甘，余时则否。"湖广会馆在官场之上的影响远远超出了湖北、湖南两省的"乡情"。取子

五、茶酒

午井之水沏茶，亦是官场时尚，特别是宣南士大夫之间。

茶器茶境

"茶、水备焉"，对茶人来讲，还需雅器、清境。于官场而言，大堂、二堂虽然"备茶"，但此茶不可饮，待"首长"端起茶盏曰："用茶"，即是"送客"。客人得立即起身"告退"。站堂的衙役则高呼："送客！""给大人套车！"

官场上的茶具系清一色的盖碗茶，一式三件，不会是名瓷，也不会是粗器。盖碗茶下有托、中有碗、上有盖，又称之为"三才碗"。原意是："三才者，天、地、人也。茶盖在上谓之天，茶托在下谓之地，茶碗居中谓之人。天盖之、地载之、人育之。"此系天人合一的哲理。在官场之上则发展成，"天者君也、地者民也、居中者官也。上荷君恩，下子属民，任重道远，能不敬乎！能不勤乎！"

"首长"若是在花厅、书房接客，由跟班上茶，此茶可饮。若关系乃"属""友"之间，亦可不用盖碗，将茶叶置于壶中，沏后分饮。官场上有言："没喝过一个壶中沏出来的茶。"即表是纯系上下级关系。这种茶礼下延到民国初年。

大堂、二堂上备茶，无"茶境"可言，系典型的"官境"。在花厅、书房中品饮，可以说是"始入茶境"。茶境本应清、静、净，但官场之上难寻。正因如此，官场之上以茶为"礼"，例而言之，端茶送客，总比一声"退堂"要平和、顺耳。

四季茶序

北京的气候四季分明，但过渡期极短。所以人们对换季的感觉十分明显。具体言之，北京的冬季寒冷，夏季炎热。冬夏两季的时间很长，春秋两季的时间很短，春秋两季可以说是冬夏之间的一个短暂的过渡。

四季分明，过渡期很短，人们对换季往往有不适之感，需要进行"调节"。官场之中的人，可以说是"均系茶人"，用茶来调节不适，为旧京官俗。所谓的茶序，就是官场中的人冬季喝红茶，夏季喝绿茶，春秋两季喝花茶。北京是名茶荟萃之地，官场中的人对茶多有了解，才能成上述茶序。

绿茶清火，红茶温中，花茶"离绿红而得其中"。有人讥之曰："人情冷暖，世态炎凉。非清心、温中不可。"且"春华易失，秋实难续"。官场之中只需要清心的酷夏和需要温中的严冬。九门红尘之中，春天和秋天太短了。

京城茶馆——天时、地利、人和

北京内城人口特征之一是闲人多，八旗民众当不上官的基本上都是"吃粮领饷"的闲人，而且是"真闲"。原因是法律上就禁止京旗人口从事农、工、商活动。外城人口特征之一也是闲人多，所不同的是多为"半闲"。京官不理事，但还要到衙门点卯，和京旗相比，只能算半闲。

外城人口的另一重要特征是单身男性多，原因是外城的下层系"打工仔"，可以说"不可能携眷"。住在会馆中的穷京官"携眷难"，而且会馆中有明文规定"不可携带女眷、女婢、女仆"。这项规定到民国初年仍然有效，所以周家"三先生"不得不搬出绍兴会馆，好在"三先生"均已发迹，在内城八道湾治产，把家眷接到北京。针对北京闲人多、单身汉多的人口特征，各档次的茶馆大兴。

虽有"茶酒不分家"之说，但提起酒来，世人多会联想到"无酒不成宴席""灯红酒绿"，甚至联想到"酒肉朋友""酒徒""酒鬼""酒后无德""酒后闹事"。这不是乏酒、抑酒，而是提醒世人饮酒要有度，只能恰到好处，否则难免有失大雅。正因如此，世人总好把酒和热闹联系在一起。茶则不然，溯茶之源到陆羽，茶境就是静、净。静是客观环境；净是主观的心境。

于茶馆而言难静；于茶客而言难净。图静求净，应远离红尘。但茶馆却起到了闹市取静、红尘求净的作用。首先，茶馆不是官场，无序、秩之分。其次，到茶馆来的人都是寻求开释。具体言之，休说是高官，有个实缺的小官也不会莅临茶馆。

旗门"讲的就是这个礼"，"家中的规矩比衙门里都大"。小字辈的不用说，就是老字辈的也不能"肆态肆态"。老少爷们到茶馆来，就是轻松一下，"乐和乐和"。所以老爷和少爷不会到一个茶馆来；一般情况下，大爷和二爷也不会到一个茶馆来。走进茶馆后，尊、卑、长、幼，一切淡化。老爷、小爷、大爷、二爷……大家全是爷。众多的"爷"凑到一起——开侃。

虽然走进茶馆全是"爷"，不同政治、经济地位的人还会走进不同档次的茶馆。不会发生"走错了门"。旗门大爷虽然在心态上很官场，但和穷京官还是有所区别，彼此很难认同。从官俗角度来讲，官人所涉足的多是大茶馆、二荤铺、棋茶馆、野茶馆，不会屈尊到胡同口上喝清茶和八旗下层闲人开侃。

大茶馆——京风京韵

大茶馆是北京城区的高档茶馆，清廷有禁止二品以上高官进入茶楼酒肆的禁令，且不言二品高官，大凡有个实缺儿，也不会屈进茶馆，但内阁中书，部院郎中、员外郎、主事，国子监和各级官学的教授、训导等清水衙门中的下级官员，却是大茶馆中的常客。

这些穷京官大多是长年住在会馆中的"馆客"，会馆之中多有不便之处，集休息、社交、饮食为一体的大茶馆，就成了这些"京城寒士"的聚会之所。原因是进行社交活动，茶馆比会馆中更方便，所需费用要比饭庄、酒楼低廉。

八大轩是老北京驰名的大茶馆，后门桥畔的天汇轩，系八大轩之首。今天汇大院即是其遗址，昔日的规模可想而知。老北京驰名的饭馆、茶馆大多是临街的四合院。以天汇轩为例，临街有五间门面房，称之为前厅，内设柜台和大灶。门面房的后面是个四合院，院中搭有罩棚（天棚）。和门面房相对的称之为过厅，过厅两侧的厢房和过厅后面的后堂设雅座，大罩棚下设散座。

夏季茶客们在罩（凉）棚下乘凉品茗，冬季罩棚四面罩上棉帘子封闭起来，院中有取暖巨灶，整个茶馆内暖意盎然，不同档次的茶客在大茶馆中都能得到良好的接待。雅座自成一室，是"议事"之所；散座开放，是社交之所。过厅中的茶客大多在茶后进食。过厅的两侧是厨房，以便喝一壶"小叶双熏"后就上两块刚出炉的"红炉点心"，或品茗清胃之后，吃碗烂肉面、小碗炒肉。

罩棚下的散座，也形成不同的"社区"。社区的形成首先是物以类聚、人以群分的自然形成，同时也是"茶博士"的眼力过人。茶客只要一进门，"茶博士"就能区分出来者的身份，导入不同的"社区"就座。穷京官中有不少南方人士，好饮家乡的绿茶，所以往往自带茶叶，入座后出示茶叶包。"茶博士"接过茶叶包总是高声唱报茶名，给茶客壮门面。例如："您这茶是明前的瓜片，嫩芽可经不住开水沏，得凉凉壶，您得候候。"

一些自负所持名茶，足以让同人思饮的茶客，多让"茶博士"用瓷壶沏茶，然后分杯让众人品饮。久而久之，就形成了一个品茶会，成了南方茶文化的辐射点。一些南方"茶人"，也接受了京师茶文化的影响，坐在八仙桌旁，喝上一杯开水滚冲的"小叶双熏"，在茉莉的蕴馨中和京师

五、茶酒

茶文化认同了。

长江流域经济文化发达，在科举中也就占有优势。但科场上春风得意，官场上未必春风得意，"久居部曹"者不乏其人。南方西湖龙井、君山银针、黄山毛峰、洞庭碧螺春、武夷大红袍……虽然以不同渠道源源进京，但"穷京官"有时也会与之乏缘。北京市场上的茉莉花茶物美价廉，和北京城区的井水还是"金玉良缘"。茉莉花茶的浓酽、醇厚、郁芳，经过北京城区的井水冲沏后，可以说是色、香、味俱佳、俱显，使"茶人"茶兴顿生，沉浸于品茗的情韵之中。

茉莉花茶有"京茶"之称。官场上喝京茶的京官多系"穷儒"，居京多年总也弄不到实缺、肥缺。于是，时人调侃道："会当官的，不喝茉莉花茶，喝茉莉花茶的不会当官。"

二荤铺——顾客是上帝

二荤铺最有京味，其形成过程和"穷京官"阶层有直接的联系。穷京官大多是馆客，生活在会馆之中，确实有许多不方便之处。高档大茶馆虽备有红炉点心、烂肉面、小碗炒肉等特供食品，终究不是"正经吃饭"。在这种情况下，二荤铺应需而生。

二荤铺是既卖茶又卖酒饭的"大茶馆"，所以名之为二荤铺，是店家备有各种佐料算是"一荤"；客人自带酒肉交灶上加工成菜又算是"一荤"，其名曰"炒来菜儿"。溯其因是大茶馆多只供应一些点心之属，系素食。客人要求开荤，自带一些鱼肉要求店家给加工，借灶成菜，店家认为这种方式可行，于是备下各种佐料，专"炒来菜儿"。于是，二荤铺就形成了。

二荤铺发展起来后，很受馆客们欢迎。只要想吃什么，买来后交到灶上就可尽口腹之美，自行采购的鱼肉当然是物美价廉。二荤铺火起来后，营业范围不断扩大，一些大手笔的客人则进店后吩咐"茶博士"为之代购鱼、肉、菜、蛋之属，自己在品茗中静候进餐。

二荤铺的形成和发展，和茶人中的馆客是分不开的。既然名之曰大茶馆，当然以卖茶为主，但常客中又有一部分人要求茶后进食，而且是正经吃饭，大茶馆的经营者本着"顾客就是上帝"的原则，创办了二荤铺。初始之时，二荤铺是大茶馆对老主顾的一种照顾。馆客们是没有经济条件茶后到饭馆就餐的。后来形成了一种特殊的经营方式，这种经营方式颇受下层穷京官的欢迎。

清末之时，新学堂兴起。在新学堂执教的校长、老师也是二荤铺的主顾。在学部成立之前，各省的教育行政管辖权由学政执行。"学政"是钦差官，以原衔莅任，任满归京复命另行安排。在科举制度下，学政的主要任务是掌管科举的院试、乡试。院试考秀才、乡试考举人。能出任学政者，均是两榜进士出身。

北京在行政建置上属顺天府管辖，顺天府尹是尚书、侍郎等高官的兼差，和直隶总督平起平坐。但属下州县除大兴、宛平两京县外，要受直隶总督的"双重领导"，重大事情总督和府尹"会衔办理"。从学区上来讲，顺天府属于直隶学区，科举考试由直隶学政掌管。

近代教育兴起之初，学务仍由学政管理。北京城区的"洋学堂"兴起得较早，驻节保定的直隶学政对北京鞭长莫及，有些失控。因此对京派学堂采取压制政策，对保派学堂采取扶植政策。造成教育界时有京保矛盾发生，而且形成了所谓的"京派""保派"的对立。

长安街西头有座二荤铺名龙海轩，教育界京派的校长常在此"议事"，茶后、饭后商讨对策。久而久之，京派就有龙海派之称。进入 20 世纪后，二荤铺迅速退出了历史舞台。究其根本原因，是"穷京官"随着科举制度的废除退出了历史舞台，会馆也变成了大杂院，"馆客"不复存在，二荤铺失去了依托，也没有了常客，历史的一页已经翻了过去。

五、茶酒

野茶馆——半日回归

进入 20 世纪后，"废科举办学堂"的大趋已成定局，新政过程中，面对汹涌的历史浪潮传统的士大夫可以说是"招架乏力"。原因很简单，"科举"成为了历史，"士大夫"焉附？两榜进士、翰林公，在官场上已成虚名。例而言之，中国历史上最后一位状元公，为慈禧亲点的刘春霖。时人叹之曰："第一人中最后人。"自刻闲章，也是"第一人中最后人"。

刘春霖中状元后，奉诏赴日考察。在资政院中也颇为活跃，但官场之中并不得意，先后出任过农事试验场督办，河北省教育厅厅长等职。好在时人还认状元公，可在琉璃厂卖字为生。为丧家"点主"，亦不辞之。九一八事变后，溥仪以教育大臣之职邀其赴伪满洲国。刘春霖严辞拒之道："君非昨日之君；臣非昨日之臣。"七七事变后，王揖唐亦惇请其"出山"，刘春霖把这位"同年"骂了出去。翻脸后王即命警察前来抄家，将古书、字画、文玩一体"充公"。在社会舆论的压力之下，虽然返还了一部分，但状元公已经一贫如洗，其实是被洗劫一空。

言刘春霖，因为他是传统士大夫阶层的代表，这些人虽然系官场之上的人，但是身心均未步入 20 世纪。在现实的压力之下，需要开释、解脱。进入"茶境"是简而易行的开释、解脱。闹市求静，刘春霖好到后门桥广庆轩听评书。此举是广庆轩的"大幸"，状元公常临，是最好的"广告"。若静中求净，则好到京都的野茶馆品茗。

西直门外的长河，安定门外的上龙井、下龙井、满井、东直门外的葡萄园、麦子店……有许多野茶馆。这些野茶馆中的茶客并不是山野村夫，清末是穷京官，民国初年是"潦倒儒冠"。何言潦倒，就是在官场中不断地被边缘化、被淡化，但和城市平民还有一段距离，还属于"衣冠人士"。

京郊不乏野趣，上述地区成为"都人""官人"的钟爱之所主要是地处近郊，到此"换境"极为方便，同时也是颇有情趣。具体言之。安定门外的上龙井、下龙井、满井均以"水"取胜，北城水之说就是出自三井。上龙井、下龙井傍兴隆寺，两井相距不过百步，地势较高。寺北积水成湖（今青年湖一带），芦苇丛生，环湖垂柳葱绿。虽距城垣里许，但野意甚浓。

寺中有一株三百多年的文王树，开花时香笼小院。寺僧在西配殿设茶座，开轩可远眺西山诸峰于岚霭之中。近观绿树成荫，平湖水燕戏于波间。实可谓一洗红尘之喧嚣，实乃品茶入境之佳所。

安定门外土城南侧有一直径五尺左右的石井，水常浮出井壁，四溢漫流，时而也会"清泉突出"。水质清甜甘洌，世人称之为"满井"。明代满井已见诸史载，袁宏道有文记之："四周苍藤、丰草与楼台相掩，乃都人踏青赏秋之所。"

清末时满井附近已是"昔日楼台知何去"，但仍是绿草如茵、烟树葱茏的栖游之所。古树下有几间茶棚，汲满井之水烹茶，颇具茶韵、茶趣。"若俯身就饮"，真趣、真意、真境在此矣。

最有京风、京韵的野茶馆当推麦子店、六铺炕、葡萄园，三处野茶馆的茶均是京西翠微山、上方山中所产。称其为茶是因功效而言，其实是采山中荆蒿（又称紫荆）的嫩芽晒干，不需加工蒸焙即可充当茶用。所用的茶壶非瓷、非陶，为砂质，故称之为砂包，造型古朴无华。但沏茶、熬茶、炖茶（将砂包置于铁锅中）、爆茶（置砂包于炉旁，使其常温，茶色、茶味尽出）皆宜。山茶、砂包、近郊的甜水井之水，三者有机地结合起来后，所沏的茶颜色浓重，品味醇厚，在苦涩中蕴藏着一种甘甜。慢慢品饮，茶韵醇新。言其醇是由于浓酽厚重的色味，言其新是由于紫荆的嫩芽晒干后即成茶，未经蒸、焙、熏……的加工程序，未失天然的原始状态。故气味浓厚的酽茗入口后又颇给人醇芳、清新的韵感。正因如此，有些茶人对山茶、砂包颇感兴趣，在野茶馆中流连半日。对于失意的官场来说是一种开释、解脱。虽说只是一时，但确实起到了心随境迁的作用。

五、茶酒

葡萄园野茶馆位于东直门、朝阳门之间，西临护城河，东接荷塘。园中有一百多架葡萄，四周围以短篱，篱上开满了牵牛花，园角有几株参天老树浓荫深翠。由于地接城门，所以茶客甚多。夏季到此品茗，实为最佳。

麦子店野茶馆在朝阳门外数里，四面尽是窑坑，芦苇丛生，把竿垂钓者甚多。到此品茗，有姜子牙不遇之叹，年未八十，可是文王难寻。"徒有慕鱼情"，只能暂避红尘，求半日清闲。

六铺炕野茶馆位于德胜门、安定门之中，距北城垣里余。周环菜地，黄花粉蝶，新绿满畦。西临苇塘，蛙声鱼影，清意盎然。几间土房于绿荫笼罩之中，房前屋后搭有棚架，上面布满冬瓜、葫芦、丝瓜之属。

棚架下砌有砖石结构的桌凳，充满了农家田园的生趣。土屋中白灰挂墙，窗户轩敞。有六铺砖炕，上覆苇席，炕上置小桌，桌上摆着砂包茶壶、黄釉茶碗。室内外的环境清新、明快、质朴，充满了绿意、野意、古意，和官场上的局仄形成了鲜明的对比。

高梁桥至颐和园之间的水道，清代称之为长河，只供宫廷的龙舟航行，禁止民船入河。沿河遍植垂柳、岸多古寺。高梁桥至白石桥河段由于地近西直门，系都人游栖之所，沿河有许多野茶馆，这些野茶馆既卖茶又卖酒，可称为茶酒馆。游人如有兴把竿垂钓，举网得鱼，所获即可在茶馆中加工成盘中美味。虽名为野茶馆，实有综合服务的性质。于游人而言，"茶酒不分家"，于商家而言，茶馆税低，酒馆税高，故避"酒"名"茶"。

于晚清而言，老状元公孙家鼎，新状元公刘春霖均好游长河，就水、就酒、就茶。其实，"三就"皆不就，是"就境"。周旋于官场之上的新老状元公均有"太累了"之感，要就境，就境之意在换境。

进入 20 世纪后，四轮的洋马车、汽车已领官场风骚。但光顾野茶馆的茶人，可以说不会是乘坐四轮洋马车、汽车而来。

棋茶馆——棋局与官局

旧京城区的棋茶馆集中在琉璃厂、什刹海两地。琉璃厂系"书境"，宋真宗有言："书中自有千钟粟……书中自有黄金屋……。""书山有路勤为径"，由试场进入官场后，仍是书缘犹存，书一页一页地翻了过去。但官场就是一部"天书"，难读、难注、难释、难铨。试场"通"；官场"不通"。

琉璃厂是书城、书薮，棋茶馆傍书肆，书茶一体，茶人、文人、棋人更是一体。若究之，官人之中亦不乏棋人。段祺瑞、张广建（京兆尹，后出任甘肃督军）、吴炳湘……均是棋人，但高官不会到棋茶馆来，棋士、棋客要"叩富儿门"，"步肥马尖"。到琉璃厂棋茶馆来半日游，总比在花厅、书房、棋室中"陪弈"要有益于身心。什刹三海滨湖地区的棋茶馆大多面湖开轩，室内陈设古朴。座椅系竹藤，不但造型典雅，而且均十分舒适。凭几临窗，湖光水韵，蓝天白云，岚山晴霭尽收眼底。"一盏清茗伴棋局"的半日流连，融茶棋为一体。

茶中包含着自然和人生的真趣；棋中奥存着包容宇宙的玄机。两者对得意之士均是一种拓思；对失意之士均是一种解脱；对不得意也不失意之士均是一种寄托。一杯品味不尽的苦茗，一局黑白难分的棋局，是世道的缩影？是人生的延续？其实，官场之上都在品茗，也是在对弈。看起来悠闲自得，实际上是"太累了"。

于清末民初而言，这杯苦茶还没有喝完，这盘残局的黑白已定，但还没有见最后的分晓。棋盘上如此，官场中亦如此。

茶社——新时代的儒冠

公园里的茶馆多称为"茶社"，一字之变不可小觑。辛亥革命后，昔日的皇家禁地有多处被辟为公园，陆续对市民开放。最先开放的是社稷坛，辟为中央公园（后改为中山公园），继之的是天坛、先农坛、太庙、北海、玉泉山……公园里出现了茶社。茶社和茶馆之殊，首先是茶馆的主体系"八旗闲人"，茶社和"八旗闲人"可以说是无涉。

城区中最著名的茶社当属中央公园中的来今雨轩、北海公园中的双虹榭。来今雨轩的匾额为大总统徐世昌所题，中山公园的董事长是警察总监吴炳湘，来今雨轩开办之初是董事会的俱乐部，乃官场之所。后对社会开放，虽是饭馆，但三季在室外卖茶，"佐茶之物"以冬菜包最有名。从《鲁迅日记》来看，来今雨轩乃周家兄弟的社交之所，"教育部同仁"亦然。

北海公园白塔山南麓有两座石桥，一名曰金鳌玉蝀桥，另一名曰永安桥。永安桥西畔有一水榭，在榭中凭窗倚望，两桥尽收眼底，故名双虹榭。其意源于李太白"两水夹明镜，双桥落彩虹"句。金鳌玉蝀桥是中南海和北海的界桥，永安桥连接琼华岛和北海南岸。颇具李太白的诗境。

双虹榭是所具有饭馆、酒馆、茶馆功效的综合性饭庄，但来客之意多不在饭，亦不在酒，而是钟于茶，更钟于茶境。夏日时节，榭前的荷香缕缕沁人心脾，双桥卧波，虹影悠悠。水中游鱼、水面小舟、水空雨燕，浑然成一体。是诗境、是画境、是人境？最佳的答案是"入境"——进入品茗者的心境。

北洋政府时期，来今雨轩和双虹榭的茶客无疑多是"官场人士"，1928年"国府南迁"之后，茶客"大变"。官场人士或成为"寓公"，或孔雀东南飞，到南京重攀高枝。北京失去了政治中心的地位，但教育中心、文化中心的地位更加凸显了。20世纪20年代，全国有40%的大学，50%的在校师生集中在北京地区。北京变成北平后，这种格局犹存。

禁地变成了公园，高校师生多就近"聚游"。北大地近北海公园，双虹榭也就成为师生们的聚游之所。夏日临轩品茗，一杯清茶，一席长谈，一番争论，悟出了真谛，悟出了人生。是漫漫征途，更是美丽的虹影。

六、礼仪

中山公园中有习礼亭，此亭原在鸿胪寺，后移至园内，且充文物。清代的鸿胪寺系掌管朝会与国家宴会，赞导礼仪的机关。"鸿"是声；"胪"是传。传声赞导，所以叫作"鸿胪"。

步入共和后，袁世凯在总统府设典仪厅，其职掌和鸿胪寺大体相同。清末民初，礼仪的特点是混乱。清廷新政的内容之一，就是改礼。目的主要是外交、军事上和西方接轨。清廷"改礼"未果，辛亥革命爆发，"旧礼""新礼"也就成为了历史。

袁世凯自民国元年始就忙着"建礼"，初始之时颇为西化。后来闹起了"洪宪帝制"，于是整个乱了套。但大乱之后并无大治，于礼仪而言，民国前期（1912—1928）"未成体系"。但"从众成俗"，故官场之上也就以"俗"代"制"了。

司官见堂官——敬人敬事

于清廷而言，司官系中层干部。司不设首长，六部的郎中、员外郎、主事们各司其事，"无总其事者"。故所谓的司官，也就是处级干部。堂官系正副首长，六部的尚书、侍郎皆可称堂官。都察院、大理寺、太仆寺、太常寺、鸿胪寺、光禄寺亦同。

众多的"处级干部"要向"首长"请示工作、汇报工作，当然会给首长压力。清代有"熬红了顶子熬白了头"之说。能当上堂官的大员，都过了时下的退休年龄。于是，司官见堂官有一套程序，这套程序不是钦定条例，而是官场习俗。

不论是请示还是汇报，司官走进堂官办公室（签押房）前得充分打好腹稿，所言不但简而明，而且得"有条理"，也就是尽量少占用首长的时间。首长在听取汇报、请示的过程中也要敬职、敬事，对下属表示尊重。

清代有品级的职官，均得头戴翎顶大帽，官仪、官威俨然。但戴着如此沉重的帽子办公，确实是多有不便。所以各级官员的办公桌上，均有一个"帽柱"，落座后就将翎顶大帽摘下来放置在柱上。司官步入堂官的办公室后，堂官立即站起，并把官帽戴在头上，以示敬、示诚。在汇报、请示的过程中，堂官和司官均站着说话。首长站着，当然就要长话短说。

所言涉及皇上，得左向过头揖手，意在表示忠君敬职。也就是如君在、如在君前言。堂官摘下官帽，则表示"话就谈到这里"，司官也就告退。

清代官场甚虚、甚琐，唯有司官见堂官求实求简。从更高层次上究之，堂官、司官基本上是正途出身。满腹八股文章，难免迂且愚，但家、国、天下之序尚存。凭军功、捐纳入仕者，多谋外放实缺，不会居于部曹，更不会久居。

清廷的中央机关，职官如下：户部362人、礼部145人、兵部221人、工部317人、刑部407人、吏部224人。用时下语来表述，就是"在编"。于清廷官场而言，"正途出身"也就代表"正能量"了。司官见堂官，在众多官俗之中亦可谓之"正俗"了。

拜客——给大人挡驾

拜客若用时下语来表述，则是串门、聊天、坐坐……一般的情况下都是发个短信，打个电话，征得同意再前往。在进入信息化之前，拜客则另有其道。现引《京城百怪》一书以明之。

"给大人挡驾"，是门房二爷的一句口头禅。直到民国初年，北京城内还能看到这样的街景：一辆马车疾驰而来，车还没到宅第门口，一位管家、侍从打扮的人就向门官递上一张"帖子"（大型名片），这时马车已驰过宅门。就见门官站在大门口，双手举着递上来的帖子高呼："给大人挡驾！"

现在的人对这副旧京街景很不理解，提出两点疑问：一是来者既是登门拜谒，为何递上"帖子"后驱车而去？二是来客既然已经驱车而去，门官为何还举着帖子高呼"给大人挡驾"？其实，这是由清代延续下来的一种官场礼仪。

……

官场之上的习俗是礼多人不怪，但失礼则是万万不可的。休说是失礼，就是缺礼也会招来一身麻烦。外省的总督、巡抚、布政使、按察使进京述职时要遍拜大学士、军机大臣、都御史、六部、五寺……的"首长"，亲王、郡王、贝子、贝勒等亲贵虽然未必当轴、主政，但"成事不足败事有余"，所以也慢怠不得。

若是挨家挨户地登门入室，非拜上两个月不可。于是，无要事也不必谋面的"宅门"，就递上"帖子"驱车而过，意在表敬示尊。这种礼节性地递上帖子，称之为"虚递"。但虚递之后必办实事——按来头送上"冰炭银"，其名叫"调济"。

六、礼仪

清末时宅门先后安上了电话，请求疏通、关照也就便捷多了。而且官场之上越来越务实，"给大人挡驾"太虚了。步入共和后，官场之上仍有虚递，但不会再有"给大人挡驾"。例而言之，段祺瑞曾任北洋武备学堂督办，学生遍布北洋军。混成旅旅长以下的军官登门拜谒恩师，段祺瑞当然见不过来。来者也明白，但往往还是登门递上名片，目的是示敬输诚。段祺瑞隔些日子还会翻翻虚递上来的名片，为的是"心中有数"。

二屋里办事——不登大堂

旧京俚语有云："别在二屋里办事。"二屋于王府而言就是二殿，于官衙而言就是二堂，于四合院而言就是二进院的上房。三者的共同点有二，首先均系主人所居；其次都不是正式办公、待客之所。在正殿、大堂、大客厅有所不便的事，就在二屋里办了。

"别在二屋里办事"，就是要公开透明、公事公办。于王府而言，正殿有长史佐理。长史是朝廷命官，系皇上钦派，虽是为王爷服务，但不是王府的下属，更不是家人。正殿有侍卫站殿，侍卫亦是朝廷命官，由侍卫处调配，任务是保护王爷。

王府的二殿也就是寝殿，系家居之所。二殿无"公职人员"，均系王府下人，也就是包衣、哈朗阿之属。远近心里分，王爷心中更有数。好在雍正之后，爱新觉罗氏基本上停止了内斗，王爷们不再担心"粘杆处"的关照（粘杆处系雍正私人的特务机关，主要职能是对宗室显贵进行监控）。

大小衙门的大堂都是议事、理事、问案之所，升堂得有一套程序，档房的书吏要进行记录。许多事不便"白纸落黑字"，所以在二堂办理。清代地方衙门规制均是前衙后宅，于县衙而言，大堂两侧是吏、户、礼、兵、刑、工六房，二堂也就是县太爷的客厅、书房，当然是二屋里好办事、好说话。

于旧京官场而言，三进四合院系"够档"的住所，一进院的上房自然是大客厅。在大客厅落座的来宾肯定是贵客，但贵客未必是"近客"。宅主的住所系二进院的上房，和一进院的上房相比，也就是"二屋"了。在二屋里办事、说话，当然比在大客厅要随便，于下属而言，也就是"入幕之宾"了。

旧京俚语所言，"别在二屋办事"，反映了下层民众的一种期望，希望官场上、衙门里能公开、透明。衙署的大堂上多悬有匾额上书"明镜高悬""公正廉明""神明不欺"……这只是民间的希冀，希望在大堂上能"行王法""王法行"，有个说理的地方。

老百姓最怕在二屋里办事，在大堂上办事，多少还有些程序、有些顾忌。"在二屋里就把事给办了"，也就是没理可说了。故二屋里办事，和时下的"走后门"系同义语。

中军帐——不伦不类

电视剧中县太爷升坐大堂，三班衙役喊堂威："威武！"20世纪五六十年代，当过县太爷的人犹存。所言升堂问案时喊堂威，和电视剧中大体相同。评书先生连阔如说《三国演义》时，有一套语："×××升堂中军宝帐，将士儿郎、一干诸战将分列两旁。中军官、旗牌官、刀斧手、捆搏手立于帐下……"

连阔如所说的"中军宝帐"，在清末民初亦属犹存。只不过有所变化，所指系武衙门中的大堂。按照清廷定制，武衙门设有"中军官"，此职在民国称为副官长。民国初年，对副官长的尊称仍是"中军"。

和文衙门不同之处是武衙门"不理民事"，大堂里也就不"问案"。

军法处处长之职在清末称之为"执法营务处提调"，另有办事公所。清代的官制重文轻武，崇文抑武。提督是一省的最高军事长官，品级系纵一品，但受辖于正二品的总督、纵二品的巡抚（总督有兵部尚书加衔、巡抚有兵部侍郎加衔，专为辖领提督、总兵而设）。湘军、淮军崛起后，大兴文人将兵之道，由文职官员出任统领，下辖数营、数十营"勇兵"。

溯"勇兵"之源，湘军、淮军组建之初系"地方团练"，不是国家正规军，故只能称"勇"。乱世凭实力说话、凭实力办事。湘军、淮军平定了"洪杨之乱"，平定了"捻匪"，比清廷的正规军八旗兵、绿营兵的实力强大得多。"勇"也就顺理成章地变成了"兵"。

周介仁系戊戌科进士，点翰林后赴日考察军政，成了革命党人。孙中山希望周介仁回国后能"直接控制军队"。周回国后先出任吴淞巡防统领，下辖十营士兵，并有十余条巡江小火轮。孙中山闻之甚喜，不料军中革命党人活动失慎，两江总督端方对周介仁产生了怀疑。奏请朝廷将周调回北京，出任贵胄学堂监督。

周介仁深知京城之危。经多方运动，到山西绥远出任了巡防统领，下辖骑兵三营、步兵五营，再次直接掌握了部队。周所辖的八营兵系左宗棠的老湘军，是西征的功勋部队。凯歌东还时不便"就地解散"，编入山西序列，成为巡防营。

各营的管带（营长）级别都很高，系总兵、副将衔，戴红顶子。好在周介仁是翰林出身，湘军官佐已习惯于"以文辖武"，而且"礼敬文人"。巡防营的任务是弹压地方、保护商旅，部队很快就和商人串通一气，发走私的财。

随左宗棠西征的湖湘子弟，此时是兵老将更老。手中的武器是三十年前的利器，时人称之为"单打一"，为无弹槽的老式步枪。周介仁的前任发财后衣锦还乡，管带们也欲南归享享清福了。也有的人"财还没发够"，乐不思蜀，还想再捞上几年。

这支部队的中军官有副将衔，由于闹"老寒腿"抽上了大烟。弄得一脸烟色，"三分不像人，七分倒像鬼"。中军帐也就是营中的大堂，奇怪的是大堂并无"虎帐"的格局，让人看着就别扭。在大堂东侧隔出两间，南置大炕，炕上有一小木桌，炕两侧置两排大木椅。炕本系睡觉之所，炕两侧置两排大木椅，又有议事厅功效，实令人不解。

虎帐变得不伦不类的原因是绥远冬季漫长且寒冷，湘军的老哥们有点顶不住了。大堂又空又旷，取暖问题不好解决，于是想出来个歪主意，在大堂东侧辟暖阁。阁中有火墙、火道、火炕，议事时统领坐在炕沿上，管带等下属按来头在炕两侧的大木椅落座。首长礼应坐北向南，奈何坐南向北？此亦是寒魔做怪，北风太大，"针鼻儿大的窟窿斗大的风"，首长怕吹了腰，也就坐南朝北。北风吹不着，还能晒晒太阳。

每逢初一、十五，各营的管带都要到中军帐点卯。届时，统领在大火炕沿上傍小木桌就座。中军官虽然一脸烟色，但多抽了几个泡后还是提上了底气，一嗓子"升帐"后，站帐兵在辕门鸣放三声信炮。八位管带分两列横队抢上前来请大安，统领欠身曰："免！"然后伸手示意曰："坐。"

管带虽然区区，但品级颇高。镇台（总兵）、副台（副将）也就欠身就座，哨长（连长）则侍立。天气好，则多聊几句。天气不好，则早散。周介莅任后，借清廷新政之风大力"换械改操"。换械就是用"汉阳造"取代"单打一"，改操就是引进新军教官，"按日法、德法操练。"

在换械改操前，按陆军部转发的钦定军规，先行改装、改礼。改装就是脱下传统的号坎，穿上了黄卡其布军装。但镇台、副台们对红顶子还是难舍，不肯戴上新式军帽。这种现象不但巡防营中有，新军中也有。于是形成了一种奇特的现象，头戴翎顶大帽，身穿黄卡其布军装，武装带上别着七星枪（一号左轮手枪），系着传统的腰刀。

改礼就是行举手礼、举枪礼、撇刀礼。但巡防营的官兵很不适应，

六、礼仪

请安请惯了后，不由自主地还是要请大安。周介仁对仍戴翎顶大帽、仍请大安者，一律悉听尊便。但放出了风，"抚台（指山西巡抚）要来亲阅，凡是新操新械不精者，一律革职。"

革职也就不能戴着红顶子衣锦还乡了，所以镇台、副台们纷纷告老、告病。有的确实还乡了，有的就地弃武从商。这些红顶子离职后，绥远巡防营响应武昌起义的道路也就铺平了。

南北和谈时，山西虽然归属在南京临时政府旗下，但许多总兵还是效忠清廷。"清帝退位，民国造肇"这些总兵能否"交印"，还是个问题。山西督军阎锡山利用周介仁翰林的身份，顺利地接管了大同、平城等镇的清军。

这些清军属于绿营兵，其素质比巡防营还要差。"接印"工作很顺利，交印、接印均在总兵衙门的大堂上进行，但武衙门习惯上称大堂为"中军帐"，中军官捧出清廷颁发的大印，总兵接过来双手呈给督军代表周介仁。然后再接过民国颁发的大印，清廷的"总兵"也就变成了民国的"镇守使"。但这只是一个短暂的过渡，真正的镇守使很快就会莅任。

清廷总兵所辖的部队称之为"镇标"，比之于时下就是"军分区"。虽是正规军，但完全失去了战斗力。并不言装备，仅以服装而言，有的已经换了新式军装，有的依旧是传统的号坎。官兵们仍以请安为军礼，在"中军帐"陈放着不但生了锈而且落满了尘土的十八般兵器。

这也无足为怪。民国元年（1912）2月27日袁世凯策划了北京兵变。北洋三镇系新军中的新军，三镇的军统（师长）曹锟向袁世凯报告兵变的任务已经完成时，所行的仍是请安礼。此系唐绍仪所目睹，言之不虚。

新政的实施过程中，一些海外学成归来的新军军官，按照钦定陆军条例向督抚们行举手礼、撇刀礼。官场上的一些守旧人士大骇，认为他们是要恃武犯上、持械不轨。得知此系钦定军礼后连连摇头叹息，认为"大乱将至矣"。守旧者不知，行撇刀礼时刀背向下、刀刃向上，以示"行礼"。

民国元年（1912）的四川督军尹昌衡，清末时系四川陆军小学督办，也是新军中日本士官系的领军人物。在一典礼上对四川总督赵尔巽行撇刀礼，并直言陈述己见。赵尔巽调任东三省总督，由其弟赵尔丰署理四川总督。亲哥俩"交印"时，尔巽对尔丰说："对尹昌衡这个人，或是大用或是不用。"赵尔丰没有掌握好这个"度"，最后被尹昌衡斩首示众。

京师警察厅在清末新政中办得"颇有起色"，以至有"新政当以警政为先之说"。巡警是个"新事物"，但人员几乎全是八旗子弟。巡警穿洋服、行洋礼，于是"八旗看不上八旗"，称举手礼为"举爪"，系"外道"。请安是"家礼"，于是远近以请安分。吴炳湘出任警察总监后严禁请安，"家礼"才在警察中消失。

民国初年还有遗存的"满衙门"，最典型的就是"八旗公署"。这个怪胎的长官都统由清室内务府提名，经民国内务部加委后才能"莅衙理事"。最不可思议的是都统临案办公时使用民国颁发的印章，穿着清代的官服，戴着翎顶大帽。"属下旗人"仍是行大礼、请大安。这种怪象一直延续到 20 世纪 20 年代末，都统衙门自行消失。

作揖与请安——有区有别

作揖就是拱手。20 世纪 60 年代，《燕山夜话》一书中曾提倡以作揖代替握手。"拱手相见""一揖相见"表示"等也"。长揖相见，就有示敬之意了，"握手"在于"示亲"，未必是"等也"，更未必是"示敬"。细究之，握手时地位高的人先伸手；年龄长的先伸手；男女之间，女性先伸手。由此看来，作揖和握手还是有别。

古代无握手之礼，但"执手"也是一种礼节。执手在示亲、示近，亦示"永恒"。壮士执手系同生共死；男女执手是定终身。古文中有"执手曰：'天地同鉴，神明不欺'"；《诗经》有"执子之手，与子携归"。

作揖系拱手，是常礼、平礼、便礼。官场之上所行之礼是请安，这也是满汉之别吧。以老北京而言，"民人"见面拱拱手；"旗人"见面互相请安。有清一代，满礼、旗礼、官礼均是请安。

不论男女，请安对老人、胖人，特别是大肚子人来说，实是件难事。官人、旗人则非行不可，民人则"有幸得免"。官场之上、同僚之间，在非正式场合往往也是以拱手为礼。特别是彼此不存在上下级关系的人，"拱手"是示意、示好，"长揖"是示尊、示敬。

清代以文辖武，湘军、淮军中不乏书生将兵，这也是爱新觉罗氏的权谋。使军队的指挥权在"文人"；军队的掌控权在"军人"。文人将兵、文人运筹帷幄，但文人终究不能在一线执干戈，在一线掌控部队。最让爱新觉罗氏放心的是文人不欺主、不造反。

曾国藩、李鸿章所拥之兵足以自重、足以胁主，亦可取爱新觉罗氏而代之，可是恪守了臣节。左宗棠跋扈、专断，但清廷"容之"。左宗棠也会演戏，在收复新疆的关键时刻，上书朝廷请求返京参加会试。此举有二：一是表示绝无"异志"；二是讨个"进士出身"。

清廷当然满足了左宗棠讨个进士出身的要求，不仅是赐进士出身，而且点了翰林。左宗棠西征凯旋后，跑到翰林院风光风光。结果是"遇冷"，究遇冷之因，左宗棠的"功名"不是考的是赐的。一位老翰林指着苍蝇骂道："见缝下蛆，哪冒出来的绿豆蝇。"左宗棠愕然，但只能愤愤而去。

究左宗棠的"出身"，虽不是两榜进士，确实是举人老爷，而且是名举人。出名的原因是，以区区举人，打了二品大员两记耳光，打了还白打，不了了之。被打的二品大员系一位总兵，也是大文人樊樊山的父亲。

左宗棠以举人的身份入骆秉璋幕作师爷，骆是有多省经历的封疆大吏，左深得其信任。"左专权，骆任之。"一日晚间，骆忽听鸣炮。急问左右是怎么回事，有人笑曰："左师爷拜折子。"

封疆大吏有专折奏事之权，为了表示敬职、敬事、敬君，奏折发出前要鸣炮叩拜。如此大事，左师爷竟然一切代劳了。骆听后曰："明天把底子拿来给我看看。"底子就是原稿，折子发出，底子存档。

正因如此，骆秉璋的属下，均对左宗棠表示尊重，甚至敬畏。一日左宗棠与樊总兵相遇，樊拱手一礼，左责曰："你为什么不给我请安？"樊答曰："朝廷定制，有二品大员给举人请安的吗？"左怒，打了樊总兵两记耳光。

左宗棠身躯矮小，樊系武官，有一身的真功夫。此时樊若将左暴打一顿，只要不打死，官场之上无人能过问。樊想"不辱斯文"，所谓不辱斯文，一是不辱自己的"斯文"；二是不辱左师爷的"斯文"。所执之道是"听候公论、听候圣断"。以殴打朝廷命官罪，给左宗棠充军发配。案发后朝廷果然"查办"，但在骆秉璋的多方"疏通"下，也就不了了之。

樊总兵一气之下辞官还乡，闭门课子。发誓要把儿子培养成进士，压左宗棠这个举人一头。樊总兵的两个儿子也争气，双双考中进士。长子樊增祥（1846—1931），官至江宁布政使，署理两江总督，又系清末民初的大文人，与张之洞、李慈民（越漫堂）多有唱答。辛亥革命后居京，著述颇丰。有《彩云曲》《后彩云曲》《赛金花逸事》《都门纪事》等，均收入《樊山全集》。

廷参——代天受礼

总督、巡抚为代天行守的封疆大吏。总督、巡抚代天行守，也就是皇上的"代表"。凡本省官吏，第一次晋见总督、巡抚，如同"见驾"（见皇上）得递上三代履历（手本）行跪拜大礼，时人称之为"廷参"。若公务紧急，督、抚可以传谕"免廷参"。对于免廷参的官员，均系位显、年高，有时望的"宿儒"。"宿儒"为了示敬、示忠，依旧行叩拜大礼，督、抚也就代皇上受之了。

用银子买官，也就是"捐纳"，可至四品。地方官的四品系道台，京官的四品系五寺少卿，简称为"京卿"。捐京官意在谋求"外放"，非正途出身的两榜进士，很难在六部、五寺、都察院中脱颖而出。

所以捐纳者多捐外官，由八品县丞到四品道台均可买到，而且是明码标价，分急补、到省候补、在乡候补三档。急补县知事高达两万余两，到任后非挖地三尺不可，否则"亏大发了"。

名医施今墨在清末捐山西县知事，到省候补。到省后即赶上辛亥革命爆发，新军攻进巡抚衙门，将巡抚陆钟琦击毙。陆公子系革命党人，由海外归来力劝其父响应武昌起义，宣布独立。新军起义攻进巡抚衙门时，亦将陆夫人、陆公子击毙，实可谓"大水冲了龙王庙，一家人不认一家人"。施今墨得知后，前往巡抚衙门收殓陆钟琦及其家人，时人大为感慨。施今墨仕途无望，白扔了几千两银子，变得两手空空，只得改换门庭，却成了一代名医。

花上少许银子，就可以捐个"在乡候补"的头衔。在乡候补，可以说是永远也"补不上"。但银子也不会白花，各有所用。例而言之，专做蒙古买卖的大盛魁货栈，大小外柜都捐个在乡候补的头衔。外柜，就是业务员。大盛魁的大外柜就捐个同知（相当于副市长）、小外柜就捐个县丞（相当于副县长）。于是绿呢官车、翎顶大帽，过关、过卡、过城门时少了许多麻烦。

"文革"中红卫兵抄家，在一个老者家里抄出了一张清末的"官照"，系八品县丞，他们认为是"变天账"，这位老者苦笑着解释说："清末时我已入山东客籍学堂，族中姐妹甚多，出嫁时都得送亲，也就是押轿，跟在轿子后面壮声势、壮门面，以示风光。没有功名，显得不体面。于是捐了个八品县丞，为的是穿上官衣、官帽，在送亲人中别当白丁。"

以上两例，均属"便己"。但也有捐个"在乡候补"的头衔，横行乡里的。例而言之，李鸿章的胞兄李汉章，捐有候补在乡里开当铺，为了扩大营业面积，强行购买邻店豆腐坊，把掌柜逼成"杨白劳"，喝了盐卤后死在了李家门前。

知县当堂扔下三根"火扦子"，拿李汉章到堂。当然是"不果"，知县又发下海捕文书，全国缉拿，此案当然是不了了之。此系大案，惊动一时。李鸿章自我解嘲曰："知县拿我家成名了。"知县对有功名的人，确实有些犯难。

有功名的人有考来的秀才、举人、进士；有捐来的监生和各档候补官；有致仕还乡的各级官员。知县升堂理案，有功名在身者当然不跪，甚至还要在大堂落座。老百姓要跪官，跪官是向县太爷示敬。有功名的人不跪官，但要跪堂，县衙虽小，但其大堂也是朝廷的行政之所，是朝廷理民之所。只要知县起身离开公案，在案下角设座，有功名的人就要跪堂。跪堂是知县整治有功名在身的人的一种方法，令其和小民同跪，起到了"法无外法"的作用。

一般的知县，无此胆识。例而言之，戊戌变法失败后，光绪被囚，翁同龢被革职，交地方官管束。这项管束任务，可给知县出了一个难题。翁系戴罪之身的小民，见知县当然要跪拜。但知县心里有数："慈禧多大？光绪多大？"这笔账可得算对。

知县也会巧安排，每当前往翁家"查看"，翁同龢均是"去给先人扫墓"。翁家是大族大户，先人众多，扫墓是尽孝道，无可非议。光绪三十年（1904）翁同龢病逝，知县的"管束"工作才告结束。宣统元年（1909）翁同龢"平反"，恢复了生前所有的职衔。在六年的"管束"中，知县与翁未曾谋面。

六、礼仪

开中门——主客自择

大小衙署的中门，平常均是关着。只有上司莅临，主官出入，中门才会打开。但主官对有时望的地方人士、学林大儒，也会礼敬，开中门接客、送客。由中门出入的人，又分硬进硬出、软进硬出。

出入皆由中门，系硬进硬出。上司莅临、同级官员互访，均是硬进硬出。上司光临，主官当然要在中门外迎候；同级官员互访，主官也要在中门内迎候；送客亦是如此。

翰林未散馆前系天子门生，但区区七品官耳，拜谒督、抚时得持一尺大的官帖，由中门硬进硬出。督、抚一般的情况下不会迎接，也不会鸣炮。

提督官序纵一品，但系督、抚下属。拜谒督、抚时由侧门而入，中门而出。出中门时，得鸣炮示敬，原因是提督的本衔高于督、抚，不少提督有"赏穿黄马褂""赏戴双眼花翎"等殊荣，是皇上的"巴图鲁"（勇士）。

进谒者皆知晓官场上的礼仪，不会走错了门。仪门前有差官引路，走错了也会得到纠正。引路的差官最有分寸，其主要工作就是把"时望""名儒"……引到中门。当然，也会把不知礼的拦住，令其走侧门。许多总兵不但有提督衔，而且赐戴红顶子、双眼花翎，赏穿黄马褂。进谒督、抚时走中门还是走侧门，可自便。大多数总兵走侧门以示敬。"你敬我一尺，我也敬你一尺"是官场上的通例，故由侧门进、侧门出的"红顶子""双眼花翎"，差官也鸣炮示敬。

赏穿黄马褂是臣子的殊荣，但得慎穿。因为许多高官是熬上去的，无黄马褂可穿。穿着黄马褂进谒上司，肯定"没有好果子吃"。所以黄马褂只能在庆典上穿，而且是"首长"有黄马褂，才能穿黄马褂，不能压"首长"一头。

例而言之，胡雪岩系有布政使衔的"红顶商人"，通过恭亲王奕䜣的门路，得到了赏穿黄马褂的殊荣。但只在家中祭祖时穿，在官场上从不穿黄马褂。这叫"知斤两，有分寸"。

大小衙门都是官署，大小四合院均系私宅。官员们的私宅可称官邸，但终是家居之所，不是行政之所、理事之所。地方官系"前衙后宅"，京官则公私分明，衙是衙，宅是宅。高官们的住宅有皇上赐的，但大多是自己租的、建的。大小京官分住在大小四合院中，四合院的二门亦起到仪门的作用。前章已从建筑格局上明之。本节从"礼"的方面再加阐述。

何时开中门接客、送客，是宅主私人的事。老师、乡长至，当然要开中门，好友至亦可开中门。原则上是以辈分、亲情、友情而定，也以来客的时望、人品、学识而定。

例而言之，宅主以诗会友，举行雅集，当然要大开中门；乘龙快婿至，亦可开中门。前者因友情，后者因亲情。这些琐事一般不用宅主人操心，门房二爷会把事办好。

但官邸毕竟是官场，同僚、上司至，一定得开中门接、送，否则会失礼，造成不愉快。其流程是门房二爷举着来客的帖子在前引路，站门的高呼："×××到，×××来了（官职、头衔、敬称）！"跑上房的高呼："开中门。"根据客人的来头，主人或至上房门外，或在中门内处迎客。只有上司莅临，主人才会到衙门外迎客、送客。官场之上最讲"秩""序"，上司到属下私宅是少中又少的事，除非"深谊在前"；或下属是昔日长官；或下属背景甚深。

北洋军中有不少暴发户，外出拜客前呼后拥。用老北京俚语来说，就是"不知道怎么作了"。这种"土军头"下车前，副官、护兵就高喊一嗓子："×××到！"其声音之大，像打雷。文职高官不会有此行，有些

六、礼仪

素质的武职高官也不会"这么现"。当然拜谒上司绝不会如此放肆,同僚之间也无此必要。多是驾临"狗头绅士"家,或下馆子、听戏时自娱自乐地耍耍官威。20 世纪 20 年代末,奉军、直鲁联军最讲排场,在北京街面上最"现"。

握手与脱帽——中西有异

前文已述,握手与执手不同。握手是"西礼",在外交场合出现后渐渐也出现在官场上。清廷的显贵自认是"天骄",但恭亲王奕䜣也得和公使们握手。八旗中的老人叹曰:"六爷让洋人给拉过去了。"小字辈则戏曰:"鬼子六让洋人给摸了。"

封疆大吏多务实、变通,不但和洋人握手,也和洋人的华人翻译握手。华人给洋人当翻译,多系久居海外,或是港澳的土著,和洋人的关系很深。礼敬洋人,也就得礼敬"腿也变直了的假洋鬼子"。一是免得假洋鬼子从中坏事;二是通过假洋鬼子摸摸真洋鬼子的底。

官场之上和国人握手,当首推张之洞和袁世凯。清廷在第二次鸦片战争后被迫接受了现实,列强的公使进入北京。为了和公使们打交道,设立了总理各国事务衙门。由"抚夷"改为"办洋务"。《辛丑条约》中,明定改总理各国事务衙门为外务部,而且序列诸部之首。办洋务变成了"办外交"。

抚夷—洋务—外交系三部曲。均需要通晓西方的人才,而清廷的庸官朽贵,对"西人"的认识只是"腿是直的"。进入 20 世纪后,学成归国的人才受到"不得不用"的重用,身价日增。列强也开始了和封疆大吏直接打交道的策略,造成了"东南互保"的政治格局。

湘军、淮军,风骚已尽。新崛起的北洋军掌控在直隶总督袁世凯手中,自强军掌控在湖广总督张之洞手中。爱新觉罗氏对湘军、淮军已有尾大不掉之势，北洋新军、湖广自强军则开了"凭枪办事""凭枪说话"的先河。

为了外交人才能为己所用，张之洞、袁世凯均礼贤下士。在书房、花厅接见学成归来的"洋学生"时，主动握手示亲、示近，旨在得人心切。一旦人才进入彀中——戴上了翎顶大帽，"人才"也就变成了"奴才"，得按"制"、按"例"办事。该行大礼则行大礼，该请大安则请大安。

以曹汝霖为例，在日本留学时已剪掉了辫子，不是革命党人，也是"激进分子"。归国后袁世凯、张之洞争用之，后当上了外务部侍郎。为了和翎顶大帽"配套"，还在脑后安装了一条假辫子。

西人脱帽系致意，鞠躬是行礼。脱帽大体上同于拱手，鞠躬大体上同于长揖。西人的帽子系硬壳帽，国人的帽子是瓜皮软帽。国人很难效法西人脱帽致意的手势。直到步入共和后，西人的硬壳帽在民国官场上流行起来，脱帽致意、脱帽致敬才成为礼仪。

例而言之，蔡元培学贯中西。以"旧"而论系两榜进士，翰林出身，以"新"而论是革命党人，而且手枪炸弹不离其身，组织过军国民教育会。民国肇基，蔡元培系首任教育总长，1916 年底出任北京大学校长。到校履新时"校役"列队鞠躬，蔡校长脱帽还礼，频频点头致意，并明令改校役为"工友"，这个称谓直到 1966 年"文革"时才被"工人师傅"所取代。

于军人而言，戴着军帽时行举手礼，摘下军帽时行鞠躬礼。时下军人不戴军帽时也行举手礼，民人有效法之趋——戴不戴帽子均行个举手礼，算是"示意"。原因很简单，举手比鞠躬更简便。民国初年民人讥讽军警"举爪"，时下"举爪"有发展成"通礼"之趋。细究之，民人不戴帽子或戴软帽，实无法效仿西人"脱帽致意""脱帽致敬"。于是，戴不戴帽子都来个"举爪示意""举爪示敬"。

下野——以退为进

辛亥革命后政局动荡。大而言之，有南北之争，即北京政府和广州政府之争。以北京政府而言，由 1912 年至 1928 年的 16 年里共变更了多次国家元首，袁世凯、黎元洪、冯国璋、徐世昌、曹锟、段祺瑞、张作霖先后登场，有五十余次内阁巨变。中南海里有府院之争（北洋政府的总统府和国务院均设在中南海）。皖系军阀、直系军阀、奉系军阀均有问鼎北京之志，先后爆发了直皖战争，两次直奉战争。

内阁巨变是政治斗争，逞兵进京是军事斗争。在争斗中均有失败者，失败者往往会通电下野，一走了之。胜利者对失败者颇为"宽容"，只要通电下野，不走也可了之。

例而言之，直皖战争中皖系战败，直军主力吴佩孚攻入了北京。吴在各城门张贴布告，要捉拿段祺瑞为首的十大"祸首"。段在府学胡同官邸中下棋为乐，直军的主帅曹锟还在东升楼叫了一桌头等酒席送到段家，表示慰问。

吴炳湘系北洋老人，虽然是安徽省籍，但和直系的交往也很深。吴不是军人，是警察总监。中国警察在"军争"中有中立的传统，吴却在直皖战争中参了战。参战的方式一是给直军提供了警服，在《辛丑条约》划定的禁区投入战斗。二是以京津保军警稽查总长的身份，强逼陈文运师出战。此两举有违中立的传统，吴佩孚攻进北京后，吴炳湘名列十大"祸首"。直军十一师师长王怀庆以步军统领（北京卫戍司令）的身份来到总布胡同吴宅，直言说："请吴总监先到外头住几天，吴大帅的面子得给。东西也不必搬，我派兵在外边守着，若有丢失唯我是问。走走过场……"

吴大帅指的是吴佩孚，吴炳湘移居甘肃督军张广建的闲宅，官场上的人士前往慰问者甚多，皆曰："姓吴的不认姓吴的，姓吴的容不下姓吴的。"并哂吴佩孚"太浅，无怪人称吴小鬼"。

吴炳湘家人离开后，王怀庆即在大门上贴了封条，派士兵在门外站岗，在四周巡逻，实系将吴宅保护起来。半个月后时局大定，王怀庆派人告吴说："现已开封撤岗，交由警察保护。您回家看看，东西是否完好。"

吴炳湘后来出任了安徽督军，但还任北京电车公司董事长、中山公园董事长。私宅一直由警察站岗，直至20世纪30年代初吴病逝。此时已是民主共和，但北平警察还认这个老上司。

北洋官场上也有"血案"，前案是徐树铮杀陆建章。陆系袁世凯的红人，曾任京畿军政执法处总长，后出任陕西督军。在北洋系内属于直系，是冯玉祥的姑丈。徐树铮是段祺瑞的头等红人，曾任陆军部次长、国务院秘书长、西北筹边使，后任奉军副总司令，是皖系的智囊。

奉军副总司令在官制上无此职，是皖奉勾结的产物。斯时陆建章已丢了陕西督军之职，在将军府当个挂名将军，但在直系中是个军师一样的人物。两个"同行"到了一块儿，徐树铮就起了杀心，将陆建章诱至天津奉军司令部中就地处决。

冯玉祥则不动声色。1924年北京政变后，冯部直接控制了北京。徐树铮在府院之争中伤人颇多。此时段祺瑞虽然是"中华民国临时总执政"，系所谓的国家元首，但徐树铮也只能以专使的身份出国考察，在赴天津的途中，在廊坊火车站被冯部张之江截获，就地处决。

陆建章、徐树铮均被"政敌"就地处决，时人曰："这是一报还一报。"后案亦是"一报还一报"，奉军沿津浦线南下，混成旅旅长施从宾想当安徽督军，所以挥兵猛进。战败后被俘，被五省联军总司令孙传芳斩首示众。此举在当时引起轩然大波，认为杀战俘不人道、不地道。施从宾之女施剑翘为父报仇，在天津租界内刺杀了下野家居的孙传芳。时人、后人多有称道者，称之为"侠女""义女"。

其实，施从宾和孙传芳是私斗，施剑翘和孙传芳亦是私斗，与公义

六、礼仪

无关。从军人道德角度来讲，施从宾可谓下之又下、劣之又劣耳。奉军溃败之时，施从宾乘装甲列车北逃。斯时，铁路桥上全是夺路逃生的奉军官兵。施为了个人逃生，竟下令装甲车从人群中轧了过去，当场撞死、撞伤了一千余人。

施从宾的装甲车过桥后，由于铁路被孙部破坏，施下车逃生时被俘。奉军官兵在铁路桥上被轧死的姑且不论，被轧伤的惨不忍睹，非笔墨可以形容。孙部官兵都发瘆、发怵，不敢过桥追击。

女儿为父报仇多被人称道，但施剑翘所报之仇绝对是私仇。私仇私了，一报还一报，施剑翘之谓也。但施剑翘却成了大名，不但在 20 世纪三四十年代有名，步入 50 年代后亦有"名气"。

孙传芳可诛、施从宾可诛，下野的军阀、官僚政客，可诛者多矣，故畏诛者流亡海外。畏诛是畏国法之诛，亦畏国人之诛。国法、国人皆不容，代天行罚、代天行刑是理之当然。但要分清是私仇还是公仇，是家仇还是国仇。

20 世纪 60 年代时，一位北洋官场之上的老者，谈到两桩"一报还一报"的血案。认为徐树铮、孙传芳杀陆建章、施从宾均犯了北洋军队的大忌。下野不究，下野更不诛，是官德。并以黎元洪为例。黎在武昌首义后被公举为湖北军政府都督，未追捕清廷官员。洪宪帝制时洁身自好，力拒"五义亲王"的封号。袁世凯死后黎元洪"依法"以副总统的身份就任了大总统。立即着手恢复了国会，使民国法统"重光"。对洪宪帝制犯也网开一面，"通"而不"缉"。对于筹安会六君子，因系文人免于了通缉，使之得以保全了脸面和斯文。严复返回福州颐养天年，得到了地方政府的礼遇；刘师培入北大任教，蔡元培亦认为"人才难得，不究洪宪之失"；杨度依然以社会名流的身份办报……

黎元洪能容人，官场上有"黎菩萨"之称。故能两度出任总统，两度平安下野。下野后还被推举为中兴煤矿公司董事长，警察总监吴炳湘下野后，被推举为总经理。两人"搭档"得不错，使老矿办得颇有起色，下野后还能有点钱花。

究这位老者所言，实不敢苟同。武昌起义后黎元洪不追捕清廷官员，首先是和清廷"留有余地"；其次是这些躲进租界的逃犯，已无力和湖北军政府对抗。对洪宪的文武帝制犯，均网开一面。原因是这些人已臭不可闻，灰头土脸的，但在官场上"有旧"，放其一马有利于调和各方面。

对武昌首义的功臣"湖北三武"，则不手软，借袁世凯之手诛之，但袁也不白帮忙，将黎元洪的诛张振武、方维的密电"公示"，弄得黎在湖北不好混，只好乖乖地进京当副总统，成了袁世凯的政治俘虏。

在内斗中能守"官德"，是由于失败者、失势者已无力反抗；或是失败者、失势者暂不能危害自己，但可以危害自己的另一对手。本着"敌人的敌人就是朋友"的策略，对失败者、失势者在更高层次上加以利用。

徐树铮杀陆建章，是"阴扇子对阴扇子，谁都玩不了谁"，只能是杀之以除后患。孙传芳杀施从宾，是让奉军将领知道，想饮马长江先摸摸脑袋，赶紧死了这条心。被俘后的施从宾，唯一的利用价值是斩首示众，以儆效尤。

官话——都能听得懂

中国是多民族统一的国家，各民族、各地区的方言甚多。但朝堂上、官场上得有种人人都听得懂的语言，这种语言时下叫普通话，溯史求之叫官话。官话得皇上听得懂、官员彼此间听得懂、老百姓听得懂。明清两朝均办过官话书院，兴起过官话运动，要求当官的人"说官话"。

有明一代，皇子不承大位就得到各地就封。就封后也就成了"外地人"，到了第二代、第三代……，则全操当地口音。明嘉靖皇帝和堂兄闽王相见时，王爷说什么，皇上完全听不懂。乾隆下江南时，召见驻防八旗，听其言"系一南人"。针对这种现象，明清两朝均兴起过官话书院，教步入"试途"的读书人说官话。步入仕途后，自然是官话如流。

由于幅员辽阔，各地形成了几个官话区。最有代表性的是广州官话区，以清代而论，大体上是两广总督的辖区，即今广东省和广西壮族自治区。且不论以壮话为代表的少数民族语言，在汉语体系中就有桂北官话、柳州话、南宁白话、广州白话、潮汕话、客家话……但诸多方言均可归入、框入汉字的读音之中。

两广总督驻节广州，广州不但是军政中心，亦是文化中心，更是经济中心。在交流的过程中，需要"谁都能听得懂"的一种语言，于是形成了广州官话。究广州官话之实，就是带有方言特色的普通话。

普通话，是20世纪50年代中期才有的名词。在此以前，"谁都能听懂的话"叫官话。1911年初，清廷资政院改官话为国语。在此以前，清廷的国语系满语。清初北京官场上的人均是汉、满双语，即便汉官不会说满语，也能听得懂满语；满官不会汉语，也能听得懂汉语。"先听懂，后会说。"乾隆以后满语退潮，清末时满语在满族人中，也只剩了寒暄语。步入民国后，满语在官场上消失，在民间所遗也就是格格、阿玛等称谓，额娘还是满汉合璧。

满语不断地式微，但语音却产生了融入式的影响。官场上有"南腔北调"之说，南方官员操"南腔"，受满官影响，话语中产生了"北调"。有人认为北京官话系"汉语胡音"，此说有一定的道理，并可上溯到元大都时代寻源。总的来说，蒙满语音的影响系融入式的影响。

究北京官话，不可不究皇上说什么话。永乐迁都北京之初，宫中是一派南音。原因简而明，皇上、皇子、皇孙均为"南人"，后妃大多是"南人"，太监、宫女也大多是"南人"。明英宗是在北京生、北京长，自幼侍奉他的太监王振是河北蔚县人。此时老太监、老宫女存者稀，宫中的南音也就日稀。总而言之，太监、宫女对皇上语音的影响甚大。

皇上日对百官，百官合成了"北京官话"。皇上日对太监、宫女，太监、宫女先操南音后操北调，合成了"北京宫话"。官话和宫话，大体相同，皇上不但听得懂，而且会说。

明代实行两京制，在南直隶地区形成了南京官话。明清易鼎，南京变成了江宁，但仍系两江总督的驻节地，两江总督辖安徽、江苏、江西三省，是全国最大的地方官，辖区经济文化均很发达。南京官话的影响仅次于北京官话。"南腔北调"国人均能听得懂，民国元年孙中山在南京夫子庙用广州官话发表了演说，在场民众能听得懂，而且反应十分热烈。由此可见，广州官话和南京官话之间基本互通，已有普通话之趋，各地官话亦然。

综上所述，在统一国家行政的过程中，需要"都听得懂"的通用语言，这种语言在当时叫官话。各地的官话在官场上在诸因素的制约、制导下，都趋向北京官话。各地区的官话均趋向北京官话时，也就为"国语"的成型创造了前提。

各地区的官话把方言均归入、框入汉字之中，但读音仍有地区性。民国初年，教育部制定了国语的统一注音。官话在老百姓的心目中，就是"当官的用的语言"，国语则为国家的通用语言，普通话则是全民的通用语言。溯其发展的进程，亦源于官俗。当官要亲民，同僚要互通，面圣要对答，都能听得懂是首要，基本会说则是"听得懂"后的必然发展之趋。

秦始皇统一文字功不可没，甚至可以说是中国统一最根本的基石。如无此业，"中国"或许是今日的"欧洲"。在书同文的基础之上，经过两千多年的发展，才开始形成"语同音"。时下，方言有"再现"之趋。不论出于何许原因，对于全人类来说，文化多元，语言趋一、归一，是

六、礼仪

江河归海。消失了的语言、方言不是被兼并、被消灭，而是"归海"了。大海中都是水，不问来自哪条江河。

今日的普通话，大体上是全国人听得懂的语言，少数民族地区的青年人不但听得懂，也能会说。听不懂普通话的人不多了。这是交流、认同、融汇的硕果。溯普通话之源系官话，各地官话趋向北京官话形成了国语，国语也就是"听得懂，全会说"的语言——在一个国家能够通行的普通话。

称谓——示尊示敬

官场上的称谓本来就复杂，清末民初时期更加混乱。总的来说有两个趋向，一是"往大了叫"；二是"套用古代官职"。称谓有两种，一是敬称，一是谦称。敬称是对他人，主要是对上司，谦称是对自己。综汇起来讲，称谓系示敬、示尊、示谦、示近、示亲，颇为烦琐。

以示敬而言，有当面的称谓、书面的称谓、背后的称谓，三者可以统一，但多数情况下还是有所区别。本节不是"专著"，简而言之，杂陈如下。

示敬最通用的称谓是大人，小民、下属可用，同僚之间也可用。例如："大人可得给小民作主。""回大人话。""张大人近日忙什么？"

加个台字也是示敬，如抚台、道台、老父台……有时还和大人连用，如抚台大人、道台大人。步入民国后，则加个座字。如称司令为总座，参谋长为参座。由军长到连长，均可加个座字以示敬。文官亦然，如局座、处座、科座。

以加衔为示敬。两宫回銮后，对封疆大吏以殊恩。袁世凯加官保衔、刘坤一赏戴三眼花翎。三眼花翎系亲王饰物，当时极为尊贵，但刘认为"太虚"，于是调侃说："人人都叫他袁宫保，怎么不叫我刘三翎？"有幕僚解释说："三眼花翎戴在您的大帽子上，一看便知，何须再叫。"刘大笑曰："甚有道理，看不见的就得叫出来；看得见的就不用叫了。"

以加个"帅"字示敬。总督、巡抚系文官，但有直辖部队督标、抚标，又节制本省区的提督、总兵，故称之为"大帅"。民国沿之，巡阅使称"大帅"，一省督军称"督帅"。后来督军也称为"大帅"，镇守使"加了个塞"，称"镇帅"。曹锟系"直隶督军，领直鲁豫巡阅使"，当然称"大帅"。吴佩孚"系第三师师长，加衔直鲁豫巡阅副使"，吴称起"大帅"后，曹遂不悦，改称"老帅"。

加个"本"字，虽系自称，亦以示重职、重守、重责。如总督自称"本部堂"（总督加衔兵部尚书），"巡抚自称"本抚院（巡抚加衔都察院右副都御史），布政使、按察使自称"本司"，以至"本道""本府""本县"，县以下亦可称"本衙"，如县丞、巡检等八、九品官。提督自称"本督"、总兵自称"本镇"……把总则自称"本总"。老百姓则戏称之为"老总"（意在"老小"）。久而久之，凡是穿军装的士兵皆称其为"老总"，既是近称也是敬称。

加个"贵"字、"老"字、"尊"字以示敬，如贵县、贵道、贵庚；老乡长、老将军、老长官；尊意、尊便。于"老"字而言，除示敬外亦示近、示亲。

"官场之上称兄不称弟，称弟才是真兄弟。"称兄未必年长、位尊，"如你老哥怎么能这么办事？"和下属，甚至学生也可称"兄弟我"。北大校长马寅初、北师大校长陈垣位尊、年长，但在讲话中均好以"兄弟我"自称。长官在大会上讲话，如不是发布"训令"，往往也称"兄弟我"。

如称"弟"，则是近人。"你老哥怎么能这么办事！""你老弟怎么能这么办事！"哥是"虚"的，弟是"实"的。

"往大里叫"，是官场之上示敬。如清代的提督称"军门"，称总兵、副将为"军门"，亦属示敬、示尊。"道"系省下的行政区、监察区，长官为道台、道尹，清末民初往往称其为"观察"。观察是唐宋时期的"观察使"，是省级行政长官（直隶朝廷）。称道台、道尹为"观察"不仅是"往大里叫"，亦是"套用古代官职"，这两种趋向在"观察"这一称谓上，可以说是"合二而一"了。

套用古代官职，在清末民初是普遍现象，尤其是在称谓上。自从朱元璋废除了丞相一职后，明清两朝五百多年的时间里，官制上无此职。明代的"首辅"，清代的"领班军机大臣"，不过是皇上的"大秘书"，非"百官之长"。但清末民初的官场上，称相者比比皆是。

清代的大学士是虚衔，李鸿章是文华殿大学士、左宗棠是东阁大学士，时人则以"李相""左相"称之。步入民国后，段祺瑞几度出任过总理，亦以"三造共和"自居，可是时人、势人称之为"相国"，段欣然受之。黎元洪任总统、段任总理时"府院之争"闹得不可开交，斯时段总理也不拒人称之为"相国"。

徐世昌是直皖两系共同认可的"北洋元老"，亦可平衡直皖两系。任总理时，时人、势人亦以"相国"呼之。北洋政府官制上是内阁制，由内阁对国会负责，故又称"责任内阁"。放着"总理"的称谓不用，却用"相国"的称谓，实令人费解。

姜桂题任陆军检阅使、江朝宗任步军统领时，时人、势人亦以"军门"呼之。军门在清代系提督、总兵的称谓，称姜、江为军门，不是"往大里叫"。陆军检阅使相当于"陆军总司令"，"步军统领"相当于"北京卫戍司令"，位列清代提督，总兵之上。提督相当于省军区司令、总兵相当于军分区司令。这种"套用"，亦是费解。若解之，则是"旧情未了"。

以自称而言，多"自廉"。自谦是为了奉上、媚上，如文官自称"卑职""属下"，武官自称"沐恩""标下"。这些清代的自称，多遗至民国。

清末民初，好以地望为尊称。如称李鸿章为李合肥、称张之洞为张南皮、称袁世凯为袁项城、称黎元洪为黎黄皮、称段祺瑞为段合肥，甚至省去姓，直接称地望。以地望呼之的人不多，近于特指。

官场之上的人，同僚之间、友人之间均不直呼其名。如果上司直呼其名，一定是问责或训斥。一般情况下呼其字表，如若示敬则呼其堂号，堂号为"雅称"，如康有为字广夏，号长素，又号更生；梁启超，字任甫，号饮冰子，又号饮冰室主人；王国维，字幼安、伯隅，号观堂。

如进一步示敬示尊，则称其为公、翁、老，如时人多称梁启超为任公，取其字表中的"任"字；称林纾为琴翁、琴老，取其字琴南中的"琴"字；称王闿运为壬老、壬翁，取其字壬秋中的"壬"字。

六、礼仪

七、金榜

士、农、工、商，士在整个封建社会一直位于四民之首。农民阶层如果想跨越阶层，就必须依靠寒窗苦读十年甚至几十年，以期金榜题名，鱼跃龙门。

公车进京

乡试中举人，号称跃小龙门。原因是举人可参加吏部铨选步入仕途，所以民间称举人为"老爷"和县太爷等尔。更重要的是举人一旦会试得中，也就真正地跃了龙门成为进士公，有清一代的大学士，可以说均是正途出身的进士公（此言为汉人大学士），故举人老爷的前程不可量也。

举人进京会试，地方官和地方人士都要举行宴会为之送行，并在孔庙举行仪式后，方正式登程。按照清廷的定制，举人进京由官方提供路费，边远省份由驿站负责提供车马，安排食宿。汉代被朝廷征辟的士人，乘公车进京，所以后世称进京会试的举人为"公车"。

举人是天子的贡生，乘坐公车进京会试沿途自然是畅通无阻。到达北京后，崇文门关未及时办理行李的检查手续，耽误了考前准备。举人们联名告御状，道光皇帝"诏责崇文门关"。崇文门关监督，由天子近臣出任，权势显赫，竟然因举人受到"诏责"，京城中的大小衙门对"公车"不敢等闲视之了。

状元游皇城

会试取中，称贡士，第一名称"会元"。凡中贡士者一律参加殿试，殿士不再淘汰全员录取。如无特殊原因，皇上也不变更录取名次。殿试只考策论一篇，在保和殿举行，日暮收卷。时间很充裕，考生又没有落榜的压力，所以考场气氛活跃，彼此之间交头接耳不禁。殿试的监考人系皇上，皇上点卯即退；留下王爷看场，王爷亦"早退"。所谓不禁是"无人禁"，在殿上考一天，可吃点心、喝水，也可"方便方便"，所以也"无法禁"。

阅卷大臣们和考生此时有了直接接触的机会，"恩师"和"门生"亦可问答，甚至可以指点。更有甚者，"恩师"还可以为"门生"改错。总之，会试在贡院举行——极严；殿试时大局已定——宽松。

皇上变更录取名次的原因有二。一是一省不能连出三个状元，会试系封卷，定了名次后才开卷。开卷后只有皇上才有权变更名次，一省连出三个状元会造成"失衡"，故圣心独断，可以变更名次。二是书法太差者要降等、降次。皇上一般亲阅前七名，有时也多阅。发现墨宝欠佳者，即降等。因为会试过程中，考官所看的不是原卷，所阅系抄录的"朱卷"。也就是说，考官不知道考生的书法水平。此举意在防止阅卷大臣通过笔迹认出考生，发生舞弊。皇上发现"字写得太差者"，即圣断。据说龚自珍就因字写得太差，被降了等级和名次。

有时也会出现其他原因。官场中有闻，清廷的末科状元原不是刘春霖，殿试之日恰久旱遇雨，慈禧阅殿试名次后，即把第七名进士（一说探花）刘春霖改为状元，意在留住春霖，再下几场春雨，彻底解除旱情。

七、金榜

137

殿试阅卷毕，皇帝钦定名次后在太和殿唱名，于天安左门张榜。是日，应试者和好事者均集于门前看"金榜题名"。顺天府尹亦带领全副仪仗和喜庆乐队在天安左门迎新科状元"白马披红"游皇城。游皇城其实就是送新科状元回会馆。由于游行的队伍和仪仗不可能穿过天安门前，出天安右门前往宣武门外的会馆区，只能绕皇城一周然后出宣武门。

顺天府尹是尚书、侍郎的兼职，系当朝一、二品大员，此时象征性的牵马、引马，送状元郎"还乡"。一路之上鼓乐齐鸣，仪仗队前呼后拥，且有先驱鸣锣开道。北京城中即便是亲王出行也无鸣锣开道之仪，只有奉旨巡城的御史和步军统领方可鸣锣开道，仪仗随行。顺天府尹是京师的地方官，也只有到东直门外的春场迎春和送状元郎"还乡"时才能鸣锣先驱，仪仗前导后拥。

春场接春后，送春于大内乾清宫的东暖阁，系负有圣命。送状元郎"还乡"是遵圣道礼先师。因此，任何高官显贵对游皇城的状元公都要礼让、避道，巡城御史、步军统领亦然。

此时，会馆已是张灯结彩，门前搭起锦绸牌楼，院内搭起天棚，旅京同乡中的各界人士齐聚于会馆之中，恭迎状元公"还乡"。新科状元到达会馆之前，顺天府要派三支礼宾队前来报喜。一报在会馆门前举着喜帖高呼："贵省×府×县×老爷喜中新科状元！"此时会馆中的大执宾高呼："奏乐！"排列在会馆门前的乐手立即鼓乐齐鸣。二报到达会馆时举着喜帖高呼："新科状元张榜上路！"这时状元公已出宣武门。大执宾高呼"恭迎！"各界头面人物纷纷走出会馆的大门，恭候新科状元"还乡"。三报可以说是新科状元的前哨仪仗队，到达会馆时高呼："新科状元到！"大执宾则高呼"放鞭炮！"霎时鞭炮齐燃，响声震天。

三报刚过，顺天府尹、新科状元并马到达会馆门前。站在台阶上的各界头面人物一齐走下台阶，"冲天锣"三响，新科状元下马一揖到地，谢家乡父老的厚爱，众乡长忙着相扶，簇拥状元公进入会馆。顺天府尹也就完成了任务，打道回衙。

喜庆盛宴

状元郎"还乡"的次日，礼部要举行盛大宴会。全体新科进士依名次入座，状元公自然是首席。这是礼仪性的官方宴请，气氛庄重。但只是例行庆典，仪礼结束后，宴会也就结束了。

会馆中的庆祝活动要连续七日，不论有何许高官与宴，新科状元均坐东北角（首座）。新科状元多授翰林院修撰，不过区区六品官耳。但此时是"京城首座"，参加任何宴会均是首席，入翰林院履新之前，出入任何府邸均是中门而入，平礼相见。

会馆的庆祝活动要连续七日，白天盛宴，晚上唱堂会，招待前来贺喜的各界人士。把状元公忙得晕头转向，故有七日不挑礼之说。放榜后的七天里，由于状元公忙于应酬，难免有礼不到之处。况且人多敬酒，往往被灌得酩酊大醉，此时谁都不能挑礼，逢事一笑了之。

放榜后的第三天，要举行谢师宴。宴会大多在中取名额最多的省份会馆中举行，或由几个会馆共同主持。会试的正副主考官、阅卷官，殿试的阅卷大臣均属新科进士的"恩师"，是谢师宴的主宾。京中名流，科场老前辈亦以不同的身份与宴。这些人或是新科进士的太老师，或是老乡长。或主或客，或主客兼之。在同年的谢师宴上，新科进士们开始编织自己在仕途之上的关系网。这张关系网既是"护官符"，也是"升官图"。

题诗勒石

放榜的次日，全体新科进士要聚于孔庙，举行盛大的祭孔仪式。届时孔庙张灯结彩，大雅乐齐鸣。全体新科进士在庄严的古乐声中，排列在大成殿前按照中试的名次分批进殿，向大成至圣先师行叩拜大礼。礼毕之后，在国子监彝伦堂举行盛大宴会。全体新科进士按中试名次入座后，奏小雅之乐。此宴也是礼仪性的。宴毕，全体新科进士题诗。

这些诗均汇集刊刻成书，在京城书肆出售。一些评论家依据诗的内容，对进士公们的前程进行预测。但进士公的诗大多是四平八稳的时调，很难有佳作。不外是君恩、师恩，歌功颂德。有济世报国大略者，此时也得"收敛"。不敢由衷而发，怕落个"轻狂"的名声，误了前程。

孔庙进士题名碑成，全体新科进士举行谒碑之会。进士题名碑，又谓孔庙勒石，系元、明、清三朝的成例。将全体中试者的姓名、籍贯刻之于石碑立于孔庙碑林。

碑成之日，披红挂彩，俨然一代新秀出世。谒碑之会上，新科进士均题诗，这些诗也都汇集刊刻成书。但和国子监题诗一样，实难有佳作问世，所以成书之后也难于流传后世。在当时确有人购买，意在领悟、借鉴，亦步亦趋，以步金阶。

孔庙谒碑活动，把金榜题名的喜庆推向了高峰。勒石刻碑，千古留名，何况立碑于圣庙碑林。届时京中各级官学、塾学均放假一日，让学生到孔庙"观碑"，目的是激励后学勇往直前，走"十年寒窗无人晓，一朝成名天下知"的道路。

春风得意

唐朝诗人孟郊四十六岁中进士后诗云："春风得意马蹄疾，一日看尽长安花。"清朝的进士在放榜之后实无暇观花，而是忙着拜主考、拜朝官、拜当轴、拜前辈、拜乡长、拜名士、拜同年……

当时的交通工具主要是骡车，会馆为新科进士乘坐的骡车披红挂彩。行驶在京城官道上十分显眼，路人一看即知，来往车辆与之相遇均予礼让。新科进士要遍拜应该拜见的人，实在是"车不容缓"。车把式也以自己能给新科进士赶车而感到自豪，所以鞭子甩得特别响，还不时打个"振天鞭"。有道："披红挂彩车行疾，十日拜遍京华客。"

唐朝的新科进士有"曲江盛宴"，清代的新科进士追慕前贤，也多有水次之游，外城的龙潭湖、陶然亭，内城的什刹三海，西直门外的长河等地，多是聚游之所。这种"聚游"系同年之会，所吟所感乃"帝德乾坤大，皇恩雨露深"。或许，寒窗孤灯之下曾以顾炎武"国家兴亡匹夫有责"相激、相励。但时下已是入仕之人，不可"狂狷"。

到报国寺一游凭吊顾炎武的人不多，此时的"科举"得人也不多，士大夫们脚下的路很难再延伸，历史的一页将要翻过去。但士大夫们均很明智，辛亥革命时没有为清朝"殉葬"，辛亥革命后也没有为这个末代王朝"守节"，随着科举制度的终结，新文化运动的兴起，士大夫退出了历史的舞台。

玉堂接风

翰林院在清朝有特殊的地位，是清流所聚的"玉堂"之所，以大学士、尚书、侍郎兼任掌院学士，其职责是"掌制诰、史册、文翰之事"。有清一代皇帝例不莅临京中的各衙门，翰林院是个例外。皇帝到翰林院实无要事，只不过是表示尊重儒家，礼敬斯文而已。

新科状元授翰林院修撰，榜眼、探花授翰林院编修，这是清廷定制。一甲三进士（状元、榜眼、探花）到翰林院履新（报到）之日，翰林院照例要举行盛大欢迎宴会，为之接风。即使掌院大学士莅任，也享受不到如此殊荣。

辞京阙

新科进士中的大部分人，特别是三甲进士，要出任外官，授州县之职，领亲民之责。这些人在赴任之前，要齐聚天安门前谢君恩、向皇帝辞行。意在表示不负皇恩，为官一任定造福一方，替皇上"牧民"，当个好官。

辞京阙的典仪由礼部主持，场面十分隆重。凡留京供职的新科进士也都聚于天安门前为同年送行。典仪在清晨进行，围观者甚众，其盛不亚于新科状元游皇城。此典仪礼部虽派员主持，但不设乐。在黎明的晨曦中外放的新科进士按省排班向天安门叩首，礼毕而退。

届时，各省会馆均派出披红挂彩的骡车，到天安门前迎接分发到本省的新科进士。该省留京任职的新科进士就成了主人，陪同即将离京赴任的同年到会馆举行大的欢送宴会。

新科进士辞京阙后，金榜题名的喜庆活动才算告终。

吉第生辉

20世纪30年代，许多会馆里还有挂着"状元吉第""榜眼吉第""探花吉第""进士吉第"横匾的房屋。甚至有的房屋挂着"双元吉第""三进士吉第"的横匾。这些房屋均进行过高档化的修饰，在会馆中比较显眼。

这些房屋是会馆的荣誉，本省举人会试时下榻会馆之中，喜跃龙门之后，其考前所居住过的房屋就被修饰一新，悬挂中试名次的横匾。于是"草堂"生辉成为"吉第"，以待三年之后进京会试的举人"履吉大吉，金榜题名"。

20世纪二三十年代，北京是大学之城。半数高校师生云集北京，进京考大学犹如昔日进京"赶考"。各省会馆优先接待进京报考大学的中学生，考生当然愿意住进吉屋，会馆也尽量安排考生住进吉屋。如考生考上了北大、清华，则曰："托福。"

不第举人

每次应试的举人多时可达万人，能跃龙门成为进士公者，二百人左右。举人不中实为正常，落第举子，又将如何？

中举之后，"谓之曰跃小龙门""亦一省之精英也"。进京会试、殿试，金榜题名成为进士公，实现了"鱼龙之变"。但绝大多数举人老爷，还是跃不过龙门，"游于孙山之外"。举人不第，仍有许多出路。

举人落第后，大多润砚待下科，不会一试不中就放弃进士公的前程。故有相当数量的落第举子，滞留京师，希冀以不同途径"跃龙门"。举人老爷蜗居会馆之中的目的主要是研习"时艺"，扩大眼界、交游士林、闻观朝政，使自己成熟起来。

十年寒窗苦只是打下了基础。若总囿于乡井之中，难免不达世事。八股文也会合于程式，而不合于时宜。滞留京师以待下科的三年时间里，可以改变自己乡井之士的心态。虽不能立于朝，但亦可观于朝，洞达时事、世事。

家庭有些根基的举人老爷，长期滞留京师当然不会产生经济问题。确实"清贫"的举子会馆也会"招待"，同乡们也会周济。因为举人老爷一旦跃龙门就是进士公，前途不可限量。况且清代五十多岁的进士公也不足为奇，故举人老爷长期滞留京师，也不会处处遇"白眼"。

举人老爷屡试不中，对跃龙门失去了信心，开始谋求其他出路。最简而易行的是捐官。清廷定制，四品京卿、道员以下的职衔均可"出资捐纳"。滞留京师的举人当然可以捐京官，因为举人出任京官后遇会试仍可参加，可以试途、仕途两不误。但家财亿万也不会捐六品以上的京官，原因是中状元后授职，不过是从六品的修撰。若捐个四品京卿，不是闹笑话了吗？

举人放弃了金榜题名的进士出身，以举人的身份捐资入仕，也高出富家翁一筹，可立于清流士林。绍兴籍举人李慈铭（字纯容，号越漫堂）屡试不中，出资捐了户部郎中。在京城清流之中颇有名气，执清议之牛耳。直到老大之年才考中进士，后出任了御史。

七、金榜

举人不第，久滞京师到达官显贵邸中当个教书先生，亦是一条捷径。教书先生在府中有"西宾"之尊，和主人平起平坐。如果课徒有方，家长当然会回报，很有可能保荐这位举人老爷进入仕途。

在坐馆的过程中，教学相长。逢会试之年，仍可参加。如屡试不第，学生家长也可通过各种途径帮助"西宾"进入仕途。出任封疆大吏的幕僚，即是一条便捷的通道。"西宾"可沟通朝臣和疆吏，在沟通的过程中，举人老爷也就可以在官场之中游刃有余，成为两者间的受益者。

在镇压太平天国的过程中，清廷内轻外重的政治格局已经形成。封疆大吏握有军政实权，可以保奏有功人员。朝廷对督抚们的保奏，可以说是"照单加委"。许多文职的幕僚通过军功、河功（重大水利工程）获得职衔，成为朝廷命官。保奏中不循资，可直接成为四品道员。以清末而言，举人出身的左宗棠、赵尔丰均是以幕僚的身份进入仕途，官至封疆大吏。

落第举人，还可以入国子监学习，亦为举监。六堂修业期满成绩合格，可量才授官。在学习期间遇会试亦可参加。举人遇大选，可直接参加吏部考试，中取者可出任地方州县之职。

屡试不第的举人长期滞留京师，朝野门径均已通达，在会馆中俨然是诸方面的联络中心。旅京同乡遇事多仰仗之，旅京同乡的范围极广，朝官、会试举人、商人等皆属之。久居会馆之中由"馆客"成为"馆士"，几乎成了该省驻京联络处主任。

举人老爷放弃了进士公的前程，也不愿意以其他途径进入仕途，于是返归故里。在乡举人可主讲书院。进士公大多在外宦游，叶落归根时，年已迟暮只能居家颐养了，举人老爷也就成了地方学术权威。清代的官学不实，书院起着主导作用。屡试不中的举人虽无成功的经验，但有失败的教训。从应考的经历中也可悟出几分真谛，主讲书院不会是无的放矢。

况且，举人也是经过三试闯荡过来的人，进京会试虽未能跃龙门，但见了世面；未能立于朝，但也观于朝；于朝政、国是有所了解，指点囿于乡井之中的童生、秀才也是游刃有余的。基于以上原因，举人回归故里并不是灰溜溜的，仍不失地方人士之尊。

官办书院的山长多由地方官礼聘，民办书院的山长虽由地方人士公推，但也要得到地方官的首肯，也就是说，官办书院是官场，民办书院也是半个官场。举人老爷虽然未跃龙门，也是在官场上混。鲁迅笔下的举人老爷，可以说是官场中的一员。

八、宦游

先儒有云："古者重去其乡，宦游不逾千里。"而且"游必有方"，此先秦时也。秦汉始幅员辽阔，宦游何止千里？东汉以来，历朝历代均遵行回避制度，不得在本地为官。具体而言，就是不得在本省为官，宦游也就必逾千里了。

宦游不是旅游，是因为官而进行的地域移动；或当官的人所进行的地域移动。顾炎武认为要想获得真学问，得"读万卷书，行万里路"。当官的人未必有学问，未必读过万卷书，但大多走过万里路。

正途出身的两榜进士，"试途"定逾千里，院试、乡试虽说在省里举行，"试途"难免已逾千里。中举后进京参加会试、殿试，若是边远省份的考生，实得万里远征了。况且，绝大多数考生都是多次参考，才得游于孙山之内。

正因如此，赴省城参加院试、乡试，地方官赞助"仪程"。进京参加会试，系天子贡生，可由驿站提供交通工具，故举人又被称为"公车"。溯公车之源可以追溯到东汉，凡举孝廉者、天子征辟者皆"公车进京"。跃龙门成为进士，外放亲民之官（一般是县太爷），风风光光地辞阙赴任，官方自然是"车马为备"。到省后有些地方人士还赶来接驾，目的是对父母官表示拥戴。

一般情况下，地方官三年一任，不会久治一方。此因有二，首先是怕官绅互通；其次是肥缺、苦缺要互相调剂。这种调动大多在督抚辖区内进行，吏部直调者稀。

郎中、员外郎、主事、内阁中书、翰林等京官，也要外放。外放之因一是要历练，用时下语表述，就是"到基层进行锻炼"；二亦是调剂，不能总当"穷京官"。有了基层工作的经历，官囊也不再空空如也。斯时，若是天子垂青，即可返京任六部、五寺、都察院……的堂官。

凭边功、军功、河功……保举入仕者，更是走遍全国。捐资入仕，也就是买官当。这些人心里有数，"天高皇帝远"才是发财之地。万里为官只为财，还是到边远地区弄个"暗缺儿"，穷庙富方丈是万安万全之所。

顶子红了，官当大了更得为皇上分忧，免不了当钦差，到地方上巡视、查办、安抚，亦免不了走遍全国。地方上的高官要向皇上述职，县、州、府级官员要向总督、巡抚、布政使、按察使述职。

综上所述，读万卷书、行万里路是学问之道。纪晓岚能当官、做学问两不误。能两不误的人，且稀且少。当官的人未必有工夫读万卷书，但得行万里路。正因如此"仕途"和"宦游"也就成了同义语。虽不能说"走遍中国"，总可见识、领略锦绣河山。"江山如此多娇，引无数英雄竞折腰。"从塞北到南疆，由葱岭到东海之滨，纵览了长城、长江、黄河、黄山、大漠、大泽、高峡、高湖……

知天下之大，知天下之危；履天下之艰，知治天下之难。然后方能真正树立起责任感、使命感。不是在书斋中、书院中纸上谈兵，空发宏论。宦游能使"书卷气"变"关防气"，也可使书生变成官僚。但也能激发初衷、展示初心，不忘"修身、齐家、治国、平天下"的寒窗之志，同时也使理论和实践联系起来，了解了基层，了解了国情，这是正面。负面则是宦游的过程也就是老于官场的过程，在官场中也就游刃有余了。

有清一代爱新觉罗氏与胥吏共天下，各级官员大多"不理事"。有些清散衙门每逢初一、十五点卯而已。常年沉于九门红尘之中、囿于四合院之内，自然会产生回归大自然的向往。于是，春季踏青斗草，夏季观荷赏莲，秋季坐爱枫林，冬季拥抱雪霁，一年之中皆有京郊揽悟之游。所谓的"悟"，不可能是悟道，只能是一种"觉"，而且是"初觉"。

西郊——似悟非悟

西直门至颐和园的水道，称为长河。两岸垂柳夹堤，高梁桥、五塔寺、畅观楼、紫竹院、万寿寺等景点沿河点缀其间。长河到达海淀后，河、塘、湖、泽相互通连，水面多植荷栽藕，滨水垂柳成行。绿意如染，澄沁如洗。形成了"十里白莲""柳浪生烟"的自然景观。

从颐和园至玉泉山，沿河均为稻田。在慈禧整修颐和园之前，这座禁园无宫墙，环园开一水渠，水渠中放养数千只白鹅，"人近渠群鹅逐之，巡兵乃至"。昆明湖、万寿山被一望无际的水稻烘托在万顷丛绿之中。远山、稻田、湖水互相掩映。小巧玲珑的亭、台、楼、榭，金碧辉煌的殿、堂、阁、馆点缀在湖山之中。世人虽可望而不可即，但远眺神游，亦有一番情韵、情感。

西郊的远山、近山，均泛称为西山。群峰之中，青山、古寺、名泉互相依托，形成了许多别具趣韵的景区。香山碧云寺、庆安山卧佛寺、马鞍山戒台寺、潭柘寺，上方山中云集着七十二寺……可谓"天下名山僧尽占"，"西郊山名皆属僧"。辽、金、元、明、清诸帝，均好在古刹之中借一块佛门净地，建一座行店，宦游之人虽然不可能和佛祖分一块净土，但也可在"曲径通幽处，禅房花木深"的禅院之中小憩几日，静、净、寂、清的环境，似悟非悟的心境与天籁声、钟鼓声浑然为一体。实乃动入静、静入动，虽不能顿悟，亦可顿清，达到清泉涤心，白云养目的一时解脱。

唐以后儒、释、道圆通的原因很多，失去了汉唐风骨的儒家思想，使入仕之人需要在解脱中寻求一种可以维持现状的平衡，这种平衡实质上是一种自欺。但自己欺骗自己也不是一件容易的事，需要借助于外力来完成，而禅境是最好的解脱。但也不是真正的解脱，只能是"解而不脱"。若真的大彻大悟了，也就不是宦游之客，而是苦行僧了。

东郊——达则兼济天下

京杭大运河开通之后，漕船、货船、客船沿运河源源北上，聚货、聚人、聚气，大运河北岸有乾隆所立的金台夕照碑。乾隆立此碑的用意可谓深远，目的在告知沿大运河进京会试的举人、述职的官员，圣朝明天子在上，乐毅、剧辛、邹衍……大有用武之地。

大运河的通航象征着国家的统一，大运河的繁忙象征着国家的昌盛、经济的繁荣、文化的交流。此时、此景游于黄金台下，怎能不思建功立业？于是，达则兼济天下的初衷油然而兴。

故京城士大夫好沿大运河东游，大通桥是一闸、庆丰桥是二闸……由大通桥到张家湾设有多道水闸，目的是储水保航。为了两岸交通，桥、闸多为一体。每道闸均由河户进行管理，历元、明、清三朝，河户大多发展成村，村里的人在河务、闸务之余，沿大运河驾小舟捕鱼捞虾，引水植藕栽稻，形成了一派江南水乡景观。

在邻近京城的二闸和临近通州的张家湾，形成了两个游人如织的景区。沿河两岸茶棚、酒肆招幌相望，大运河上棹声帆影相闻相接，充满了活力与生机。

江淮地区经济文化发达，在科举中占有优势。正途出身的两榜进士，大多有沿运河进京赶考的经历。二闸之游，乡情和激情往往融为一体。功名是苦读换来的，修、齐、治、平是初衷，亦是笃行、笃遵之道。大运河上船队南来北往，声声号子召唤着人生的进取。

太平天国攻占扬州后，大运河断航。清廷开始改河运为海运，张家湾，二闸也就开始失去往日的风光。金台夕照的御碑，也就只剩下"夕照"。步入20世纪后，回光返照的余晖亦难起。东郊之游，也就成了东郊之叹了。

北郊——长城之叹

京城北垣之外可游之处甚多，上龙井、下龙井、满井、蓟门烟树……最能吸引士大夫们来游的还是明十三陵和长城。

清初顾炎武寓居宣南报国寺时，曾多次到昌平凭吊明陵。此举不仅是故国之思未泯，实乃反清复明的壮志犹存。步入19世纪后，游明陵完全是一种怀古之情。怀古就会抚今、思今。朱明王朝成为历史的陈迹，秦统一后也没有出现过时逾三百载的统一王朝。何谓"天不变道亦不变"也。道不断地在变，直变到天朝的玉玺盖到了不平等条约的洋文本上，成了可悲可叹的"卖国契"。

这一切变化使饱读诗书的士大夫们如同"丈二的和尚——摸不着头脑"。长嘘之后，也就到号称北武当山的沟崖七十二峰去游玉虚观、斗姥宫。道门和佛门一样，也是从失去平衡中解脱出来，达到和现状平衡的好去处。

佛门主"无"，道门主"有"。有、无之间似乎"有"更贴近似悟非悟、似省非省、似醉非醉、似沉非沉的清末仕途之人。因为临近20世纪时，"空"已经完全失去了解释世界的能力，世间的一切事务均是"有"，而且是实有，不是虚有，但道门的"有"又是建立在空的基础之上。"空"之不存，"有"将焉附。如同天朝建立在"天不变道亦不变"的基础之上，可是天变了，道也变了，天朝又将焉去？作为天朝的子臣真是欲叹无声了。

由沟崖北上，即可登上长城。清廷在移鼎入关前，就降服了蒙古诸部，康熙时又通过多伦会盟，把诸部进一步置于统一的行政管理之下。长城内外一家亲，长城已无任何军事价值，故有"明修长城清修庙"之说。修长城是"防御"，修庙是"怀柔"。清廷虽无塞上之忧，可是有海疆之患。西方列强借助于坚船利炮，打开了天朝的大门，自《南京条约》之后，清廷先后签订了一千多个不平等条约。这些条约是卖国契，也是"卖家契""卖身契"。原因很简单，家国一体，身家一体。

南郊——十里栽花算种田

京城士大夫的南郊之行，好登燕墩、游草桥。燕墩本为烟墩，系堪舆学中的镇物。早在元明时期，北京就有五镇之说。南方在五行中属火，故筑烽火台以应之。明朝以火德王天下，火克金，故皇太极改国号为清，称满洲，意在以水灭火。乾隆颇通堪舆学，是个业余风水先生。于是立碑于烟墩之上刻御制《皇都赋》《帝都赋》，变"镇物"为"记物"。所记系爱新觉罗氏移鼎北京乃上应天下符地。位之正，德之大，宜也。于是，烟墩也就改为燕墩，成为永定门外的标识物。

清末时燕墩四周已是民居，既不依林也不傍水，更无泉湖之美。京城士大夫好到燕墩来登高，除了托福借风水外，恐怕难以找到附庸风雅的理由。其实，风水已尽，风雅难存。

草桥河沿岸，是辽金旧城的近廓之地，由于土质疏松，故适于种花。一年之中梅花、山花、水仙、探春、桃李、海棠、丁香、牡丹、芍药、石榴、荷花、菊花……依次而开，形成了十里栽花算种田的花乡。种花的历史悠久，底蕴丰厚，历辽、金、元、明迄清不衰。

京畿地区的农业并不发达，非农业人口的用粮全部靠漕运来解决，甚至蔬菜也依靠外地供应。山东地区的大白菜，运到北京后被称为"胶菜"，冬季十分受居民的欢迎。造成这种现象的原因是，历代王朝对北京地区的政策是重力役轻田赋。重役、急役严重地妨碍了北京地区农业的发展。

进入都城时期后，唯独草桥河两岸的种花业长盛不衰。因为花期短，而且运输困难，非就近种植不可。而城区之中上至皇室权贵，下至商贾小吏均有对花的需求，所以草桥河两岸就形成了十里栽花算种田的花乡。一些达官显贵也就在花乡的临河滨水之处建起了亭、台、楼、榭，作为憩游之所。花乡花开四季，即便是寒冬时节，温室中也"犹有花枝俏"，所以游人四时不绝。

京城士大夫们南郊之游，徘徊于燕墩之上沐浴了皇家的瑞气，徜徉于花乡之中又浸润了天地的灵气，瑞气、灵气集于一身，自然是人中之杰了。但清末时，地处城关的燕墩已环陋街穷巷，周围环境对乾隆所书的碑文无疑是一种嘲讽。从堪舆学的角度来讲，恐怕风水已尽已散。

李莲英为总管太监以后，又在宫中、宫外多辟养花之所与民争利。草桥花乡也就盛况难继了，此时此刻，蛰居宣南的京城士大夫，大概也没有南游的雅兴了，因为科举制度废弃后，士大夫阶层行将退出政治舞台，休说东山再起，就是回光返照也难。

先游禁园

众所周知，清代的皇家禁园在辛亥革命后被陆续辟为公园。殊不知许多京官，在辛亥革命前已私下先游禁园。

康熙、雍正、乾隆三朝，在京西先后修建了三山五园。皇上农历正月前后，在大内居住，其余时间大多前往热河行宫避暑，或幸三山五园。高官们当然要"伴驾"，得睹禁园。"得睹"并不是"得游"。伴君如伴虎，很难产生真兴与真情。

乾隆创造了盛世也结束了盛世。他的孙子道光主政时，西方列强凭坚船利炮使天朝这具"木乃伊"现了原形。对外割地赔款，家里的日子也不好过。内务奏请添置圆明园的木器，道光批示："废三山充圆明园。"也就是把万寿山清漪园、玉泉山静明园、香山静宜园行宫中的木器移到圆明园，木器所指甚广，桌、椅、案、床……皆属木器。木器移到圆明园后，三山也就只能"暂停巡幸"。

三山闲置下来后，留守太监就有了生财之道。凡送上例银，即可入内一游。若招待茶水，得加例。此例一开，京城士大夫则开启了三山之游。特别是万寿山，乘骡车前往，尽兴而游后日暮即可归城。

英法联军火烧圆明园时，亦破坏了西部的其他行宫。两宫回銮后，慈禧有志于重修圆明园。于是任命宠侍殷福为大总管，留守圆明园。殷福不识字，可是颇有来头。"热河密诏"就是他冒死带出的，这才使慈禧得以招奕䜣、奕譞两位皇叔到承德避暑山庄护驾，摆脱了肃顺的控制，成功地发动了北京政变。

殷福任圆明园的大总管，当然也会按三山的前例办事，"送例入内"。一天，十余人昂然而入，守门太监拦阻，入者曰："李中堂到此一游"，并不送上例银。

守门的太监飞报殷福，殷福赶来后指责李鸿章私闯御园。李微然一笑曰："汝禀报太后就是了。"殷总管大怒，即入宫禀报了慈禧。没想到的是老佛爷一点也不生气，说："李鸿章要是再去，你就招待招待他。如无什么事也不必再来言语。"此事系《老太监回忆录》中所载，信修明记之甚详。

此事《越漫堂日记》中也有载，李鸿章私入御园传出后，御史们纷纷弹劾。清廷不得不进行处理，罚俸一个月了之。李鸿章系文华殿大学士，正一品官阶，月俸十五两。这十五两银子，对于拥银数千万的李中堂来说，九牛半毛耳。

李鸿章不送上例银，而是让殷福奏明太后，不是斗气，也不是挑衅，

八、宦游

而是有意让慈禧知道此事。甲午战败后，光绪欲杀李鸿章，国人亦皆曰可杀。慈禧力保了李鸿章，调入京城专任大学士，原因是两人暗中有交易，李鸿章负责修圆明园。

但李鸿章毕竟老谋深算。他明白不入军机处的大学士，也就是个虚衔，囿于京城，祸恐将至。于是通过李莲英密奏慈禧，外放他为两广总督，方可筹银从美国购入巨木重修圆明园。

李鸿章出任两广总督后，重掌淮军劲旅。天高皇帝远，对重修圆明园之事，也就食言而肥了。慈禧吃了哑巴亏后怎能善罢甘休。在杀许景澄等人时，急召李鸿章进京，"欲皆诛之"。此系信修明所记。

李鸿章乘外轮到达上海后，就在租界中"称病"。直至八国联军攻占北京后，李鸿章才乘俄国军舰北上。此时慈禧已不可能"诛之"，只能"用之"，而且是"大用"——签订辱国丧权的《辛丑条约》。在签约的过程中，李鸿章也保全了慈禧。李鸿章心里有数，若自己落在光绪手中后果不堪设想。此时他和慈禧，已是"两不该，谁也不欠谁的了"。实现了再度联手共济——"量中华之物力，结友邦之欢心"。

慈禧未能修复圆明园，但重修了万寿山清漪园，并更名为颐和园。恭亲王奕䜣的日记中载，海战失利后日军在辽东半岛登陆，攻占了金州。战报传到北京时，这位老佛爷正在颐和园大戏楼听戏庆寿，得知后问曰："金州在哪？三天内能打到北京吗？"当得知日军三天内不会打到北京，欣然曰："还好，没搅了我的大寿大戏。"由此看来，颐和园不易主，实无天理。

慈禧死后，隆裕袭承了老佛爷的衣钵。不知何故，下旨曰："永不幸颐和园。"如果说颐和园是伤心地，那中南海、紫禁城亦是伤心地。有太监传曰："隆裕觉得颐和园的阴气太重，不宜居。"此说有道理，隆裕不宜居，太监们就放心大胆地用颐和园创收了。只要送上了例银，也就是买了"门票"。

按清室退位诏书，只能暂居紫禁城，日后迁居行宫颐和园。但溥仪一直赖着不走，直到 1924 年才被冯玉祥逐出紫禁城，迁往醇亲王府。颐和园是清室私产，溥仪也想进行整顿，并明令庄士敦总管颐和园。太监们对庄发出了警告，以杀之相威胁。庄不畏，骑马前往颐和园上任，然而想改变局面，却无计可施。溥仪整顿颐和园，也就只能作罢。

步入共和后，颐和园就处于半开放之中。北洋新贵被内务府请进来避暑、小住……下层"公务员"也就堂而皇之地到颐和园向长官汇报工作、请示工作；众亲友也就堂而皇之地来看望、陪伴。

李慈铭游过颐和园，《越漫堂日记》中有载。由此看来，慈禧的园子刚修好，就被太监卖了门票。

京城换境

由试途步入了仕途，亦会产生新的失落。蛰居于四合院中，囿于名利场上，是得意还是失意？唯有心知。在九门红尘，宦海烟云之中，又产生了回归大自然，追求解脱的向往。可是身非岩穴之士，已系官场之人，也就只能半日偷闲，闹市取静了。于京城之中觅幽僻之所暂避红尘。内城的什刹三海，外城的陶然亭、龙潭湖等地，就成了京城士大夫们的雅集之所。

什刹三海顾名思义是十刹（寺）环湖，为京城梵境。陶然亭位于古刹慈禅林之中，名盛之后周边水域也就泛称为陶然亭了。龙潭湖畔亦是寺庙林立，法华寺、法塔寺、隆安寺……均系京城名刹。上述地区是在永定河故道上形成的京城水乡。湖岸芦苇丛生，湖中荷花遍布，充满了野意与生机。湖区中不但寺庙林立，而且寺庙中多有小巧的花园。湖景、寺景；水境、禅境互借互映形成了独具情韵的闹市取静之所。

以正途入仕的士大夫阶层，是中国封建社会统治阶级的中坚，亦是正统儒家思想的卫道士。儒家学说积极用世，认为修身、齐家、治国、平天下是读书人一生的历程。由试途步入仕途后，实现了立于朝诤于朝的夙愿。可是一部二十五史，圣君贤相少，昏君奸佞多。昨日考场得意，今日官场失意。但急流勇退，回归林下，又有失治国平天下的初衷，委屈了寒窗萤灯之下苦出来的满腹经纶。

处于矛盾之中的心态，总寻求一种解脱。充满了生机和野趣的湖滨，古树掩映径通幽处的佛门梵境，正是暂从名利红尘中解脱出来的境清韵静之所。古刹闻钟，虽然未必能顿悟，但可顿生豁然通达之感，也是一种解脱，起到了一种暂缓的作用。

张之洞系正途出身，曾执清流牛耳，而且仕途风顺。当官、办事、作学问，可以说是三不误。以汉阳钢铁厂、汉阳兵工厂、奏定学堂章程三件而论"功莫大焉"。张之洞"久抚湖广"，客观上为辛亥革命在武昌爆发提供了条件。

张之洞系名臣、名儒，晚年于陶然亭畔龙泉寺内建兼葭簃别墅为换境之所，自云："龙泉寺地势平旷，每风月晴霁，望西山诸峰苍翠郁然，诚闹市纷嚣所不至而幽人禅客之居也。"深究之，宦海角逐之中不论是得意还是失意，总会有"纷嚣"之感，在临湖傍水的佛门净地小住数日，远眺西山岚霜，近抚湖园野趣，与晨钟暮鼓、经声法号为伴，自然是一种心境上的解脱。

官场之上皆是熙来攘往之客。名利之逐中得意者难免太累了；失意者难免太郁闷了，均需要开释和解脱。旧京城中佛寺甚多，许多大中型佛寺有旅馆的功能，外省高级官吏进京述职大多下榻寺庙之中。这是清初以来的"惯例"，清末依然"率由旧章"。故李鸿章进京居贤良寺，袁世凯居法源寺。

庙寓而居并不是封疆大吏心向佛门，而是寺中不但宽敞、轩豁，同时，下榻寺庙之中还省去了许多应酬上的麻烦，佛前一杯清茶即可送往迎来。在皇帝面前也免去了"京师建邸，洞察朝廷；宾客盈门交结比周"之嫌。

"旅馆"（寺庙）很难"客满"，在无外官下榻时，旅馆也就变成茶馆，因为旅馆的硬件，足以改置成茶馆。

茶人有"茶禅一境""茶禅一味"之说，官场上的人均系"茶人"。于茶而言，茶礼与官礼通。"端茶送客"就是茶礼与官礼的一种结合。于禅而言，有顿悟、渐悟两说；于官而言，亦需顿、渐两道。所异者禅是"修"；官是"执"。高僧修两说"万相归一"，"万法归一"；高官执两说则游刃有余，立于不败之地。

禅道、官道，且深且奥。非言俗者所能言，更难揭、难晓。言俗在"明"，成俗皆是约定，也就是互相认可，更直白点来讲就是从众。京城士大夫到佛寺品茗，往往和花期有关、和诗会有关，往往系二者的结合。法原寺的丁香、崇效寺的牡丹、天宁寺的菊花、净业寺的荷花、龙泉寺的槐花……均誉满京华，形成了独具特色的文化内涵，也就是心境、茶境、花境、诗境浑然成一体，形成了境中之境。大象无形、大境无象、大宇无境，言象、言形、言境，皆未入"空"。官场之上，空中之有是实有；有中之空系真空。

道教是中国土生土长的宗教，与国情符、与国人通。道教在我国的影响远不如佛教，道观的数量也少于佛寺，但道教是华夏之邦的土著居民，其宗教活动和传统的民俗活动有着同源的内在联系，故道教在一些领域中的优势，是舶来的宗教所无法取代的。

和佛寺一样，道观往往也有旅馆、茶馆的功能。所以许多道观中置有颇为雅致的茶室、茶寮。浸透了儒家思想的京城士大夫，也遵入庙进香之道，但进香只是"交茶钱"，敬上香钱，也就是付了茶资的代名词了。

道观的茶境比佛寺的茶禅要多几分世俗化。原因甚明，佛教主"空"故四大皆空。道教主"有"，而且是实实在在的有——求长生。欲求长生就要懂得养生之道。

在这种思想的指导下，道观的待客清茗中多佐以各种草本、木本的药材。根据不同的时令，使茶有温中固本、清热明目、舒肝和胃、安神补心、祛暑散瘟……的功效。但所使用的"药"不能坏了茶的本初之质、本初之韵。也就是茶之为茶的所在，故能配出一杯色、香、味俱佳的药茶，实要精茶道、通药理、明医术，具体言之，也只有白云观、东岳庙的茶寮、茶室中能得此真。

官场上的人需要"换境"。到白云观"换境"；到东岳庙"换境"。一般科举入仕的官员会到白云观"换境"，而一般的差吏则喜欢到东岳庙"换境"。两者均是"换境"，所不同者，档次也。前者由试途到仕途，或许初衷犹存，或许初衷不泯，尚未完全忘本。后者由官场到官场，而且儿子比父亲官场，一代比一代更官场。正因如此，改朝易鼎、政坛巨变之中，对吏和差大多"仍用之"。

元朝有"九儒十丐"之说，马上打天下的皇上，对以"试"取"仕"并不感兴趣，故科举不昌。其"干部政策"是吏不但能晋升为官，而且可以当大官。原因是有基层工作的经验，会治"刁民"，而且听话、顺手。不会迂且愚——"冒傻气"。明、清实行"抑吏"的干部政策，"阶级固化"，吏就是吏，官就是官，吏从定制上不可能晋升为官，但"爱新觉罗氏与胥吏共天下"。

一般情况下，到白云观喝茶，还是到东岳庙喝茶是不会走错门的。但也会有"串门的"，久于官场，老于官场后，颇知下情、颇体下情。也就有意识、无意识地由白云观走到东岳庙，开始是串门，常来常往，也就成了"门内人"。

九、试途与仕途

有清一代重科举，由试途步入仕途系"正途"。这条道路又狭又窄，但是被世人、时人、势人……均视为"正途"。虽然是千军万马挤独木桥，但每科总有二百多人挤了过去，形成了"良性循环"。榜样的威力无穷，私塾中的蒙童、萌童，或许也憧憬着状元宰相的前程。

平民子弟入仕只能挤独木桥，官人子弟入仕可挤独木桥，也可不挤独木桥。"正途"走起来太苦，"歪门邪道"多了。条条大路通罗马，只要翎顶大帽加身，就是朝廷命官，谁要是"小觑"，就是目无朝廷、目无圣上。

所谓的"歪门邪道"，就是"政策性保障"。功臣勋贵，皇上加恩可荫三代。高官之后，亦可享受特权入国子监，为"荫监""恩监"，通过吏部铨选进入仕途。虽不及"两榜进士""天子门生"风光，也是"半个正途"，算是接受了"正统教育"。皇上很"念旧"，高官之子一家总能分上一个名额——进京入国子监就读。

若进一步走捷径，也不用"大隐中南山"。通过保举、捐纳，可一举至京卿、道台，堂堂的四品官。宗人府籍下的宗室、觉罗，乃天潢贵胄，"从娘胎里爬出来"就是"人上人"。八旗子弟只要能在官学混个出身，当不上实缺，也能混个世职、世差，成为官场中人。

有清一代课子，可以说就是为了步入官场。中国社会虽有士、农、工、商之说，读书人若非由试途进入仕途，实无别的路。进入 20 世纪，步入共和后则不然了。"学"与"仕"开始分道，读书人有多项选择。当官不是唯一的出路，例而言之，法政学堂毕业，可当法官也可当律师。只要肚子里有真学问还可以从教，在择校的过程中国立大学、私立大学各取所钟，若算经济账，教会办的大学薪酬最高。也可从商，办实业。到洋行就业，也是条出路。

于官场而言，清廷的官场稳定了二百六十多年。民国的官场多变，以"国家元首"而言，北京政府先后有袁世凯、黎元洪、冯国璋、徐世昌、曹锟、段祺瑞、张作霖粉墨登场，十七年中有五十余次"内阁巨变"。高官们心里有数，自己都"玩儿不转"，儿子更是"指不上"。不让儿子"从政"是对儿子的爱护，不混官场，总得有谋身、立身之道，下乘者给儿子留下一座"金山"，上乘者让儿子腹中有些"真学问"。

课子

于官场而言，一代不如一代是正常现象。若是儿子比老子强，则是"后浪推前浪、后浪压前浪"，此唐太宗李世民也。对于老子来说，是好事也不是好事。北洋政府时期，民间有"一辈子当官，十辈子打砖"之说。其实，北洋官场如戏场，高官难自保其身，何用论其子孙。

民人课子，皆望儿子能创业。业有大小，盼儿子去"创"；官人课子，多望儿子能"守"。官场上言及儿子，多称"犬子"。犬能"看家"，能看住家的狗，也就是好狗。民、官之异，民人知道自己不行，希望寄托在儿子身上。官人知道儿子不行，能守住自己创下的"大业"也就心满意足了。由此看来，民人的希冀"高"——儿子能光宗耀祖。官人的希冀"低"——儿子能守住祖业。

课子，用时下语来讲就是培养儿子。不同的希冀有不同的课子之道。"忠厚传家久，诗书继世长"，是儒家的传统说教，也是北京四合院大门上的标识。标识是给人看的，所以写在大门外，大门一关内外有别。课子乃家传，不同的人家，不同的时期有不同的课子之道、课子之术。袁世凯"梦入洪宪"时，对"八三之数"还有半分清醒。"世上还没有八百三十年的朝代，八十三年可传三世，吾愿足矣。"洪宪醒梦时，则告诫子孙，不要再从政了。

有清一代视科举为"正途"，要让儿子顺利步入仕途，得以孔夫子为前车之鉴。孔圣人在官场上并不得意，儿子虽为"孔子之徒"但不能步孔子后尘。纯儒、醇儒也就是迂夫子、愚夫子，即便考场得意，官场也难免失意。其实，"迂"且"愚"在考场上也未必能得意，所议所论若不合当轴者的下怀，所书所写若不合时文、时艺，大概也难跃龙门。

若明言，皇上的课子之道系"以一人治天下，以天下奉一人"的独夫之道，所执之术系外儒内法，汉宣帝有言："汉家自有天下，王、霸杂之，奈何纯用儒术。乱吾家天下者，太子也。"这就是在告诫儿子，别"实心眼"得学会"挂羊头，卖狗肉"。

官僚的课子之道是奉上驭下之道。"见什么人说什么话"，有好几套面孔。该捧什么人就捧什么人，能捧什么人就捧什么人，该用什么人就用什么人。捧什么人都不把自己赔进去，还能达到自己的目的。用什么人都要控制得住，而且能保持所用之人的平衡，达到皆为我用的目的。所执之术乃进退有度，"该进时进，该退时退"。急流能勇进，也能勇退。但从表面上来看，却很"中庸"。

清末民初，系乱世中的乱世，"旧"的被废弃了、打倒了，"新"的尚未建立起来。一位颇有些名气的政客私下叹道："世人的目的只有一个字'钱'；手段也只有一个字'骗'。"原因很简单，民初政局异常动荡，大小官员位不暖席。当上官就赶紧"捞一把"，下野时好往租界里跑、往海外跑。目的单一了，手段也就单一了，"骗"是发财最快的手段。所以对袁世凯的钱、段祺瑞的钱照"骗"不误。对小民则"算尽"，算尽则亡，这是因果关系。"玉杯饮尽千家血，银烛燃尽百姓膏"的盛宴，长年摆下去实无天理。天何言哉？人理、人情就是"天理"。

民国官场上，袁世凯是"临时大总统"，又不择手段地当上了"正式大总统"，沐猴而冠，还当了八十三天的"洪宪皇帝"，黎元洪系"首义元勋"，乃袁世凯的"副总统"，后又两度出任"大总统"。两位最高统治都可谓阅尽沧桑，回首往事时，遗言均是告诫子孙不要再"从政"，也就是不要再"混官场"而且要远离官场。

袁大公子热衷于从政，而且对大位"心欲承之"。所以千方百计地促成了"洪宪帝制"，在护国军的兵锋中，做了八十三天的太子梦。早以太子自居，所以和直系军阀魁首冯国璋、皖系军阀魁首段祺瑞的关系均很不好，"洪宪醒梦"后，想从政也无门了。"国府南迁"后去逐"金陵王气"，更是"想都别想"。但除了从政，又别无所能，只能潦倒。所庆幸的是"大节不亏"，守住了人生的最后底线，没有下海当汉奸。

综上所述，官人、民人均有"课子"之意。民人课子小而言之是读书识字，别当"文盲"；大而言之系望子成龙，由试途步入仕途。官人之子读书识字不成问题，当官的渠道也很多。老子"课"儿子，也就是当官之道、当官之术。清末和民初在时间上相接，官场上则大异。课子之道、之术，也就多异。

民国学历

"北洋诸公"下野者居多，下野后多躲进天津租界当"寓翁"，时人讥之曰："到天津上难开去了。""难开"与"南开"谐音，意在说："躲进天津租界后，难再吃得开。"老子"难再吃得开"，儿子"难开是读定了"。

金山也就变成"冰山",不待"夏日消融",已不可靠矣。

北洋高官中不乏学者型官僚,梁启超可为代表。梁启超在戊戌变法中发挥的作用甚大,清廷的通缉令上将康梁并称。步入共和后梁启超能与时俱变、与时俱进,两度入阁,出任了北洋政府的司法总长、财政总长。虽热衷于政治,但也能看透政治,能"知其不可为而不为"。退出政坛后执清华大学教席以终天年。

在北洋诸公中,梁总长可谓上乘中的上乘。能步入政坛,也能退出政坛。虽好打麻将,但不误作学问。两度入阁为高官,还能回到书斋、站到讲台,实属"第一人",也是"唯一人"。

究梁启超的第一,当首推课子。梁家子女,都有出息,世人赞誉"一门三院士,九子皆才俊",这在北洋官场上,是第一,也是唯一。梁启超的子女没有再混官场的,而是凭真学问,在各自的领域成就辉煌。

但梁启超只是个特例,民国步入政坛的渠道比清朝要多。渠道虽多可是没有了"正途"。于是,歪门邪道大兴其时。但有些头脑的人还是知道,儿子若是腹中空空,只凭"大少爷"的身份也难于步入官场、混迹官场。得有学历,学历还得是名牌。

英国有成例,王国子侄可免试进入国立大学。于是民国援引英国成例,大总统的子侄可免试进入北大。但"软进"得"硬出",入学虽易,但没有真材实学毕不了业,黎元洪的几个侄子进入北大后,皆未能"硬出"。其他的总统也没有引用过这项"成例"。

段祺瑞在清末任北洋武备学堂监督(校长),北洋军的将校大多出于门下。步入民国后几度出任国务总理、陆军总长,在北洋军界,可谓是声威赫赫。兴办北洋军医学堂时,段家子弟纷纷入学,但皆未能"硬出"。高官子弟入学易,毕业难,看来民国前期的大学文凭还是具有含金量,系权、钱难至的"真货"。究文凭能成为"真货",首先是办教育的人有正气、有真气、更有骨气。其次是北洋的高官们多少还"知耻",尊如总统、总理、总长，也还知道"教育神圣"，北大的文凭"不可求"，军校的文凭也"弄不到"。

清代的高官子侄不会去上塾学，而是在家中设馆，诚聘、礼聘有真才实学的先生入府执教。

民国高官子弟，有相当部分承清之旧，仍礼聘先生到家中授课。将小学、初中搬进府中来办。原因首先是社会上的小学、初中往往硬件不佳，多有平民子弟、贫民子弟就读其中，少爷们不愿与之"混杂"。其次是怕受"不良影响"，特别是"学潮"。北洋的庸官朽贵们视师生为"学匪""学霸"，称学生为"丘九"，认为"丘九之祸烈于丘八"。

但庸官朽贵们也知道，没有些现代知识、没有大学文凭，在什么"场"也不好混，官场亦然。所以少爷们还得接受现代教育，等孩子长大了，"性子稳了"，直接去上高中，甚至直接去上大学。

高官家的女孩，小学教育、初中教育可以说均是在家中进行的。进入高中，也是在女校接受教育，1920 年北大首开"女禁"，但中学的"女禁"开得很晚。

北洋政府、北洋高官们虽设"女禁"，但五四运动中女子大学、女子中学的学生还是走上了街头，展现了不可遏、不可夺的大趋势。"中华女儿多奇志"，要把历史沉重的一页在自己手中翻过去。

民国公子

民国初年，北京街头尚无 20 世纪 30 年代的"恶少"，这和社会风气有关。同时也是北洋高官尚有庭训，而且庭训甚严。但老子严，儿子就想方设法地躲着老子，在外开小公馆。小公馆的开销不小，少爷撑不住，又不能和老子报销，但自有人送钱上门。

送钱上门的人大多是有求于老爷的人，有富商、有谋求差事的人，也有老部下。他们希望通过少爷打开门路，至少，也能获得些准确的信息。例而言之，袁世凯的大公子袁克定、段祺瑞的大公子段宏业……在京城之中均有小公馆。袁克定、段宏业虽然没有担任显要的"公职"，但早已"从政"，在官场上颇为活跃，且以接班人自居。

"知子莫若父"，以袁世凯而言，对袁克定应早有认识。袁世凯被载沣"开缺回籍养足疾"，袁克定在庆亲王奕劻的庇佑下留京任农商部左丞（部长助理），其实是袁世凯的"驻京办事处"。但这位大公子不慎在骑马时摔折了腿，到德国就医之后，依然留下了终身残疾。

袁世凯曾对冯国璋"布心腹"："当皇帝者不外是为子孙计，你看我的儿子……老大是个残废；老二一心想当名士，就是当了皇帝也是李后主、陈后主；老三是个土匪；余者尚幼，你看哪个有帝王之资？"冯国璋对老大袁克定、老二袁克文多有不满，背后分别称之为"曹丕""曹植"。并直言道："我伺候了老子，还能再伺候儿子吗？这样的曹丕，也让人伺候不了。"

袁克定制造假版《顺天日报》的事败露后，袁世凯用马鞭子狠狠地抽了这位"大太子"一顿。一边打一边怒道："误父！误国！"此时袁世凯明白了，但已经晚了，到洪宪醒梦后，才真的明白了，临终告诫子孙不再从政。

最令人可笑、可叹、可悲的是，袁世凯认为帝制若可传三世，"吾愿足已"。看来还是李鸿章明白"我可不当皇上。为子孙计，更不能当皇上"。崇祯亲刃爱女时曰："汝奈何生于帝王之家。"

生于帝王之家未必是好事，甚至成为悲剧中的角色，生于高官之家亦然。《家》《春》《秋》是巴金先生笔下小说，亦是民国前期高官家庭的写照。在科举制度下，有考场、官场数世不衰之家，步入共和则是政局多骤变、巨变，高官自身难保，不论用何道、何术课子，儿孙脚下各有各的路。

出洋深造

北洋的高官也认识到官场险恶，自身都成为租界中的"寓翁"，也就不想让儿子再混官场，而是选择了留洋，也就是出国深造。民人的子弟出国深造，都是考取官费生然后成行。进入 20 世纪 20 年代后，北洋政府闹财政危机，公务员尚且欠薪，当然也就不再选派官费生。但自费出国留学成为官人子弟的时尚，于是纷纷出国深造。

段芝贵在袁世凯时任拱卫军统领，后又出任了北京卫戍司令，两个弟弟，一个任税务督办、一个任盐业督办，均是"肥缺"。三房只有一子，"一子承三房之业"。族人称段芝贵为"大爷"，称这根独苗为"小大爷"。

"小大爷"生性宽厚，对"告困"者必应。久而久之族人、旧人到段府求助，均找"小大爷"。"小大爷"出手大方，最少是五十块大洋，稍加就是一百块大洋，而且立即传账房把钱送来，或叫跑上房的去取。

"小大爷"的族兄段茂蓝南开大学毕业后前往美国留学，"小大爷"跟随前往。在美期间"小大爷"学会了两件事，点菜、品雪茄烟。段茂蓝学成归国，"小大爷"也一同回国。段茂蓝回国后一直在外交系统任职，出任过多国大使。"小大爷"归国后和袁世凯的孙女完婚，此时长辈们驾鹤西游，"小大爷"开始"亲政"。

"小大爷"无嫖、赌、抽的不良嗜好，所钟所务依然是点菜、品雪茄烟。天津租界中西餐馆林立，洋行里可买到全球各地的雪茄烟。"小大爷"是吃过见过的主，但点菜很有度。一是会点；二是不多点。但小费异常大方，在起士林、紫竹林喝杯咖啡，赏钱能给两块大洋。超值的赏钱使小大爷"名满津门"，站门的只要见到这位"散财童子"，即前呼后拥，其排场之大，"几无人能及"。

有出无进，"小大爷"没几年就把银行中的存款花光。但洋楼的地下室里，存有许多皮箱，箱中是何物，"小大爷"不知、不查、不问，手中没钱了就叫听差的"去卖一箱"。卖前也不开箱点货，听差的卖了多少钱，就是多少钱。地下室的皮箱卖完了，就开始卖房子。北京的两所大四合院，委托族兄段伯泉代售，这两所宅子系中西合璧，屋内装饰完全西化。壁炉、屋顶电扇、卫生间俱全。出手后获十多万元，"小大爷"又牛了起来。

十多万元在20世纪30年代是一笔巨款，若存入银行吃利息，便可在天津租界内体面生活。但很快这笔钱又"赏"光了，只得出售天津租界的本宅。购入者系故人，给"小大爷"留了三间暂住，暂住也就变成了永住。好在故人恋旧，"小大爷"还有个安身之处。

1950年电车公司进行改租、退还私股。段伯泉知道"小大爷"手中有两万块大洋的股票，即赴天津告之。两人在大客厅见面后，由于"退股"尚未"布露"，系由小道获知，不便在大客厅谈。但"小大爷"连声说："屋里没处坐。"段伯泉不解其意，自行推门而入，进门后大吃一惊，环室空空然，只有一个床垫。

十、节令

我国传统节日甚多，如果把各地区、各民族的节日综汇起来，恐怕一年之中要天天过节了。时令狭义而言，也就是二十四节气。节日、时令大多和民俗紧密结合，于官俗而言，相对淡化。但节日、时令在官场之中还是形成了自己的俗。

元旦——民国的新年

一年的第一天，称"元日"，又称"元旦"。西方历法系太阳系，以太阳绕地球一周为一年，一年三百六十五天。我国的传统历法是阴阳合历。月为阴、日为阳，把地球绕太阳一周和月球绕地球一周结合起来。一年三百六十五天，"以闰月补之"。

汉武帝时，规定夏历正月初一为元日。南宋吴自牧《梦粱录》载："正月朔日谓之元旦，俗呼新年。"辛亥革命后，南京临时政府公布公历一月一日为元旦。持反对意见者认为，"公历"之说甚为不当，应称之为"西历"。西历乃基督教的"教历"，许多国家对基督教不认同，甚至进行抵制。我国不应以耶稣诞生为纪年，应以人文始祖轩辕诞生或孔子诞生为纪元。后经调和"行太阳历，以 1912 年为中华民国元年"。

国家"行太阳历，以 1912 年为中华民国元年"，农历正月初一也就改称春节。我国传统的阴阳合历重在农时，故多称之为农历，将一年分为二十四个节气，对农业生产有直接的指导作用。

袁世凯为了顺利窃国，在民国初年比较"西化"。官制、礼仪、服饰"皆遵西法"。在历法上承南京临时政府之制，以公历一月一日为元旦。是日，机关、学校放假以示庆祝。

但老百姓对公历新年甚不认同，仍称春节为"过年"。官场上也只是放假而已，过年的气氛并不重。虽然国家机关和学校已行"公历"，但商场上的运作仍系传统的"农历"。"老百姓"不懂什么太阳历、西历、公历，于是产生了"洋历"说。叹惜道：洋灯、洋油（煤油）、洋火、洋布、洋面、洋钱……连过年都过洋年了。

综上所述，民国在法律上、制度上行公历，过公历年。对于"公务员"来说，最主要的是按公历年关饷——领取薪金。对于老百姓来说："我不是二毛子，不过洋历年。"细究之，二毛子也过传统的农历年——春节。虽然罗马教皇直至20世纪30年代末，才承认康熙时代"礼仪之争"中的不妥，但在华传教士则比较明智，基本上没有干涉过教民过年。

我国传统在农历正月初一"过大年"，民国元年时官方已称这一天为春节。官场上虽然行了公历，一月一日被称为新年。但春节的传统内涵太厚重、太丰富了，在社会生活中新年是无法和春节相比的。国人一提起"过年"，所指的是春节，不是公历新年。

封印——官不理事

时下实行双休制，即每周休假两天。溯双休之源，系单休，1912年初孙中山领导下的南京临时政府，公布了此项制度，也是当时国际上通行的制度，周日称为公休日。

有清一代，从中央到地方的大小衙门都没有公休日。外官是天高皇帝远，休假和上班可以随心所欲。京官可就不同了，身在御辇之下，宝座之旁当然要小心为上。"点卯"虽然只是形式，但是专整"不招待见的""不长眼睛的"。

但京官有个好处，就是"寒假"放得长。"寒假"是个借用名词，当时叫"封印"。每年腊月由钦天监时宪科测算出一个吉日，届时北京城中的大小衙门一律把印信封存不再使用，称之为"封印大吉"。封印的时间有长有短，通常是到次年正月，钦天监再测算出一个吉日，各衙门才开印办公，京官们的寒假不短。

封印是个很郑重的典仪，由各衙门的主官拜印后"亲封"。开印时也要由各衙门中的主官拜印后"亲拆"。封印时各衙门的大小印信封得都很彻底，"堂印"（公章）、"司印"（专用章）一律由堂官（机关首长）、司官（部门首长）亲封。

清廷的各级公文，从皇上的"上谕"到县衙门六房（科）的"押文"，均无签署制度，行文时全凭"用印"。所以大小衙门都有个印房。有印房就得设监印房官，用印时实行严格的登记制度。

民间有这样的说法，"封印后官不理事"。如果封印后官真的"不理事"，清廷的六部、五寺、都察院……一起放寒假，国家机器不就瘫痪了吗？确切地说，封印后各衙门只是停止办理可以缓办的日常事务，对军国大事，民刑要事、钱漕重事还是照办不误。

由于封印期间无法"用印"，所以各衙门都备下了多张盖印后的空白关防公文纸，一旦遇非办不可的事，用"黑盖红"的方式发出。按正常的行文程序，应该是校正完毕后再行盖印封发。朱红的印文压在黑色的墨迹之上，官场上称之为"红盖黑"。"黑盖红"就是黑色的墨迹，压在了朱红印文之上。官场中的人一眼就能看出，这是封印期间发出的公文。

各级印房对用过印的关防纸都有严格的登记制度，而且登记均是在主管官员监督下进行的。备而未用的盖印关防纸也不能私毁，而是要存档备查，以证明"实未使用"。

清代时没有新闻公布制度，但老百姓能确切地知道封印、开印的日期。如果腊月里的某一天，前门、宣武门一带会馆、茶园（戏院）、饭庄门前官车骤然云集，就一定是封印了。因为民车的车棚是蓝、青（黑）二色，官车的车棚是红、绿二色。于京官而言，所谓的官车不是指由官方提供的车，而是按照车主人的品级自备的车。清末时可以说均为传统骡车，只有"外事机关"才备有洋马车。

正月里的某日，官车又突然从会馆、茶园、饭庄门前消失了，那就是开印了，大人、老爷们都"上衙门了"。封印期间，北京城区还有一种奇怪现象，就是无赖横行街头，文无赖、武无赖一齐招摇过市。原因是负责维持北京外城地区治安，并负有监察各级官员言行的五城巡城御史，在"封印大吉"之后也都放寒假了。

官员们平日是不大敢出入茶园、妓院的，怕背上"放浪市井，狎妓寻欢"的罪名，被御史参上一本，丢掉头上的顶戴花翎。因为清廷有明确规定，京堂以上官员不许出入茶园、酒肆……职官不许到青楼寻花问柳。有个侍郎（相于现在副部级干部）到一个乡人开的盒子铺（熟食店）祝贺"开业大吉"，被御史参了一本，闹得先罚俸后丢了官。

可是"上有政策，下有对策"。皇上禁狎妓，可没禁止嫖相公（男妓），于是"相公堂"成了京官们的纵欲之所，直闹得相公堂的价格高出妓院二三倍。"封印大吉"之后，"官无赖"们就无所顾忌了，妓女、相公一起嫖。其实，巡城御史也不洁身自好。清流党的南魁李慈铭曾任巡城御史，此公就好"闹相公"。

"武无赖"们此时更是猖狂一时，既然官不理事，"大爷的拳头可就理事了"。商民们只好大事化小，小事化了，逢事花钱消灾，破财免祸。封印期一过，街头市井一片肃然。因为开印后兵马司总要办几个"不长眼睛的""缺心眼的"，以儆效尤。所以无赖们有几句顺口溜："封印大吉，

十、节令

171

你吉我吉；开印大吉，你吉我急。"知尺寸、有斤两的无赖，都要消停些日子，避避风头。

团拜——街头新景

民国行公历，改农历一月一日为春节，可是不论民俗还是官俗，均把春节视为"过年"。过年就要拜年，清代官场之上拜年是件大事，不拜系失礼，后拜也被视为不恭。仕途之上若有失礼、不恭之行，则后果严重。故年前得统筹规划，制订出一个最佳方案。凡是属于必拜的，须先拜的，不能漏拜、后拜。

官场之上拜年还有个成例，得午前登门，若午后前往，亦有不恭之嫌。官小的、社交广的确实忙不过来，由初一到初五忙得"连轴转"。于是官场之上形成惯例，"过其门不入其门"，递上官帖即可。官帖就是时下的"名片"，递上官帖后，门房二爷若双手高举过头，三十度鞠躬喊道："给大人挡驾！"则是"礼到心知"。于官场上而言，此举不算失礼。原因是主客均"忙不过来"。

门房二爷双手接过官帖，单手高举过头，喊道："×××大人到"，转身引客入门。此时主人则开中门迎出，连连拱手道："新喜！新喜！"然后主客并肩步入上房，敬上香茗。入其门者多系平级同僚，或是官阶略低，但"望重""当轴"。

仕途之上是"官大一级压死人"，一品高官也要去给王爷拜年。初一至初五，能够在家中接客的官实在不多。众官皆外出拜年，"给大人挡驾"也就是正常的了。清代的官车均是双轮骡车，不但上下不方便，坐在里面也不舒服。具体而言，上下得从车辕上"移臀而入"，入后只能"盘腿而坐"。骡车均系"木轮铁钉"，在木制车轮上钉了一圈铁钉子，虽然坚固耐磨，但行走起来却难免颠人。年老体衰者，久坐其中苦不堪言。一些人"抖机灵",拜年时自己不坐在车里,找个替身来应差。

替身去应差,最怕门房二爷接过官帖后单手高举过头,高呼:"×××大人到。"好在官场之上对"斤两尺寸"都很清楚,很少"露相"。怕露相后不好交代,"替身"大多是子侄。一旦露相,则口称:"老伯在上,且受小侄一拜。家父昨感风寒……"

袁世凯很"务实",在外务部任上实行了"工作餐制度"。溯工作餐,历朝多有,但均是皇上对"当值"的重臣一种"恩加"。袁世凯的工作餐系"一体供给",但也有等级之分。袁世凯当了大总统后,另一项新政就是"弃拜年兴团拜"。其实,这也不是什么创举,在会馆之中早已行之。

有清一代,会馆中的团拜均在下午进行,其意是给官拜让路。若审之,在会馆中参加团拜的人半数为京官,团拜也只能在下午举行。承清之俗,民国官场中的团拜也在上午举行。正月初一上午十点,总统府的秘书长、各厅厅长、顾问、参事……国务总理,国务院秘书长,各部总长、次长……警察总监、京兆尹等文官;参谋部、陆军部、海军部的总长、次长,陆军检阅使,步军统领,驻京的师长、旅长等少将军阶以上的武官,齐聚总统府进行团拜。

文武高官到达怀仁堂后,先是互相拜年。十时整,总统莅临,在司礼官的引领下,全场起立,给总统拜年。整个团拜过程中,只备一杯清茶。总统、总理和大家互致问候后,也就离去。高官们步其后,纷纷打道回府。

文武高官赴总统府、离总统府的过程在北京城区形成"街景"。具体言之,就是武官均骑高头大马前往,只带一个随身副官,护卫军弁由步军统领衙门统一安排。少将有四名马弁,中将有八名马弁,上将有十六名马弁前呼后拥。随身副官手举大红官帖前导,此举有两意,一是表示去给总统拜年,二是向沿途民众致意,也可视为"拜年"。

文官均乘坐西式马车,由京师警察厅统一安排仪仗。按照官阶,有

十、节令

173

不同数量的骑警护卫。亦有一名警官举着大红官帖，其意与武官同。为何骑马、乘西式马车前往总统府参加团拜？原因有二：首先是民国初年汽车尚未普及，高官们乘坐汽车大多在20世纪20年代；其次是"风光风光"，亦是"抖抖威风"。在正朔之日，迎个好运。

老北京市民中的好事者，聚在街头"观景"，文武高官们穿着西式大礼服在街头亮相亦不多见。旗籍旧贵们则多有不平，愤愤言道："才发了几天呀，别忘了'一辈子当官，十辈子打砖'……"

初二系各衙门团拜，无论是最阔的交通部还是最穷的教育部，都是一杯清茶。交通部的大饭厅系京城第一饭庄，对外开放，各级官员经常到此一聚。但团拜时则不聚，一者大家都很忙；二者交通部有八百余人，大饭厅也坐不下。

大衙门不聚，小衙门则聚。例而言之，京师警察厅下属的各警署、分驻所，在团拜时自有商家前来酬谢，送来大碗肉、大坛酒表表心意。警官们对此也就心领了，小巡警则着实乐和乐和。若管片中都是穷人，也就乐不起来了。小巡警有句口头俚："在前门外当差，肥得流油；在北城根当差，瘦成马猴。"

春场——迎春送春

有道："官场似春场，所异者春场滋生万物，官场滋生贪腐。"皇上对"春"也颇为重视。《燕京岁时记》载："立春先一日，顺天府官员至东直门外一里春场迎春。"

清宫太监信修明言及"春场迎春"时曰："顺天府尹于立春前一日，于东直门外五里春场迎春，送春于大内乾清宫东暖阁。"所"送"为何物？有曰"春和景明"之气，有曰"初柔之柳"。

20世纪60年代，亲历、亲见"春场迎春"的老者多存，综汇其所述大略如此：

顺天府尹本缺系正三品，但皆尚书、侍郎、都御史的兼差，而且"无定员"。根据需要，皇上有时会派好几名高官来顺天府"抓工作"，充任府尹。例而言之，道光为了尽快疏浚圆明园的福海，就命工部侍郎肃顺到顺天府充任府尹，目的是协调工部和顺天府，统一调动人力、物力。

从官制上说，顺天府尹是北京地区的最高行政长官。京俚有言："不到北京不知道官小。"顺天府尹多"久居京师"，当然知道官上有官，且不说王爷、贝勒……大学士、军机大臣都是"能不敬乎？""敢不敬乎？"故多知收敛。

从例、制上来讲，地方官在辖区中出行，得摆出全副仪仗，前呼后拥，鸣锣开道。顺天府尹则很低调，摆仪仗出行，大概只有两起，一是三年一度的伴新科状元游皇城；二是一年一度的春场迎春。春场迎春时的仪仗远超游皇城，原因是要"送春于大内"。春场迎春的实质是"送春于大内"，也就是给皇上接春。

皇家的祥瑞，当然是最高的祥瑞，官场之上视之为"最吉"。顺天府尹春场迎春时不可"鸣锣开道"，但需"鼓乐前导"。前者是驱散闲杂人等，后者是喜迎祥瑞。为了沾皇家的祥瑞，清水衙门中的闲官、会馆中备考的举人老爷往往跟在顺天府尹的仪仗之后"潇洒走一回"。此举后来从官场上扩大到商场上，以致八旗闲人也参与其中。

至于东直门外的"春场"在何处？各说不一。究之，初为五里，后为一里。清末时皇家、官家的工程多偷工减料，此时，顺天府尹对迎春的里程也就大打折扣，少走了四里地。

"打春牛"——五谷丰登

"打春牛"不是定制，是官俗。各县均有此举，多在县衙前举行，有时也在集镇之地，由县太爷主持。立春之日，县太爷亮出全副仪仗为春牛的前导，在闹市巡游一圈，乡绅、县学的学生步其后，到达预定地点后，县衙礼房的大执宾唱喜歌、念颂词。所歌所颂的内容大多是劝耕、促耕，预祝五谷丰登。

仪式毕，则置春牛于中场鞭之。各地的春牛材质不同，有泥制的、有竹草编制的、有纸糊制的，牛腹中实有五谷，打破后众人蜂拥抢之。有曰牛腹中的五谷皆系优良的种子，掷之田里可获丰收。其实，牛腹中的五谷皆是县仓中的陈粮，抢之是一乐。

大兴、宛平两县是京县，以北京中轴线为界分辖京城和京郊地区。大兴县掌东部地区，宛平县掌西部地区，清代、民国初年两县的县衙均在北京内城。北京变成北平后，两县县署才迁出城区，划归河北省管辖。

大兴、宛平两县也有"打春牛"活动，但不在城区中举行。多选择在京郊的集镇之地，原因是此项活动与城区中的八旗人口无涉，两县的县太爷也不便在城区中摆设仪仗，更直白地说，两县的县太爷也不可能在城区摆设仪仗。不但"打春牛"活动如此，促耕、乞谷、告成、实仓、祈雨、止霖亦然。

县太爷七品官耳，大兴、宛平两县在天子脚下，所以加了一级系六品正堂。在高官如林、如麻的京城之中虽系"地方首长"，但难以行政、执政，即便在礼仪上，也得退避三舍，所以官俗活动均在京郊的集镇举行。官俗讲的就是"排场"，展示的就是"官威"，二者皆需借助仪仗。由于几千年的影响，"黔首""白丁""布衣""小民""百姓""民众"也习惯于"排场""官威""仪仗"，阿Q过堂时，叫他平身他非要下跪。

官俗活动也要有民众参加，但官不可缺。也就是说官唱主角，民跑龙套。打春牛、促耕、乞谷、告成、实仓、祈雨、止霖等活动，官到场系尽职、亲民，也可以视之为"顺应民意"。概而言之，就是官俗活动民从之，从之有示从，也有诱从、迫从。民俗活动官可从之，也就是与民同乐。官不到场，民亦自乐。

县太爷下乡促耕、劝蚕，老百姓是不欢迎的。认为"多此一举""给乡里添麻烦。"但久旱不雨或大雨不止，祈雨、止霖的活动官若不到场，民众则生怒、生怨，甚至到县衙击鼓，强拉县太爷上轿。

步入共和后，袁世凯明令"禁止滥祀妄祭"，官俗活动大多停止，但也只限于北京城区，京郊地区仍在进行。上述官俗活动有些项目一直延续到20世纪30年代中期。自民国元年始，县太爷的仪仗逐渐演化成"道具"，参与官俗活动时，县太爷也穿着常服、便服。

一位20世纪20年代中期参与过官俗活动的"民国县长"，在50年代对人说道："突然，从人群中挤出一个老太太指着我哈哈大笑，说：'县太爷原来是人一条……'旁边的乡绅赶忙把她拉走，说：'县长别在意，是个疯婆子。'这时老太太又转了回来指着我说：'你这个县太爷怎么不戴乌纱帽，跟戏台上的不一样……'"

20世纪50年代初期，一些边远地区遇到了大旱，仍发生过强拉县长参加求雨活动的事。土改完成后，基层政权建设亦已完备，旧日的官俗才完全成为历史。

城隍爷——难统京城

凡是有城的地方就有城隍爷，都城、省城、府县、县城均无例外。城隍爷和地方行政长官被称为"阴阳二司"，都是专城而居的行政长官。常言道"天无二日、国无二君、城无二主"，就是"编户小民"的户籍册上，户主也只能是一人。其首要原因是"落实一元化领导"，非"明确首长责任制不可"。政出多门，要造成混乱。

阳官要专责、专权，阴官也要专责、专权，一城之中只有一座城隍庙成为定制。可是北京城区的行政划分很是特殊，不但有内、外城之分，而且以城中轴线为界，东属大兴县，西属宛平县。

清初实行旗、民分城、分治之后，内城实际上由步军统领衙门管辖，外城实际上由五城巡城御史分辖。内城所居系"旗人"；外城所居系"民人"。于是形成了顺天府及其属下的大兴、宛平两县和步军统领衙门、八旗都统衙门、五城巡城御史衙门对北京城区的多元化管理。

这种管理模式是皇权独揽的必然结果。因为顺天府衙门、步军统领衙门、八旗都统衙门、五城巡城御史衙门都直接对皇帝负责，主管官员由皇帝亲自简拔选任。步军统领衙门、八旗都统衙门虽属军事系统，但和兵部行"咨文"，也就是说，是业务上的"告知"关系；五城巡城御史虽属都察院系统，但巡城御史系"差"不是"缺"，最简而明的诠释就是巡城御史是"钦差官"。

也就是说，北京城中的"地方官"谁也管不了谁，都直接对皇帝负责。遇事有时全管，有时全不管。阳官乱，也就导致阴官乱，城隍爷也闹起"内讧"。北京城区有四座城隍庙，即都城隍庙、大兴县城隍庙、宛平县城隍庙、江南城隍庙。

城隍爷有皇帝钦封的，有民众公举的，也有历史遗留下来的。众多的城隍爷后来统统被道教所"接收"，成了道教的"神"。四位城隍爷要是"论资排辈"，当首推位于西城区成方街的都城隍庙。这位城隍爷在元天历二年（1329）就受封为"护国保宁王"。夫荣妻贵，城隍奶奶也受封为"护国保宁王妃"。

由于位尊、资老，大兴、宛平两县的城隍爷对这位都城隍均恭敬有余，执下属之礼。遇年节时令活动时，好事者抬着县城隍爷来拜谒都城隍爷，都城隍爷官气十足，例不回拜。此举反映了大兴、宛平两县和顺天府的隶属关系。

宣武门外南横街原来有座城隍庙，该庙建于康熙年间。这在建置上倒是反映了北京内外城分治的原则。但顺天府和大兴、宛平两县都不同意该庙的城隍爷称"都城隍",怕阴阳二官的辖区不符,难以"交泰"。

这个问题长期未能解决,因为外城在行政建置上划分为"五城十坊",五城均置巡城御史和兵马司,坊设吏目。五城十坊的巡城御史、兵马司、吏目均和顺天府尹不存在隶属关系,处于分权而治的格局之中。

乾隆年间外城城隍庙重修,出资者系南方的各省会馆。于是反客为主,把外城城隍庙更名为江南城隍庙,与内城的都城隍来了个南北分庭抗礼,闹起了内讧。皇上对城隍爷内讧则不闻不问,顺其自然。

顺天府下辖二十四州县,除大兴、宛平两县之外,县太爷均是专城而居。不但是"一县之主",还是"百里父母官",在辖区中说了算。阳官一统,阴官也就一统。阳官和阴官不仅"交泰"而且"分肥"。年节、时令当中,阳官有的绝少不了阴官的。阳官和阴官分权而治,阳官绝对尊重阴官。

例而言之,凡有城则有开启城门制度、仪式。于制度而言,至 20 世纪 50 年代初期,北京亦然。于仪式而言,20 年代仍承旧制,30 年代有所简化,40 年代犹有遗存,北京亦然。

京郊各县的城门启闭,均很守时。按固定的时间开城门、关城门自然方便了出城进城的民众,溯前究之,系阴阳两官的分工。鸡鸣开城门后,是阳官也就是县太爷主门政。晚间关城门后,是阴官主门政,也就是城隍爷主门政。阴阳两官不可"犯界""侵权"。

关城门后若有"急事""要公"要开城门,县太爷上香告知城隍爷,然后升伞而行。伞是县太爷的轿前仪仗,升伞表示借道。孔夫子信天命不信鬼神,历代皇帝也大多信老天爷不信鬼神,城隍爷既然是皇上封的,北京城门的"夜启"就不必上香告知城隍爷,凭御前腰牌,兵部滚单即可"违时"开城。

袁世凯信天命,亲往天坛祭天。不信鬼神,严禁各机关"滥祀妄祭"。

十、节令

179

京兆尹公署（清代的顺天府衙门）内有包公祠，在总统府肃政使的督察下，京兆尹张广建只好将包公祠用砖墙四面封闭，以示不祀不祭。包公在北宋时任权知开封府，位如民国初年的京兆尹。可以说是"前贤也、祀之有因，祭之有承"，诚不属"滥祀妄祭"。包青天尚不准在官场上受香火，城隍爷当然不能再和阳官分权、分肥。

清代关城门前，在城门洞上三炷香。燃三炷香的过程中，打三次点（铸铁响器）。三炷香燃毕，关城门。燃香的功用有二：一是告知城隍爷，二是计时。打点的功用也有二：一是驱鬼勿近，此时尚是阳官主门政；二是催促行人赶快出城进城。

民国时期各城门关闭前不再上香，但仍然打点三遍促行人赶快出入。但有的军警仍有上三炷香的习惯，上司也不查禁。1949年初，解放军接管了北京各城门，闭门前依旧打点催促行人赶快出城进城。20世纪50年代初，北京的城墙开了不少豁口，以便车辆、行人出城入城。豁口有个木制栏门，关闭时站岗的战士亦吹三遍哨，催促车辆、行人速行。但对车辆，行人都颇为包容。不久，就放弃了城门的启闭制度，二十四小时均可通行。

晾沟——京城奇臭

永乐皇帝移鼎北京时，对城市布局进行了总体规划，修建了一条下水总渠，曰"大明沟"。20世纪20年代初期，在清代骁骑营衙门旧址之上兴建东四商场，施工中发现了大明沟的遗址。为了保护遗址，东四商场的大门向后退了二米。大明沟的沟侧、沟底皆用巨砖砌成，沟顶盖着柏木的方子。柏木方子均经熏烤、油浸，五百多年了竟然没有朽坏。

不知何故，清廷移鼎北京后另辟了几条"官沟"。一些研究清史的学者认为，此举和填塞天桥底下的河道一样，都是由于风水的原因。但风水未能使爱新觉罗氏万代相传，但臭水却使北京市民不堪其扰。清廷为了解决北京城区的排水问题，设置了值年河道沟渠处、督理街道衙门，两个衙门都大有来头。

值年河道沟渠处设管理大臣四人，每年由工部奏请皇帝钦派工部堂官一人，奉宸苑、颐和园、步军统领衙门堂官各一人充任。这四个衙门的堂官，均是一品、二品大员，共掌京师五城河道沟渠之事，年终奏请更代。四位堂官的任期均为一年，故曰"值年"，是典型的"差"。差不能白当，年终定有所获。

督理街道衙门初由工部管理，乾隆三十一年（1766）改由都察院轮选满汉御史二人，工部、步军统领衙门各轮选司员一人，由皇帝简派管理京师外城街道之事。该衙门执掌甚多，本书所涉只有"淘空官沟"一事。每年二月开冻后，淘空官沟以便通畅。完工时要呈报河道沟渠大臣派员，会同督理街道衙门人员，查验掩盖。

官沟打开后，腐臭、霉臭汇成一股恶臭、邪臭袭人心肺，使得体弱者"感邪中疫"，"老病尤甚"。李慈铭在《越漫堂日记》对晾沟的恶政大加抨击，称之为"京中一害"，"奇臭恶味"，"闻之使人欲呕"。

民间称掏沟为晾沟。晾者，故意拖延工期也。大小官员为了多报工程费用，把工期拖得越长越好，规模摆得越大越好。费用不足，则等待追加。追加后仍不足，则向商家"劝捐"。直到银子够数了，才草草完工。验收的标准只管今年，明年再晾沟。一劳永逸，乃愚夫子所为，"值年大臣年年晾沟"。不晾沟，"差"就白当了，难有所获。

值年大臣均有所获，京城民众可就倒霉了。当时北京没有路灯，晾沟期间弄不好就会掉进沟里。地方人士只能组织"挂灯"，天黑后在沟边上立三脚架，挂上"气死风灯"。同仁堂当然是"劝挂"的对象，但乐家有主意，在灯上设同仁堂的标识，顺便打了广告。

李慈铭是清末的学问大家，亦是清流党的牛耳。先任户部郎中，后任御史。这位"都老爷（时人对御史的敬称）"深知晾沟扰民、害民、坑民，也就是在日记上骂几句而已。大臣们轮流值年，轮流有所获，若有人站出反对，则属"不识相""不自量了"。

步入20世纪，清廷行新政，进行官制改革。值年河道沟渠处、督理街道衙门被裁撤，晾沟也就成了历史。大大小小的官沟由于无人疏通，也就先后堵塞。北京城区"无风三尺土，有雨一街泥"，不虚也。

洗象——万象更新

明清两朝，象是皇家仪仗队重要成员，每有大典太和殿前均有大象多头。两象一组，用长鼻封住群臣上阶的通道。吉时至、净鞭三响，大象举鼻，群臣按秩按序而入。

巨象立于殿前，无疑显示了皇家的威严。据说象的嗅觉最为灵敏，群臣之中若有"怀刃不轨"者，"象吼，用鼻拒之"。此说反映了独夫的心态，"谁都信不过"。

时下，我国仅在云南的西双版纳地区存留着少许的野象。上溯五千年，河南地区系大象之乡。上溯四百年，广西地区的野象成灾，"土人患之"。明清两朝皇家仪仗队的大象，均为驯象。驯象进京有两个渠道：一是云南、广西的土司所贡；二是安南（今越南）、缅甸所贡。

大象进京，在当时来讲是个"重大项目"。首先是过河难、过桥难，得有专用的渡船、加固的木桥。其次是过冬难，大象走得慢，免不了要在途中过冬，得备下暖房。

清代云南、广西的土司，经"改土归流"后元气大伤，已无象可贡。安南沦为"法属殖民地"，缅甸沦为"英属殖民地"，贡象可以说断了源。清末时又发生了"大象造反"事件，在太和殿前站班的大象突然"造反"，冲出了紫禁城跑到长安街上。在这种情况下，大象从皇家仪仗队中消失了。

明朝时，大象由锦衣卫管理；清朝时，大象由銮仪卫管理。象房设在宣武门地区的象来街。每年暑伏，驱象到宣武门外的护城河洗沐。这是一项官俗活动，以清代而言，銮仪卫设仪仗为象群先导，一路之上鼓乐齐鸣。在城墙下结彩棚，设仪官公廨监浴。

万象更新、象象如意、气象万千、景象清明……诸"象"所集，大象也就成了吉祥物，官场之上尤甚，有遇象逢祥、遇象吉祥之说。说中之说就是"净鞭三响象门开，披紫怀黄进殿来"。对于既入仕途、已入仕途之士来说，最希望的是"金殿称臣，御前论道"。以大象为吉祥物，也就是自然而然的事情了。

故暑伏之日，民人、官人云聚宣武门外护城河畔观洗象，但心境不同。民人"看新鲜，瞧热闹"；官人"乞福迎祥，早步金阶"。

大象从皇家仪仗队消失之后，余下的几头成为万牲园中的观赏动物。万牲园即今日的动物园，在清末民初属于农事试验场，初始之时颇有规模。七七事变后，日军强占了万牲园，大象竟被活活饿死。

明清两朝"饲养员"均为"世差"，能承此差者，大多是随象进京的"蛮子"。清代将随贡象进京的"蛮子"编入京旗的苗子营，隶属旗籍。銮仪卫的象房不存后，"蛮子"随象来到万牲园。日军强占动物园后将"蛮子"逐出。"蛮子"思念大象购门票入园探望大象。大象用鼻子搂住"蛮子"，皆泣下。日军又将"蛮子"逐出，大象遂不食而死。

大象的故事在北平沦陷的八年中流传甚广，象犹如此，更何况人呢？

冬至——冬学惠民

冬至是农历二十四节气之一，这天夜最长，昼最短，故又有"至长""至短"之谓。亦有"冬至大如年"之说，溯历求之，西周时的历法冬至是一年之始。是日，诸臣要给君王行礼祝贺，这一官俗一直沿袭到清代。

冬至这天，皇帝要亲临天坛祭天。《燕京岁时记》载："冬至郊天节令，百官呈递贺表，民间不为节，惟食馄饨而已，与夏至之面同。京师谚曰：'冬至馄饨，夏至面。'"时下，北京人已不吃馄饨吃饺子。

冬至"民间不为节"，吃顿饺子乐和乐和。皇上在这天最辛苦，得先入斋宫以示敬诚，整个祭祀过程中要步行。乾隆老年实在走不动了，只好缩短了步行的路程。但明示子孙，年不过七十，仍要步行全程。

皇上对天如此敬诚，皆因"大位承天禀命，乃天之子也"。当皇上的人敬天，想当皇上的人更敬天。乾隆告诫子孙不得偷懒，祭天时少走了几步，会招老天爷不待见。袁世凯想当皇上，忙着到天坛祭天，祭天就是"认老子"，认老天爷当老子，才能承天命、承大位，当"真龙天子"。

皇上一年要往天坛跑三次，农历正月上辛日到祈年殿行乞谷礼，求五谷丰登。四月吉日到圜丘坛行雩礼，为五谷祈求膏雨。冬至再至，禀告丰登。看来，当皇上也是件辛苦事。

文武百官可就不同了，和老天爷"搭不上"。若私下祭天，定获谋反罪，弄不好要株连九族。皇上信天命、信老天爷，这是皇上的"专利"，若要分享，则是谋大逆。文武百官只能信鬼神，逢庙上香"打点打点"老天爷的下属百官，钱搂足了的则修座庙，给鬼神安个家，自然获得护佑。

但身为亲民之官的知府、知县，冬至时也不能闲着。吾国多神，城隍爷是"一城之主""专城而居"，土地爷则掌管农村。农村的神更多，谷神、仓神、水神、马神……以县太爷而言得"忙一气"。向谷神"告成"，意在求个好收成。向仓神"填实"，意在求安。给龙王爷唱大戏，意在求个风调雨顺……，这些官俗是"乐民"还是"扰民"，只有"民知"。

冬至过后也有一项德政，就是兴办冬学。冬学又称义学，更确切地说是"冬季扫盲班"。由地方官出银、出谷，延请老儒教农村青少年读书识字。这些农家子弟，春耕、夏耘、秋收，只有冬藏之后才有时间读书识字。

冬学中简拔出"可教者"进入义学。广而言之，冬学也泛称为义学，但实乃义学的初级阶段。"可教者"进入义学后，可获得"助学金""奖学金"，时称"膏火"。膏火有公助、亦有民助，公助由县衙门学田所获中拨给，民助渠道甚多，取之于民用之于学是宗旨。

顺天府各县均办有"冬学"，办好冬学不但起到了扫盲的作用，而且向义学输送可教之才。例而言之，康熙三十九年（1700）顺天府尹钱晋锡在大兴、宛平两县分设义学，收孤寒生童入学。大兴县义学在崇文门外的洪庄，后宛平义学与大兴义学合并为首善义学，学址乃在洪庄。洪庄是明降臣洪承畴的赐园，大兴义学赁洪庄之地办学。两义学合并后欲扩大校舍，但洪承畴之孙奕沔执意不肯。

顺天府尹施世伦决意叫洪家捐地办学，其方法是上奏康熙皇帝，声称洪氏后人欲献地兴学。康熙对此甚为嘉许，御书"广育群材"匾额送至洪家。奕沔有苦难言，只得奉旨捐地。首善义学扩建后颇具规模。乾隆十五年（1750），首善义学改为金台书院。

金台书院发展的过程是冬学—义学—书院三部曲。一般的州县，只办有冬学、义学，能办书院的不多。即便办了书院，也是县学的"附牌"。于老百姓而言，在诸多官俗中能得到些实惠的，也就是冬学。参加了"扫盲班"后，多少认识了几个字，不至于"给人卖了还帮着数钱"。要是赶集时做点小买卖，还能记一记流水账。至于脱颖而出，更是三生有幸了。能成为幸运儿，千不逢一，但独木小桥，也是人间正道。

十一、会馆

会馆按其性质可分为三类，即试馆、仕馆、商馆，三者大多冠以会馆之名，只有少数会馆直接名之曰试馆，即科举考试的招待所。科举考试分三级，院试考中为秀才，乡试考中为举人，会试、殿试考中为进士。会试后殿式不再淘汰，所以会试即是终级考试。会试举人的招待所，也就是会馆——会试之馆。

会试之馆有三级——省、府、县。也有能跨省区的会馆，如湖广会馆即是湖南、湖北两省的会馆。两湖是湖广总督的辖区，东三省会馆亦然。亦有一省多馆、一府多馆甚至有一县多馆的现象。能否在北京建会馆、建几个会馆，反映出该地区在经济、政治、文化上的综合实力。

乡试中举后，可参加吏部铨选，距仕途还有半步。进京参加会试若能跃龙门成为进士公，不仅进入仕途，而且是仕途中的"正途"，言有大学士的前程并非虚语。清代非正途出身，不可加大学士之衔。

举人老爷如果与文曲星乏缘，跃不了龙门，也有多条入仕之道。故会馆中的举人在时人、世人的心目中也就是官人，绝不会以布衣、黔首视之，跃龙门后如果当了"穷京官"，还得居于会馆之中。外官进京公干，大官庙寓而居，小官还是投奔会馆为安。故会馆中的试馆颇为"官场"，实有官员招待所、联谊会的功效。

东汉的郡邸，唐朝的奏事院，均有本邑招待所的性质，系进京官员的下榻之所。清廷的禁忌甚多，早在顺治年间就明发上谕，对来京后"钻营属托""交通贿赂"的官员要"严加访缉"，此上谕由"五城巡城御史督率司、坊官员"执行。司系"兵马司"、坊系"吏目"，均属京城基层地方官。

严令京城地方官访缉来京公干的外官，疆吏进京则不敢下榻亲友之家，更不敢在京城购屋起第。京城的旅馆、茶楼、酒肆实难界定，综合服务的性质很浓重，清廷有严禁高官出入茶楼、酒肆的法令。更不敢住在会馆，去招惹官场中的是非。于是选择了下榻寺庙之中，佛前一杯清茶即可送往迎来，以示不"比周党同"，不"钻营属托"，更不敢"列第京师洞察朝廷"。

同治时期，湘军、淮军崛起，清廷的实权已落在湘系、淮系的封疆大吏手中，外重内轻的政治格局业已形成。商人财大气粗，官人也就权大气壮。以李鸿章为首的淮系军政集团，首先在北京建立了一所名正言顺的官僚招待所、官僚联谊会、官僚俱乐部——安徽会馆。为了和试馆、商馆相区分，本书名之为"仕馆"。

试馆、商馆在某种程度上来说，也是本邑官员的招待所、联谊会、俱乐部，不但京官们平时常到会馆聚会、听堂会，年节时往往在会馆举行团拜，共进乡宴。外官进京也会下榻会馆中，特别是下级官员，其行不会引起巡城御史的"关注"。

安徽会馆是名副其实、名正言顺的官僚招待所、联谊会、俱乐部，是由于该会有明文规定只接待州县以上的实缺（现任官）文官，参将以上的实缺武官，用现代官制来表述，就是只接待县团级以上的干部。公然把天子贡生举人老爷拒之门外，颇有些士、仕分道扬镳之意。

《辛丑条约》之后，清廷实行新政，废弃了科举制度，对行政区域进行了调整，在山海关以东地区建立了奉天、吉林、黑龙江三省，统称为"东三省"。民国时又增设了绥远等省，上述地区在北京建立的会馆当然不是试馆，也不具有商馆的性质，可以说是该地区居京、旅京的官、商、绅、士（知识分子、学生）的招待所、联谊会、俱乐部，中国有官本位的传统，会馆的主体自然是官员。鉴于上述情况，称之为仕馆亦可。

北京地区的会馆中，也有一些商馆。这些会馆和全国各地的会馆一样，是经济发展的产物，如开封的山陕会馆、济南的广东会馆、烟台的福建会馆。本书中称其为"商馆"，是为了和"试馆""仕馆"相区分，若进一步区分，商馆可分为邑籍、行业两种。

士、农、工、商，商居末，可是进入近代后，在官商勾结的硕基之上，渐成官商一体，商人可以捐官，以致出现了红顶商人。洋务运动中形成了许多官督商办、官商合办的企业。官办中有商股，商办中有官股。你中有我，我中有你，以致官商难辨。在无商不通官、无官不通商的情况下，商馆在北京的数量虽然远不及试馆多，但能量却不小。

有钱就是爷，商人在本邑是商绅一体，坐大后官商一体，建立商馆后，自然有邑籍招待所、联谊会、俱乐部的性质。商人讲"办实事"，在招待、联谊的过程中，既烧"热灶"，也烧"冷灶"。"热灶"是实缺、实权的现任官，"冷灶"是穷京官、举人老爷。在烧热灶的过程中，顺带着也就烧了冷灶。而且能使"热灶""冷灶"相帮衬，以扩大本邑声势和实力，从中获得最大的好处。官场即商场，商场即官场，不虚也。

科举制度废弃后，试馆失去了存在的基础，新的商会系统建立后商馆逐渐解体。可是清末民初北京新建的会馆有二十余所，最晚建成的湖北大冶会馆是 1936 年。这些会馆可以说是仕馆、商馆、试馆的综合体，其主要功能是邑籍的官、商、士、绅的招待所、联谊会、俱乐部。

1928 年"国府南迁"之后，北京虽然失去了政治中心的地位，但仍然是华北地区的政治中心，而文化中心、教育中心的地位更加凸显。高校师生云集北平。各地学生到北平上学，大多仍是首先下榻本邑会馆之中，一些综合实力较强的地区仍有可能在北平保持自己的会馆，甚至兴建会馆。

功效——乡情国义

会馆的首要功能是招待所，这是仕馆、试馆、商馆三者的共同点。只有北京地区的行业会馆，如梨园会馆，不具备这项功能。外地进京的举人、商人、官人，进京之后总要找个下榻之所。下榻本邑会馆之中饮食起居仍是故乡情韵，乡音入耳就给游子一种亲切感、归属感、安全感。所以，士、绅、官、商进京后均好以本邑会馆为逆旅。

例而言之，民国元年（1912）鲁迅进京任教育部社会教育司第三科科长，主管全国的图书馆、博物馆工作。进京之晚下榻旅店之中，第二天即住进绍兴会馆。民国元年的官制若比之于清朝，科长是郎中、主事一类的官员，故在会馆中得到了较好的接待。

会馆的服务人员统称为跟班，跟班的头头也就是班长。这个班长是个老人，当年伺候过鲁迅的爷爷。但鲁迅对这段往事却不愿重提，原因是往事不堪回首。鲁迅的爷爷由于"科场案"入狱，家道从此衰败。

鲁迅在绍兴会馆住了七年。绍兴会馆有"定制"，不许女人入住，无论是女眷还是女仆，也就是说绍兴会馆是男人的天地。

设女禁的会馆不只是绍兴会馆，究设女禁之因大多是防止"招妓"。怕败坏了风气，有碍学子备考。其实是"跟班"在会馆中系"世职"，班长往往把持日常工作。凡入住会馆者得给"例钱"，也就是跟班的"服务费"。女眷、女仆入住后，跟班也就有失业之虞，故设"女禁"。

当周家三兄弟均在北京谋业有方后，女眷当然要来京，也要雇用女仆。所以在八道湾置了一所宅子，结束了七年的"馆客"生活。

士、绅、官、商进京，在当时来说不会是单一的观光旅游，总是有事要办。会馆和旅居会馆中的乡人们，于情于义当然要帮助办理，因此会馆无形之中，也就成为本邑的驻京办事处。

本邑居京、旅京的各界乡人，凡遇大事都要在会馆中进行公议。会馆可以说是籍属地区的议事厅。所谓的大事既有与外界的冲突与矛盾（"外界"这个概念很广，北京地方当局、地方势力，甚至流氓、恶棍，从会馆的角度来看，均属外界），也有同乡之间的内部冲突与矛盾。

对外的纠纷通过公议之后可统一口径，一致行动；内部纠纷通过公议之后可达成和解的协议，实现公了，免得同乡之间对簿公堂，失了和气坏了乡情、乡谊。

会馆亦是本邑在京同乡会，居京、旅京的同乡均好以会馆为依托。会馆也责无旁贷地维护乡人的利益。会馆的势力大，居京、旅京的乡人气就粗。特别是有政治背景的会馆，北京的地方官员也要礼让几分。民国初年段祺瑞几度出任内阁总理，皖系的势力迅速膨胀，安徽会馆也就在宣南地区称王称霸，和区警察署发生多次冲突。

警察总监吴炳湘令区警察署"秉公办理，严惩不贷"。吴炳湘是合肥人，"安徽人竟然整到安徽人头上来了，这还了得"。因为旧时有富贵不压乡党之说，吴此举捅了马蜂窝，安徽会馆决定对这位警察总监进行报复，教训一下不识相的区警察署。

年关之际，安徽老乡纷纷拥到总监公馆"告借"，一时聚了二百人。吴气恼之下，命管事的出面每人送大米三升。因为合肥乡间有民谣："狗咬一口，白米三斗；狗叫一声，白米三升。"各送三升白米，意在这些人是"要饭的"。"告借"者碰了一鼻子灰后，想出一条妙计。组织了好几百"要饭的"在吴家大门前高呼："白米三升，大人高升；要是不给，大人踹明月。"吴炳湘只得采取强硬手段，命保安队（武装警察）把这群叫花子驱散。

不料第二天又来了一大群"讨债的"。这些人都是乘坐骡车、洋车而来，一个个衣冠楚楚，手持吴炳湘远房亲戚的借据，可是立字人均已去世，口称："此债只有请总监帮忙了结……"吴只好把这些人都"请"进客厅，然后移送京师审判厅（地方法院）。因为是无头官司，"审理"后也就交保释放，释放后这些人在报纸上大做文章，诉诸舆论"喊冤"。

一波未平一波又起，新年刚过。合肥来了一个"黄大圣人"，此人是举人老爷，又是著名的文痞、讼棍。进京的目的是找"吴秀才"（吴是秀才出身）谋个差事。吴劝这位"圣人"回乡颐养天年，于是不欢而散。

没想到"黄大圣人"以安徽会馆为"窝"，卖起大烟土来。一时间街谈巷议，舆论沸腾皆指责吴炳湘对安徽会馆多有包庇。民国初年贩卖大烟土在法律上是不容许的，可是安徽会馆的大门挂出了牌子，上书"清水洋烟"四个大字。吴总监一气之下令区警察署查抄了安徽会馆，但一无所获。

这出闹剧是"黄大圣人"一手所导演，安徽会馆中根本没有大烟土，挂出牌子是向警察挑衅，给吴总监制造麻烦。此时吴的处境十分被动，安徽会馆到处粘"揭帖"（类似大字报、小字报），对这位警察总监极尽丑化之能事，又上书平政院控告警察"擅用职权"。报馆也唯恐天下不乱，进行了多方面的采访和报道。

闹得吴炳湘无法善其后，进退皆不宜。皖系军政要员也不愿意看到"家宅起火"，于是由陆军检阅使姜桂题出面当个和事佬。姜部驻防南苑，在"平息"三镇兵变中给北京市民留下了良好的印象。姜系德高望重的"元戎""宿将"，把"黄大圣人"叫来训了一顿，告诫他要"知趣""知收"。最后的结论是："我已和吴总监说妥，他保举你到山东干一任知县。你明天就到他家去谢荐，赶快离京……"

"黄大圣人"上任后，给吴炳湘送了许多"小邑土特产"表示谢意。可是安徽会馆却真卖起了大烟土，区警察署可不敢再招事，只要不挂"清

十一、会馆

191

水洋烟"的牌子，就当没有这回事。

会馆亦是本邑居京，旅京同乡的联谊会、俱乐部。客居他乡难免有寂寞之感，会馆正是游子们的聚会之所。每年三节都要举行联谊活动。正月初一是团拜，高官们得参加总统府的团拜，到会馆来参加团拜的多以子侄为代表。以安徽会馆为例，段祺瑞乃皖系魁首，时人以地望呼之为"段合肥"。段不参加安徽会馆的团拜，大公子段宏业似乎也没有参加过。新年正朔之日，莅临者多为侄辈，段应凯、段伯泉系"常差"。

端午节、中秋节安徽会馆也要进行联谊活动，但规模比正月初一要小得多。端午聚在会馆中吃粽子，是比较大众化的活动。中秋赏月，则是高雅之举。会馆的活动一般都避开正日子，正月十五在家中吃团圆饭，十六赴会馆联谊。乡音入耳，乡感顿生。品尝了几道家乡风味的佳肴之后，又连干了几盅家乡的名酒。

此时满月当空、"千里共婵娟"。令人仿佛又置身故乡、故园、故宅之中。乡情焕发了豪情。游子客居京师，所追求的也就是建功立业，博个"衣锦还乡"。而会馆正是家乡在京城的"飞地"，乡情怎能不油然而生，亲情又怎能不怦然而动？

一年三节之外，许多会馆还有每月初一的大聚，十五的小聚。所谓的"聚"有聚餐，也有聚会。聚餐系共进家乡风味，与会者轮流做东。由作东者的家厨或会馆的乡厨执炊。所以，会馆的餐桌上总不失纯正的家乡风味。

聚会虽然是一杯清茶，但"茶水清，乡情浓"。故无论是聚餐还是聚会，均能起到交流感情、沟通信息、互助解困、以尽乡谊的作用，不失会馆的宗旨与初衷。

会馆中还有许多称之为"会"的小团体。入会的人按一定的标准划分组合到一起，定期在会馆共进晚餐。逢几会都有，例而言之，逢六会就是每月初六、十六、二十六晚上到会馆一聚。会的组织按职业、按兴趣、按地域（如省馆中的某府乡人，府馆中的某县乡人）……均有。"会"的实质是以乡情为基础的关系网，这张网把异乡的游子编织到了一起。

"会"有跨越，但又很难完全跨越社会地位。社会地位是一个人在政治、经济、文化上的综合影响所形成的。官人的"权"、商人的"钱"、学人的"识"在互补之后也就淡化了，形成了社会人士、社会达人、社会名流，这是大而言之。小而言之，科员、中学教师、小学校长、小老板也能互补淡化。淡化互补形成"会"，原因首先是收入差不了多少，均能付得出"会费"，其次是乡情就是互补、淡化的黏合剂、融合剂。

影响——凝聚力、向心力

现代行政建置中，省市级行政机构均在首都设有"驻京办事处"。各办事处系地方政府的下属单位，是国家机关的组成部分。会馆是民办的，组建、管理、经费均是"自行解决"。会馆的出现固然有其直接原因，但从总体上来讲，亦反映出中央和地方之间千丝万缕的内在联系。

这种联系已超越了国家行政体系，属于社会的范围，即地方和首都之间的内在联系，是社会经纬中不可分割的有机组成部分。各界人士集资在京城建立本邑会馆，反映了"地方"对"中央"的向心力。"九州一统朝京阙"，亦是中华民族固有的凝聚力的一种表现形式。

清末是中华民族的多事之秋，清廷在19世纪末20世纪初重新划定中央直辖的行政区域，在台湾、新疆、黑龙江、吉林、奉天建省。在边远地区建省，不仅统一了行政建置，而且有利于政治、经济、文化的发展，更有利于加强各民族的团结，共同抵抗西方列强的侵略。新建的省区在经济文化上均欠发达，但建省之后，地方各界人士在很短时间内就在北京建成了省级会馆，以便加强本邑和首都之间的联系。

我国疆域辽阔，各地区在发展的水平上不可避免地存在着差异、差距。差距不但可以缩小，也可以改变。即先进可以变成落后，落后可以变成先进。差异是建立在客观的基础之上，人们对差异的存在应表示尊重。差异既可以扩大，也可以缩小，但不会消失。

国人世世代代生活在相互之间存在着差距、差异的环境之中，也就塑造了一些特征，不同地区的人在体质上、气质上、性格上、生活习惯上有所不同。最明显的就是语音上的差别，只要一开口，听者就能知道说话的人籍属地区。最好改变的也是语音上的差别，长期客游在外，乡音尽失，变成了南腔北调之人，甚至成了他乡之客。

差异，是由多元的地貌、多元的生态环境所决定的。中国是一个典型的农耕社会，有守土重迁、惧迁的传统。中国又是一个幅员辽阔的大国，政治上的统一决定了经济、文化上在九州这个大范围内要趋向一体化。趋向一体化的标志是统一的多民族国家各地区、各民族在经济上互相交流、文化上互相认同。就经济而言，形成了统一的国内市场并不断地影响着周边地区；就文化而言，形成了以儒家文化为主体的华夏文化圈。这个文化圈内各地区、各民族均自觉地把自己置身于中华民族这个大家庭之中。这个文化圈不仅覆盖了中国的疆土，而且影响了周边的广大地区。

政治上的统一，经济、文化上不可遏止地走向一体化，使守土重迁、守土惧迁的中国人在政治、经济、文化因素的制导下，要走出乡井，在九州这个大天地中展现自己的风采。对于初出乡井之士，也就首先要展现家乡的风采。

国人有爱乡、爱国的传统。自古以来就正确地处理了两者间的关系。爱乡是爱国的基础，爱国是爱乡的升华。民间兴办会馆，是爱乡、爱国的具体表现。

作用——九州生气恃风雷

第二次鸦片战争后，进驻北京的西方公使们称内城为"满城"，外城为"中国城"。究之审之，此说亦有些道理。清廷实行旗、民分治，内城的六十余万人口基本上"名属旗籍"，由国家供养。二百多年的寄生生活，使"马上健儿"变成了"京城游手"，不但失去了进取精神，相信"天不变、道亦不变，祖宗成法更不可变"，是一潭死水。外城近40万人口是来自全国各地区、各民族的流动人口，这些流动人口均属"京城过客"，一般情况下不会转化为常住人口。按照清廷惯例，试子、仕子不会"终老京师"。商人视京城为淘金之所，不是久居之地。"打工仔"在户籍上就属"附户"，政治上、经济上均很难转化为常住人口。外城的总体人口虽然基本稳定，但个体处于流动之中。进京时都有"创"的精神、"闯"的精神。

外城会馆林立，住在会馆中的人大多敢创、敢闯。从文化传播的角度来说，每一个会馆都是地方文化的辐射点，也是京师文化的吸收点。各地区、各民族的文化在展现的过程中交融，在交融的过程中展现。

和内城相比，外城充满了生机与活力，生机与活力就来自会馆。我国经济文化最发达的地区在东南沿海和长江流域。新思想的产生、新思潮的兴起总以一定经济、文化为背景，并为一定经济、文化的发展大造舆论。在北京城中建立会馆最多的省份，是位于东南沿海和长江流域的江苏、浙江、福建、广东、安徽、湖北、湖南。这些省区的会馆把充满了生机与活力的新思想、新思潮带到了北京。

在中国社会行将进入近代之际，第一批睁开眼睛看世界的士大夫如龚自珍、林则徐、魏源等人就是在宣南会馆里组织了宣南诗社，发出了时代最强音：

龚自珍在道光五年（1825）任内阁中书时写下了《咏史》篇，其中有：

避席畏闻文字狱，著书都为稻粱谋。
田横五百人安在，难道归来尽列侯？

在辞官回归故里的途中，又写下了举世所知的名篇：

九州生气恃风雷，万马齐喑究可哀。
我劝天公重抖擞，不拘一格降人才。

宣南诗社的唱和之诗，表现了忧国忧民的情怀，在京城之中颇有影响，使士风为之一振。龚自珍等人坚决支持林则徐禁烟，但中国人民反侵略的正义战争却遭到了南京城下之盟的可耻失败。失败后如何振作起来，是摆在不甘失败、不能失败的中国人面前的一个严峻的新课题。

在这张试卷面前，魏源等人开始睁开眼睛看世界，提出了"师夷长技以制夷"的主张，并在林则徐主编的《四洲志》《华事夷言》两部应时、应急之书的基础上，编出了百卷巨著《海国图志》，全面介绍了海外诸国的情况。诸多的有识之士，可以说是在宣南会馆的小四合院中开始了朦胧的觉醒，在"众人皆醉"的时候睁开眼睛看世界。

甲午中日战争前，孙中山首次莅京，即下榻宣南的香山会馆之中。在戊戌变法的过程中，康有为所居住的南海会馆、谭嗣同所居住的浏阳会馆，均是变法的重要阵地。直至新文化运动爆发，《新青年》编辑部也是寄寓在宣南地区的会馆中。

会馆之始、之兴，皆因明清科举制度之盛。但科举制度于1905年被废弃后，许多会馆顺应时代潮流在京兴办学堂。据不完全的统计，河南会馆办了豫学堂、江苏诸会馆合力兴办了江苏公立学堂、直隶会馆兴办了畿辅学堂、安徽会馆兴办了皖学堂、四川会馆兴办了四川女学堂、云南会馆兴办了滇学堂、山东会馆兴办山东公立学堂、奉天会馆兴办了东三省学堂、直隶大兴会馆兴办了首善学堂、广西会馆兴办了广西学堂、甘肃会馆兴办了陕甘学堂、江西会馆兴办了江西学堂、山西会馆兴办了山西中学堂……

会馆兴办学堂的目的，是促使本邑居京、旅京子弟迅速由"科举"转向"学堂"。同时也便于本邑子弟来京入学，当时许多地区的办学条件尚不太成熟，在京办学是借鸡生蛋，利用京城文化教育领域中的优势，异地培养本邑子弟。对北京新式教育的发展，也起到了推波助澜的作用。

管理——与时俱变

会馆由本邑各界人士捐资兴建，其属于公产。公产亦有两种：为本邑公有者为大公产；为本邑旅京同乡会公有者乃"小公产"。对公产进行管理，须经过一定程序产生一个机构或公举出一个代表对会馆负责。具体形式有以下几种：

一、值年制

由居京、旅京的同乡和本邑知名人士共同推举几位有声望的人组成管制机构，负责具体工作，每人负责一年。值年制有利于互相监督、互相比较。

二、理事会制

属于本邑旅京同乡会公产的会馆，产权比较具体，会馆也就成为同乡会的下属机构。同乡会选举时，同时选举出会馆的理事会。在理事会下设办事机构或办事人。理事会有时又称董事会、委员会，只是名称上的不同。

三、评议会制

评议会制的原则是三权分立，由同乡共同选举出正、副董事，评议、监察各一人。由董事进行管理，评议其"政绩"，监察弹劾其过失。

四、馆长制

由旅京同乡推选有德行、有时望的名人为馆长，馆长负责一切馆务，并定期向同乡会报告，在报告中公布财务收支等具体情况。

会馆是"公产"，从体制角度来讲当然是"公有"。可是现实社会是确确实实的私有，于是，会馆的各级管理者就千方百计地窃公有为私有。各种管理体制均是"殊难有效"。

清朝时期各会馆均是值年制，值年制可以说是借鉴甚至移植了八旗都统的值年制。八旗之中每年有一旗被轮为值年旗，其都统也就是值年都统。值年都统的主要工作是协调八旗的跨旗事务，并处理日常工作。

既然是协调，那就只有在诸都统均首肯之后才能办理，这确实是件难事。跨旗日常工作更是异常纷繁，往往无从下手。所以值年都统的宗旨大多是"值年不办事"。千方百计地耗过这一年，把大事、小事都留给下任去办理。

都统"值年"杂事不少，可是皇上并不给"加薪"。诸事又都要统一意见后才能办理，所以从中也就捞不到太多的好处。故值年时只要不办事，就能不坏事。不坏事任满时没有成绩，也能"按例移交"。

辛亥革命后，共和政体反映到会馆管理体制中就有了理事、董事、委员等。总统可以贿选，会馆的理事、董事、委员们当然也深晓"利益均沾"的原则。由于会馆系清水衙门，可沾之利实在不多，所以各级管理阶层经常闹内讧，造成"馆政混乱"。

许多人认为理事、董事、委员们办起事来"和尚多了没水吃"，但有利可图时，都想"狠捞上一把"。不如把会馆交给一个"和尚"管理，而且不限制任职的期限，"和尚"此时既要考虑眼前利益，又要顾及长远的利益，在长远利益中也就有可能包含了一定的"大众利益"。况且，"一个和尚容易饱，十个和尚分光了庙"。总之，一个和尚吃饱，比十个和尚分光了庙要好些。

　　可是进入20世纪40年代后，会馆不仅变成了"大杂院"，而且房屋均是年久失修的危房。当会馆已无利可图，只有麻烦缠身时，各种称谓的管理者均一走了之，留下了一个无法收拾的"烂摊子"。

　　支撑这个"烂摊子"的人，大多是具体工作人员。这些人对馆务于法无责，但自称对同乡有情有义，所以甘受这个苦。甘受其苦的多是"老人"，甚至是馆中的"世职"，已传袭了多代。辛亥革命前的头衔是班长、馆丁、馆班，辛亥革命后改称馆役，20世纪30年代又改称工友。

　　清代，衙门中的差丁、差役是世袭的，差丁、差役之首称为"班头"。故馆丁、馆役之首亦被称为班长。班长在会馆中能呼风唤雨，能量不比衙门中的班头小，所以收入也就可观，否则也就不会甘受这个苦了。

　　会馆是"公有制"，在法律上不可能归为私有。但无论采用什么管理体制，各级管理人员都能"化公为私"，捞上一把。居住在会馆中的"乡人"，也理直气壮地表示，"公有"我亦有份，"白住房"是理所当然。拒交房屋维修费也是正常现象。

　　北京市人民政府于1951年作出了由房管部门对会馆进行接收的决定，但接收工作并不顺利，对"烂摊子"难以善后。因为复杂无序的产权、债权、馆务、债务纵横交错，纷乱难解。"资产不明""资不抵债""多角债"……使得接收者难以接收，更不知如何整顿。

　　20世纪50年代中期，公私合营之后，会馆的债权、债务也都转移到国家名下，房管部门于 1956 年接管了全部的会馆，北京的会馆史至此画上了句号。

湖广会馆——国民党的诞生地

北京有影响的会馆甚多，例而言之：绍兴会馆、南海会馆、浏阳会馆……均和重大的历史事件结合在一起，前人之述备已。拙文所选湖广会馆、台湾会馆、奉台会馆在政坛上发挥的影响均步入了 20 世纪。

湖广会馆

湖广会馆是湖北、湖南两省的跨省区会馆，故又称为两湖会馆。会馆跨省区者不多，尤其是试馆。溯其因是两湖之地在明代和清初均为湖广省辖区。康熙二十六年（1687）撤湖广省，改置湖北、湖南两省，但又设湖广总督掌管两省事务。湖北、湖南不但是邻省，在历史上又曾是同一个省区。在这种情况下两省共一会馆，也就是乡情、地谊两皆宜了。

湖广会馆位于宣南虎坊桥，始建于嘉庆年间，道光年间进行了扩建。咸丰七年（1857）第二次鸦片战争中，两广总督叶名琛被英军俘虏，因死于加尔各答。其弟叶名丰见家道已衰，遂将京中住宅捐给了比邻的两湖会馆。叶宅并入后始成现存规模，占地总面积达 43000 多平方米。

镇压太平天国运动后，曾国藩进京述职即下榻湖广会馆，曾国荃任两江总督时进京述职，亦下榻湖广会馆之中。湖广会馆的大戏楼可容纳千余人，京城官场之上有"大庆"皆在湖广会馆唱大戏。

斯时，清廷对茶楼（戏院）尚有女禁，湖广会馆在当时系名副其实的高级会所，并首开女禁。但男女不相混坐，楼上两侧包厢，为女宾专席。能携家眷到湖广会馆听戏的，在官如云的京城之中当然不会是穷京官，其来头绝非一般。

曾国荃不同于曾国藩，不仅张扬而且有股霸气。述职毕，在湖广会馆唱大戏以答谢京中同僚。是日，台上名角咸集，台下高官咸集。曾国荃排行老九，时人皆以"九帅"称之。

九帅席间多喝了几杯，听戏过程中不时喝茶解酒。茶喝多了就想"方便一下"，于是离席如厕。没想到的是楼上包厢内有个小男孩也内急，跑到栏杆前即"放了一闸"。这泡尿正好浇到曾九爷的头上，（虽说是"童子便"，但毕竟是"人之遗"）。但"九帅"也毕竟是"九帅"，一声未吭，悄悄地回屋换衣裳。

市井有云："好男不跟女斗"；官场有云："外官不与京官斗"。大戏一散，"九帅"即下令将楼上的包厢拆毁，在湖广会馆也实行"女禁"。回到南京后，"九帅"诸事不顺，身体也一天不如一天。时人皆传曰："一泡童子便，浇去了曾九爷的大运。"

"九帅"虽然张扬、霸气，但也是老于官场。若是当场发作，查个水落石出，也不过是小男孩的父母赔礼道歉而已。在赔礼道歉的过程中，"童子便"的新闻将进一步扩大影响。在官场之中，说不定还结下了新冤家。两者均属不利，不吭声是最明智的选择。

湖广会馆在近代史上最有影响的大事，是民国元年（1912）8月25日在大戏楼举行了国民党组建会议。会议以同盟会为主体，统一共和党、国民公党、国民共进会、共和实进会等党团组成了国民党。

台湾会馆——志在光复

在科举制度中，台湾籍的首名进士为道光九年中试的黄骧云，名序是二甲七十二名。光绪二年台湾籍举人施士洁考中了三甲第二名进士，留京任职。

当时台湾尚未建省，系福建下辖的台湾道。进京应试的举人，均下榻全闽会馆。光绪十九年（1893），施士洁，铁门胡同宅兴建全台会馆，全台会馆建成后，一切规章制度"悉遵全闽会馆"。

全台会馆建成后，由于地势偏僻，旅京台胞又决定卖旧置新在大江胡同建新馆。新馆又称台湾会馆，以区别于老馆。

新馆建成后，恰逢甲午战云起。海战、陆战均失败后，李鸿章赴日议和，签订了辱国丧权的《马关条约》，割让台湾。消息传到北京后，举国沸腾，群情激愤。旅京台湾同胞更是怒不可遏，在会馆中集会，声援"公车上书"。

要求清廷"拒约"，即不承认李鸿章签订的《马关条约》，泣血高呼"台人誓不事倭"。康有为多次出入台湾会馆，和应试的举人共商"挽台大计"，并赋《公车上书》诗：

东海龙泣舰沉波，上相辒轩出议和。

辽台膴膴割山河，抗章伏阙公事多。

连名三千毂相摩，联轸五里塞巷过。

台人号泣秦桧歌，九城瑶谍遍网罗。

扛棺摩拳，击鼓三挝。桧避不朝，辞位畏诃。

美使田贝，惊士气则那！索稿传抄，天下星争磨。

呜呼，椎秦不成奈若何！

此诗是战歌，血泪合成。若不亮剑血刃，羞煞七尺男儿。诗中"扛棺摩拳，击鼓三挝"，是指台湾籍的举人抬着棺材，击打着传统的进军鼓由台湾会馆出发，到松筠庵和各省举人集合，然后到都察院呈交《上清帝书》的悲壮场面。扛棺表示了宁死不誓倭；击鼓表示有进无退，血战到底的决心、绝心。

《马关条约》签订之后，清廷派李鸿章之子李经方为"交割台湾"专使。李经方对日方表示："台人对我父子甚有怨怼，登岸恐有不测。"要求在日本军舰上办理割台手续。手续完备后，日本侵略者也就"合法"地举起了屠刀，开启对台湾50年的血腥统治。

日本驻华使馆亦对台湾会馆产生了觊觎之心，台湾同胞为了防止倭人染指会馆，将台湾会馆的产权转移至福建会馆名下，巧妙地保存了自己的会馆。在台湾同胞和全国人民的心中，"会馆犹存于京师"，就是台湾永远不会从祖国分割出去的象征。

寄名于福建会馆名下的台湾会馆，一直是旅京台胞的谋求"抗倭兴复"之所。台湾地区的青年学生誓不接受日本占领军的"同化教育"，纷纷到大陆求学。北京是全国的教育中心，到京就读的台籍学生甚多。台籍学生莅京之后，多下榻台湾会馆，然后以祖籍登记入学。

此举一是避免日本使馆纠缠，给校方造成麻烦；二是台湾同胞的祖籍大多是福建省，口音也与闽南语极为相似。以祖籍为籍贯登记入学，意在表明台湾终有一天会光复。

孙中山先生一生都非常关心台湾，有生之年曾四次莅台。辛亥革命前，同盟会在台湾设立机关，台湾人民对革命进行支援。1924年11月孙中山由广州抱病北上，谋求在京召开国民大会，废除不平等条约。废除《马关条约》，让台湾回归祖国的怀抱，是全台人民、全国人民的夙愿。孙中山先生废除不平等条约的主张更是台湾同胞发自心灵深处的呐喊。

在北大就读的台湾籍学生大多加入了孙中山先生领导的国民党，先生病逝举国震惊，全体台籍学生哀挽：

三百万台湾刚醒同胞，微先生何人领导？
四十年祖国未竟世业，舍我辈其谁分担！

挽联是墨写纸成，腹稿却是泪血合凝。是心声、是豪情、是信念、

十一、会馆

是情志的迸发；是铜鼓、是号角、是吴钩、是铁戈的撞击声。

1945年8月15日，日本宣布无条件投降。旅京台湾同胞在会馆齐聚"喜庆光复"。在"亡省"半个世纪后，台湾会馆终于重立于诸省会馆之林。1986年崇文区房管局向北京市台湾同胞联谊会移交了台湾会馆的房产权，经修建装饰之后，厅室焕然一新，重新成为海内外台籍人士的聚会之所，进一步发挥了会馆的功能。

台湾会馆是试馆，有清一代台籍举人在京喜跃龙门成为进士公者有七人：

黄骧云，道光九年己丑科二甲七十二名。

施琼芳，道光二十五年乙巳科三甲八十四名。

张维垣，同治十年辛未科三甲一百一十八名。

施士洁，光绪二年丙子科三甲二名。

叶题雁，光绪六年庚辰科三甲六十名。

张觐光，光绪六年庚辰科三甲一百零八名。

丘逢甲，光绪十五年己丑科三甲九十六名。

丘逢甲字仙根，台湾苗霖县人。早年是风华正茂的才子，壮年是抗倭志士，晚年以诗励志，志在光复故乡。

光绪十五年（1889）丘逢甲殿试中进士，时年26岁。清代40岁中进士未可言晚，26岁的进士公可谓大器早成，少年得志。但丘逢甲无意于仕途上的进取，热衷于桑梓的建设。

辱国丧权的《马关条约》签订后，丘逢甲奔走于台湾各界人士之间，联名致电清廷痛陈抗倭保台。表示台人宁为玉碎不为瓦全。日军在台湾登陆后，丘逢甲组织义军进行了坚决的抵抗。日军占领台湾全境后，丘逢甲"誓不事倭"，内渡广东以教书为业。

每感时事，则以诗记之。著有《岭云海日楼诗抄》，诗意激昂悲壮，多为复失地雪国耻而作。如"四万万人同声哭，去年今日割台湾"。诗境多深沉凝重，展现出雅志、砺名、砥节的情操，并且蕴含了不可动摇的信念，如"林枫欲老柿将熟，秋在万山深处红"。

辛亥革命爆发之后，丘逢甲感到无限欣慰，对"光复故乡"充满了信心，然而天不假其年，于1912年病逝，年仅四十八岁。

奉天会馆——《大刀进行曲》

山海关以东地区是爱新觉罗氏的龙兴之地，由盛京将军、吉林将军、黑龙江将军分辖。清廷实行新政，于1905年在山海关以东地区建省，盛京将军辖区改为奉天省，吉林将军辖区改为吉林省，黑龙江将军辖区改为黑龙江省。和关内地区统一了行政建置。

增祺籍属京东密云檀营，辛亥革命前曾两度出任盛京将军，和时任统领的张作霖关系非同一般。辛亥革命后张作霖出任了奉天督军、东三省巡阅使，成了东北王。张作霖进京向大总统述职时拜望了增祺，并送了一张十万元的支票。增祺正准备移居天津，到租界中当个"寓公"。投桃报李，把西单旧刑部街的私邸送给了张作霖。张作霖已购得顺承王府为"行馆"，于是把增祺所赠之宅辟为奉天会馆。

东城区观音寺街路北原有一所奉天试馆，始建于1900年，此馆之设系为科举士子所建。1905年清廷废弃科举制度后，试馆即改为东三省公立学堂。奉天会馆兴建于民国初期，当然与科举制度无关，无疑是东北籍的军政人员和所谓的社会贤达、知名人士的招待所、联谊会、俱乐部。

1929年春，东北同乡会将会馆东部的花园和园中的戏台改建为哈尔滨大戏院。做广告时误将哈尔滨写成"哈尔飞"，也就只好将错就错。哈尔滨有"东方小巴黎"之称，从19世纪20年代开始，哈尔滨之风渐吹入北京。哈尔滨一词在北京土语中也就和时髦成了同义语。

1924年的直奉战争中直系战败，奉系势力挥师入关，沿京津线南下，势力到达了长江流域。北京的官场上，奉系军政人员可谓"弹冠相庆"。张作霖于 1927 年自封陆海军大元帅，组建了"安国军政府"走上了事业巅峰。但好景不长，1928 年，张作霖退出北平，途经皇姑屯时被关东军预埋的炸弹炸死，奉系势力退归山海关外。

张学良在沈阳宣布"易帜"，升起了"青天白日满地红"的国旗，中国在形式上实现了统一。1930 年中原大战爆发，张学良宣布"拥护中央"，东北军挥师入关。张学良在北平出任陆海军副总司令，总司令是蒋介石。奉系的势力再度控制了北京。

副总司令的行辕设在"顺承王府"，与奉天会馆很近。哈尔飞大戏院在当时，"硬件"绝对是一流的。舞台上、舞台下的设备、布置均走在北平时尚的前沿，"软件"亦领风骚。摩登女郎、时代女性均以获得一声"真哈尔滨"为荣。

但好景又不长，1931 年九一八事变爆发，东北沦陷。哈尔飞大戏院的舞台上，先是演唱哀婉欲绝的"我的家在松花江上……"后是《义勇军进行曲》《大刀进行曲》……

十二、大婚

男大当婚、女大当嫁系世人所同，但不同的阶层从议婚到完婚的仪式与过程则多异。溯史求之，周代就有《仪礼·士婚礼》，官场之上多沿之承之。官民嫁娶之异，主要在于：民人婚嫁主旨在传宗接代；官人多妻妾，传宗接代不成问题，主旨是政治联姻。

政治联姻

爱新觉罗氏最重政治联姻，在移鼎北京前，即和蒙古诸部通婚。后成为传统，乾隆在避暑山庄万木园办大寿时，环视内外蒙古诸部的首领欣然曰："多系朕的孙儿辈。"

八旗内部满、蒙、汉……诸族互相通婚，但旗、民不通婚。原因是旗人系"少数"，民人是"多数"，怕被同化。直至清末推行新政，才开旗、民通婚之禁。但辛亥革命前，旗、民通婚者不多。其实，旗、民通婚也就是满汉通婚。

溯史究之，满汉早已通婚。以康熙而言，祖母系蒙古族人，母亲是汉族人。乾隆不但注重满蒙通婚，也想搞满汉通婚，旨在和孔圣人嫡裔结亲。但又不想太"公开化"，于是先将公主"过继"给汉人大臣，再嫁入曲阜的衍圣公府。

皇家和孔家结亲，两家都是"天下第一家"。只不过皇家是"政治上"的第一家，孔家是"传统上"的第一家。若两家结亲，可谓门当户对，亦有利于政治上的和谐、民族上的融合。不知何故，"于姑娘"（公主）在孔家生活得并不愉快，成了政治联姻的试验品。

清代宫女不是终身制，二十多岁时就可出宫自行婚嫁。在宫女出宫前，皇上、皇后、太后都好"指婚"，把宫女嫁给御前侍卫。御前侍卫官可至三品，一旦"外放"，就是二品大员的前程。皇上、皇后、太后指婚娶了宫女，也就算是皇家的半个女婿，夫妻都很风光。御前侍卫伟岸；皇家宫女隽秀；皇上、皇后、太后成全，当然是一段佳话。但慈禧改变了佳话，使"指婚"成了宫女们的噩梦。

辽耶律氏萧太后（圣宗母）对众侍卫之妻云："今吾寡矣，汝等亦不宜有夫，皆从先帝于地下。"叫众侍卫之妻陪她一块儿当寡妇，此等心肝，实可谓"最毒莫过妇人心了"。慈禧秉着这种心态，发展了"指婚"。一道懿旨，把宫女嫁给太监。凡是嫁给太监的宫女，均是美貌、能干、乖巧、善解人意的姑娘。

对于慈禧来说，宫女是奴才。主子把奴才作为发泄的对象，在封建社会中也不罕见。慈禧让太监、宫女们称她为"老佛爷"，意在"称佛借寿"。佛门讲慈悲，大慈大悲之人方能悟道，可是"老佛爷"一点佛心都没有，心中充满了怨、恨、愤、妒、仇……凡是她身边的人获得幸福，她就五内俱焚，毒焰要喷射出来，对奴才如此，对公主、格格亦然。

恭亲王奕訢的长女过继给了慈禧，也就成了紫禁城中的大公主。庆亲王的四女儿入宫陪伴慈禧，宫中的人称之为四格格。两位亲王均是大清的铁帽子王，而且是慈禧的近臣、忠臣。公主、格格均由老佛爷指婚。成亲之后小两口皆很恩爱，慈禧得知后以思念为名，把大公主、四格格召回宫中，让驸马爷、郡马爷独守空房。没有多久驸马、郡马皆病故，三个寡妇共守储秀宫，慈禧心里总算平衡了。

进入民国后，官场之中仍盛行政治联姻，最有代表性的是袁世凯和黎元洪。袁世凯是大总统，黎元洪是副总统。袁、黎在瀛台赏雪时，有人想"玉成婚事"。袁世凯立即把稀世银狐脱下来披在黎元洪身上，热情地说："亲家，就这么定了……"

段祺瑞娶袁世凯夫人义女为妻，冯国璋娶袁世凯家的女西宾（家庭女教师）为妻，这两桩婚事均是袁世凯一手安排。但20世纪不同于19世纪，是一个全新的时代。袁世凯的政治联姻，没有发挥作用。黎元洪、段祺瑞、冯国璋均维护自己的利益，以自己的方式、走自己的路。

官场畸婚

袁世凯的一些老部下，和他当面谈到袁克定时称袁克定为"大爷"，谈及袁克文时称之为"二爷"。背后则呼为"曹丕""曹植"。称袁克定为"曹丕"姑且不论，称袁克文为"曹植"则入木三分。

袁克文生于首尔，是袁世凯朝鲜娶的姨太太所生。袁克文生而慧，自幼过目成诵，诗词俱佳，又工于书法，特别善于作对联。袁世凯被载沣开缺回籍养足疾时，隐于洹水之上的养寿园，园中的门楣、对联、中堂大多出自袁克文之手，袁世凯对这个儿子的才华很是赏识。

袁克文的老师是扬州名士方地山，此公十岁中秀才，可称为神童，可是到了志学之年，却无心问鼎科举正途，在天津《大公报》上靠卖文为生。袁世凯任直隶总督时驻节天津，颇欣赏方地山的文采，延为西宾。

袁世凯调任外务部尚书，方地山也随袁家到了北京。袁世凯出资给方地山捐了一个四品京卿。按清廷定制，捐官最高为四品。外官可捐道台，京官可捐五寺少卿，简称为京卿。京卿和督抚可平揖相见，目的是让方地山在官场上能有所作为，助自己一臂之力。

可是方地山并不是官场中的人，无意在仕途上周旋，只知饮酒赋诗，恃才傲物。在南城太平湖畔租了一所小四合院，正房只有三间。纳了一个不缠足的妇女为妾，公然在堂屋楹柱之上刻了一副对联：

捐四品官，无地皮可刮。

赁三间屋，以天足自娱。

从这副对联中可以看出方地山的旷达放纵。袁克文受方地山的影响最大，养成了"名士"之风。二人由师生发展为知音，遂成莫逆之交，后来竟成了儿女亲家。在旧礼教中，师生名分一旦定下，一日为师终身为父，师生之间结为儿女亲家，可谓惊世骇俗。

曹植由于心上人甄氏（袁绍儿媳）为曹丕所得，作了一曲千古绝唱《洛神赋》。袁克文在爱情道路上，比曹植还要不幸。袁克文成婚之前曾有一个恋人，是南京秦淮河上的倩女，两人已海誓山盟。不料袁克文回京向袁世凯"叩安"时，不慎将情人的照片掉了出来，袁世凯追问这是何人？袁克文灵机一动，答道："一个谋差事的候补道为父亲物色的佳人。"原以为袁世凯听罢骂几句胡闹也就完事了，没想到袁世凯却欣然笑纳，收为六姨太。袁克文心中悲痛哀婉之情可想而知，其不幸实是超过了曹植。

满街跑祖宗

从民国元年（1912）到民国十三年（1924），溥仪在神武门里关着门当皇上。在清廷的遗老遗少心目中总存在一种幻想：有朝一日大清能复辟。最初他们把希望寄托在袁世凯身上，认为"袁宫保不是曹操，荡平南方革命党后，会归政于大清"。袁世凯镇压了"二次革命"之后，自己当起了"洪宪皇帝"。天无二日，国无二主。洪宪皇帝登基，宣统皇帝焉能复位？

洪宪梦醒后，清室把希望寄托在张勋、徐世昌两人身上。张勋在"两宫西狩"时护驾有功，后出任过江北提督、署理过两江总督，是个铁杆保皇派，时人称为"辫帅"。徐世昌是翰林出身，官至太傅，乃北洋军头所认可的元老。

张勋复辟，实属一场闹剧，卖小报的都知道："宣统上谕，快买！快买！两个铜子买张古董……"闹剧结束后，张勋逃入天津租界，成了"帝制犯"。他的"辫子军"也都被收编，指望张勋复辟大清，是无望了。

冯国璋任总统，段祺瑞任总理，闹起了"府院之争"。最后两人均"下野"，徐世昌出任民国大总统。徐世昌上任前，绍英等内务府大臣在什刹海会贤堂宴请了"徐太傅"。绍英直言问道："大哥此次出山，有何抱负？"徐世昌举杯道："为幼主摄政而已。"也就是说："要让溥仪复位。"此言一出，遗老、遗少们皆大欢喜，认为"有望"了。

徐世昌是民国唯一的"文人总统"，冯国璋、段祺瑞所以捧"徐太傅"，旨在平息直皖两系即将爆发的冲突。但直皖战争还是爆发了，皖系战败。老于官场的徐大总统暗执"联奉制直"之道，试图在直奉平衡中保持一个尚能控制的政治格局。

后来直奉战争也爆发了，奉系战败退出了山海关，直系控制了北京地区。此时的直系，已不需要利用这个"文人总统"保持平衡。徐世昌也就只能下野，"为幼主摄政"在旗门中所造成的幻想，也"无望了"。

继徐世昌任大总统的是黎元洪，之前黎元洪被张勋赶下台，此时又被直系军人捧上台。黎元洪复位符合法律程序，因此也得到了各方面的

十二、大婚

认可。黎元洪和徐世昌不同，黎元洪是"首义元勋"，但在旗门人的心目中，却是"南方乱党"。

此时溥仪已经到了大婚的年龄，在此以前，清室也有"政治联姻"的希冀，在北洋政府高层物色一个强人。民国的强人之中，也有打溥仪主意的人。但在现实中，这种希冀已经不存在了。

溥仪的后妃，也就在旗门中选择了。但内务府所担心的是，"皇帝"大婚的规矩是否能践行，此时的民国大总统已不是"徐太傅"，而是"南方乱党黎元洪"。……让内务府感到意外的是黎元洪对清室的要求——照准了。

内务府最担心的是大婚的仪仗在市区的通行问题。辛亥革命前，皇帝大婚当然是普天同庆。婚礼的仪仗，令子民沿街跪迎。此时宣统退位不过十年，銮仪卫不仅仪仗犹存，而且班底犹存。在北洋政府的配合下，清室在北京街头风光了一回。此次风光，也是最后的风光。

对于大婚，溥仪在《我的前半生》一书中记述甚详。其中最形象的两句是"一位满族老人说，满街跑祖宗"，"一位汉族老人说，满街都是从棺材中跑出来的人"。辛亥革命后，北京人服饰的变化剧且巨。銮仪卫亮相在民国的大街，显得十分不协调且与北洋政府的军警反差极大。京师警察厅、步军统领衙门不但出动了鼓号队，西洋的军鼓、军号响声震天。而且派出了武装军警开道、断后，前呼后拥。銮仪卫夹在中间，可谓不伦不类。

北京市民沿街围观。一些遗老遗少们从箱底、柜底中翻出了大清的官帽、官服、官靴，拖着假发店刚配好的辫子，在路旁向凤辇行大礼。这些人还互相请大安，口呼"大喜！"欣然曰："皇上大婚后就要亲政，亲政也就是复位……"

北京街头的闹剧，引起了民众的不满。反对优待清室同盟发来宣言，认为张勋复辟，清室已经撕毁了退位条例，北洋政府不应再给予礼遇。一些八旗民众也认为，"宫里有钱办大婚，还不如办点实事，赈济赈济揭不开锅的旗人"。

两年后（1924）冯玉祥发动北京政变，驱逐溥仪出宫。"小朝廷"迁往天津租界，挂起了"清室驻津办事处"的牌子。但从租界的法律来讲，溥仪已是普通国民。淑妃文绣利用这个时机，向租界法庭申诉，要求和溥仪离婚。后经律师从中调停，溥仪用五万元的赡养费，了结了这段婚事。

官民之异

婚礼婚仪上，官人、民人最大之异是官人重送亲、迎亲，民人重"过嫁妆"。原因是官人要显"势"，不能显"富"。民人无"势"可显，只能显"富"。

旧京俚云："今日张家过嫁妆"，也就是说："今天张家要给姑娘送嫁妆。"《燕市积弊》载："凡聘姑娘的主儿，不论大户小户，贫富不算，但有一线之路，都是陪送点嫁妆。""嫁妆多少以抬计算，又分为高台和矮台。"高台置珍贵物品，皆如意、钟表、瓷器、摆设……矮台置生活用品。抬数的多少以家庭的经济状况而定。

六十四抬为全场，三十二抬为半份。殷实的富有人家第一抬是两块瓦，表示给姑娘陪嫁两所房子；第二抬是两块土坯，表示两顷地。女方送嫁妆时有鼓乐仪仗，男方迎嫁妆时也有鼓乐仪仗。两者会合后，街旁围观者称之为"过嫁妆"："过嫁妆"的走了半条街，是男女两家的风光。

官场上不兴"过嫁妆"，怕"露富"，但兴迎亲、送亲。迎亲、送亲是显"势"，亮亮家族中有多少"戴顶子"的。迎亲的均为新郎的兄弟、堂兄弟、表兄弟；送亲的皆是新娘的兄弟、堂兄弟、表兄弟。新娘上喜轿后，迎亲的队伍在前，送亲的队伍在后，在鼓乐声中穿过城区的主要街道。亮相的过程中，显"势"、造"势"，"戴顶子"的跑了整条街，才是宦门风光。

"戴顶子"的当然不能步行，得骑马亮相。清末时官场上皆坐骡车，只有高官显贵的府中才备有马匹。迎亲的、送亲的虽属"戴顶子"的，也未必有私人马匹。此时步军统领衙门即提供一项有偿服务，给大婚之家提供马匹。不但提供马匹，还提供牵马的兵弁。牵马的若是清一色的从九品马弁，迎亲的、送亲的队伍就"牛大发了"，"连牵马的都有顶子"。

清末清廷推行新政，驻防北京的北洋军、禁军、贵胄学堂的学生，均为洋装、洋刀、洋枪、洋马，时人称之为"四洋"。实可谓新潮之中透着威风、威风之中透着新潮。"四洋"很快就出现在迎亲、送亲的队伍中，和"戴顶子的"混杂在一起，成为旧京街头的新景。

未出五服，就属堂兄弟。"一表三千里"，表兄、表弟更是数不过来。所以宦门子弟迎亲、送亲的任务颇为频繁。没有顶子的就捐个顶子，或在新军中挂个名，权充"四洋"。

南礼北礼

旧京婚仪有南礼、北礼之分。所谓的南北，大而言之是南方、北方，小而言之是南城、北城。清代，旗籍人口居内城，非旗籍人口居外城。内城居北、外城居南，内城的旗籍人口均可称之为"北方人"，外城的非旗籍人口大多是"南方人"。旗人把"南方人"称为"蛮子"，清末时"蛮子"这个词既无敌意也无贬义，只是"南方人"的别称，甚至可以说是昵称。

南礼、北礼之分概而论之，南礼"简"北礼"繁"。究其因，南城的"蛮子"多是"客居京城"，北城的八旗人口为二百多年的"老北京"。

旗门人吃粮领饷，故有余暇"讲个礼数"，在各种社会活动中爱"挑礼"。客居京城的人大多"因简就简"，在婚仪上亦然。

进入 20 世纪后，内城的八旗民众日益贫困化，主要原因是清廷财政不支，"只关半饷"。经济上紧迫，婚仪上也就由繁趋简。一些开通的家庭，办喜事时也采用了"南礼"。

南礼由南城老先生主持。南城老先生进入内城主持婚仪，从文化上来讲是新形势下的变迁。这种变迁反映了南方北方、南城北城的一种融合。以旧京官场而论，南方人多于北方人。南方各省在文化上比较发达，在科举上占有优势。正途出身的京官，"多操南音"。湘军、淮军崛起后，凭军功入仕的"读书人"多为安徽、湖南省籍。南方经济发达，捐资为官亦多南人。众多南人定居北京后，在文化上的影响进一步加强。在操办喜事的过程中，南礼的影响也就进一步的扩大。

无论是南礼还是北礼，在操办婚事的过程中都要请"娶亲太太"。娶亲太太得是"全福人"，也就是说四老在堂（四老为公公、婆婆、娘家爹妈），儿女双全，而且丈夫得混得比较体面。于民间来讲，"全福人"并不太难寻。

官场上就不然了，于上层而言"全福人"不但得是"正妻"，还得是"朝廷命妇"。中下层退而求其次，"全福人"的丈夫也得是"正途出身"。清代"熬红了顶也就熬白了头发"。四十多岁中进士跃龙门，"不可谓之老"。丈夫走入仕途，四老不但难全，而且难在。在这种情况下，就产生了"大全福人""小全福人"之说。"大全福人"是四老犹全的朝廷命官之妇，而且儿女双全。"小全福人"不问四老，只求儿女双全。

官场上，谁家的夫人是"大全福人"可真忙不过来了。但忙不过来也要忙，当娶亲太太是积善积德之举。夫人是"大全福人"，无疑助夫、助子，不仅是宅门中的忙人，而且是红人，"到哪都能说上话"。

需要补充的是，官场中的"全福人"得是正妻，姨太太四老在堂、儿女双全也不能算"全福人"。在社交场合正室夫人穿红裙子，姨太太再受宠也只能穿绿裙子。入席时，穿红裙子的太太坐一桌，穿绿裙子的姨太太坐一桌，绝不能混杂。

辛亥革命后，社交场合逐渐不再有红裙子、绿裙子之别。娶亲太太也被"伴娘"所取代。伴娘多是新娘的妹妹、表妹、同学、好友。伴娘在婚仪上亮相，也是在展示自己。伴娘被男家相中是常事，所以宦门小姐不辞当伴娘。特别是步入 20 世纪 20 年代后，婚仪上的伴郎和伴娘结缘，更是佳话中的佳话。

惊世骇俗——翰林娶妻

新文化运动中的"打扫孔家店""打倒孔家店"，所指是集中在孔家店货架上的"吃人的礼教"。礼教中最吃人的是婚姻，故有妇女解放之说。其实早在辛亥革命之前，秋瑾、傅文妫、沈佩贞、唐群英、尹锐志、尹维峻等妇女界人士，就提出了妇女的婚姻问题，并创办过《中国女报》等出版物。

辛亥革命中，组建了几支"女子北伐队"，短发、戎装、步枪，在世人面前亮相。也组织过"女子铁血暗杀团"，由天津租界潜入北京，吓得"八旗旧贵""北洋新贵"杯弓蛇影，谈女色变。

在国民党成立大会上，因党章上未写上"男女平权"等条款，女士们和宋教仁发生了激烈的冲突，几乎要诉诸武力。经孙中山先生多方解释后，女士们方以大局为重，党章才得以进入表决程序。不写上"男女平权"等条款的原因是，党章过于激进不利于在国会中获得多数通过。故宋教仁起草党章时，在许多问题上均退了一步，实际是以退为进的策略。

蔡元培是清末翰林，也是以手枪、炸弹起家的革命党。辛亥革命后出任了教育总长、北京大学校长。辛亥革命前，蔡元培就办过女校、女报。出掌北京大学后，组织了进德会，北大师生入会者甚多，进德会的首条纪律就是不纳妾、不嫖娼。五四运动之后，借强势的"新风"首开大学"女禁"，圆了女生的"北大梦"。

同时期的日本女学生，对中国女生十分羡慕，对蔡元培更是十分敬仰，认为"日本无此人"。蔡元培为妇女的解放，为男女平权办了两件实事。溯源求之，蔡校长在清代就有惊世骇俗之举。

1900 年 6 月，蔡元培夫人王昭病逝。科举时代有"五十少进士"之说，23 岁的翰林公，实系时下的"钻石王老五"。故许多人关心蔡元培的婚事，为之做媒。询所求，则有五项："女子须不缠足者；须识字；男子不娶妾；男子死后，女子可改嫁；夫妻若不合，可离婚。"斯时，不仅皇上在位，而且科举未废，"翰林公"所言实属离经叛道，惊世骇俗。因此，颇受非议，遭到口诛笔伐。蔡元培不言不辩，仍然我行我素。

一年后，有人给蔡元培介绍了江西黄仲玉女士。此女天足，知书识字，工书画，孝顺父母，符合蔡元培的要求。故很快就定婚。举行婚礼那天，蔡家正房出人意料地挂出了大书"孔子"二字的红幛子。蔡元培别出心裁地进行了结婚演说，以之代替"闹洞房"。斥闹洞房为"陋俗"，应废之。

悬挂有"孔子"二字的红幛子，有两说：一是蔡元培自己挂的，意在调侃；二是送幛子的人给挂上的，意在告诫蔡元培勿忘孔子。两说皆通，如果孔子在天有灵，此时一定很尴尬。

胡适是"学人"，也是"高官"，但其婚姻系"遵母命""尽孝道"。胡适学成归国后执北大教席，任英文系、哲学系主任，春风得意。此时，母亲令其"回籍完婚"。这门亲事早定，是个农村的缠足姑娘，显然和洋博士有些难侪、难匹。

胡适在乡间完婚，但婚仪、婚礼贯彻了新、简二字。婚后携夫人江冬秀至京，时人有"小脚太太"之谓。在共同生活中，难免产生不协调，胡适一度南下杭州，要开始新的生活。江冬秀是个女强人，很霸气，声称要带着两个儿子到北大"抹脖子上吊"，胡适知难而退。

在胡公馆中也是太太说了算。1938年，胡适出任驻美大使，江冬秀随行。大才子、大学者，携"小脚夫人"出现在社交场合，时人戏言："胡适大名垂宇宙，夫人小脚也随之。"胡适好饮酒，常喝高了。四十岁生日时，江冬秀送他一枚戒指，上镌"止酒"二字。再遇劝酒时，胡适把手指一抬，说："太太的命令，止酒！"

胡适晚年，创作了一首《新三从四得诗》："太太出门要跟从，太太命令要服从，太太说话要盲从；太太化妆要等得，太太生日要记得，太太打骂要忍得，太太花钱要舍得。"虽系游戏之作，亦反映出大才子和小脚太太"磨砖"已经"对缝"。

由教堂到六国饭店

《辛丑条约》签订后，东交民巷成为国中之国的"使馆区"。东交民巷的设施完全"欧化"，除了公使馆、公使官邸之外，还建起了诸多文化设施、商业设施。如小学、幼儿园、教堂、饭店、影院、咖啡馆、银行、洋行、理发店、照相馆、服装店……墙内开花墙外香，东交民巷的周边地区也开始出现"欧化"的商业区，王府井、东单可为代表。王府井、东单和前门外的传统商业之区别，首在一个新字。新鲜、新奇、新潮，最能接受新字的是青年，所以有"新青年"之说。

西方人举行婚礼多在东交民巷的教堂举行仪式，然后乘敞篷马车或步行到六国饭店进行婚庆活动。无论是乘车还是步行，均引来沿途市民的围观、随观。新娘的白纱裙、新郎的黑色礼服，形成了分明的反差，不仅招眼，而且耀眼。

随着"洋婚"影响的扩大，不仅"教民"穿上了婚纱。一些新时代的年轻人，特别是"新时代的儒冠"（博士、硕士、学士的帽子）也纷纷穿上了婚纱。不同的是新娘穿上了白纱裙，有的新郎还穿传统的大褂、马褂。看来女性比男性更容易接受新事物。20世纪30年代，婚纱在婚礼上已经很流行了。

一位法国传教士，对中国人接受白色婚纱有些不理解。向一位教国学的教授请教这个问题。"中国人以红色为喜庆，婚礼上新娘穿红色衣裙。只有丧礼上，人们才穿白色的寿袍……"教授的回答是："中国传统的吉祥文化中，所有的数字、所有的颜色均系吉祥。以白色而言，雪是白的'瑞雪兆丰年'，'海内同恩泽，天涯一色平'。雪也象征着新生'冬降一天雪，春来百物兴'。"

清末，北京的"八大堂"多承办寿宴、婚宴。进入民国后，官场上的婚宴可以说尽在"八大堂""八大楼""八大居"中举行。发生这种变化的原因是19世纪时，婚宴是男家、女家分办。进入20世纪后，男女两家合办的开始多了起来。合办的地点最佳处就是选择"八大"，在"八大"办事免去了搭棚、砌灶的麻烦，而且风光、体面、热闹。段祺瑞家的老二段宏范结婚时，把东兴楼包下了三天。军政两界人士纷纷前来祝贺，排场之大可谓空前。于造"势"而言，确实起到了作用。

外交界的官员，婚礼大多选择在北京饭店、六国饭店、远东饭店、欧美同学会举行，礼仪、宴会完全"欧化"。教育界的官员，婚礼好在北海画舫斋、中山公园来今西雨轩举行。在公园中举行婚礼，有园林之雅，文化气息更浓。

传统的婚礼中，大执宾主持全过程。进入现代后，大执宾降为司仪。官场上的婚礼，主婚人、证婚人是高官、社会名流。官越大，社会影响越大，婚家造势的影响也就越大。

十二、大婚

集体婚礼

进入 20 世纪 30 年代后，北平市政府每月举办一次集体婚礼。集体婚礼在市政府的礼堂举行。主婚人为市政府的官员，证婚人请社会名流。届时，市政府的乐队演奏西方名曲。参加婚礼者的婚纱、礼服皆"公家为之备"。这些婚纱、礼服都是多次使用的"道具"。婚礼结束后有摄影师负责拍照，但要"按市价付费"。参加集体婚礼的人并不多，主要是小职员、小学教师、大学生。

有位市长心血来潮，亲自来主持集体婚礼。市长主持，排场当然会办大，不但备有茶点，还和参加集体婚礼的人合影。合影后一一握手，还向家长、来宾表示祝贺。市党部的主委、委员也来"凑趣"，还带来了"演出队"。队员均是中小学选拔出的"文艺骨干"，颇有些水平。

记者们蜂拥而至进行采访，第二天纷纷进行了报道。北平的大报、小报均以醒目的位置进行了刊载，引起了各界的关注。报名参加集体婚礼的人骤增，甚至有传言市长要摆席招待双方家长，以示敬老。

但第二集体婚礼的举办令人大失所望，主婚人为市政府的一个秘书，证婚人是内四区党部的副书记长。乐队奏了支短曲后，就草草收场。摄影师的收费标准比市价还高，理由是使用的是美国胶卷。赶来参加子女婚礼的老翁、老妪休说坐席，连一杯热茶都没喝上，暖瓶中的水都是温的，而且不一会儿就被喝光了。

证书与响动

1928 年北平特别市成立了社会局，该局开始进行婚姻登记并颁发结婚证书。可是市民们结婚时大多不去社会局进行登记，领取证书。该局对不进行登记者也不追究。直至 20 世纪 50 年代初，婚姻法进一步落实，结婚登记领取证书的制度才全面实施。

在此以前，男家、女家在婚前也有书面的"婚约""婚书"，但多限于"识文断字"的阶层。对于目不识丁的下层民众来说，结婚就得"闹出点响动"，"让四邻八舍全知道"。"响动"就是"结婚证书"。民间的"响动"甚多，本文专对官场之上的"响动"阐述如下。

官场之上的政治联姻旨在造势，所以"响动"得特别大。清末新军的编制仿照日德，协（旅）、镇（师）皆有鼓号队，也就是军乐队。京师警察厅成立后也建立了一支鼓号队，这支鼓号队的规模很大，有200人之多。北洋政府的各种庆典上，京师警察厅的鼓乐队均是演奏的主力。

高官们家中有喜庆，京师警察厅的鼓号队往往前去助兴。兴也不会白助，自有赏钱。随着《请愿警条例》的实施，商家、民家的喜庆活动也可请京师警察厅的鼓号队前去助兴，但鼓号队助兴系有偿服务，明码标价分文不少。

奉军，直鲁联军控制北京时，街头常常出现畸形的婚庆队伍。山东军阀张宗昌任北京卫戍司令，他的队伍军纪最差，士兵也最"横"、最"土"。原因是张宗昌在扩军的过程中"化匪为兵"。下级军官中许多人是山大王出身，匪气十足。进了北京后急着找媳妇，结婚时又摆起了山大王的"谱"。

"山大王"在北京成亲，可苦了紫房子（婚庆公司）和轿子铺。"钱多钱少得应差"，"给不给钱都得应差"。"山大王"换上军装后就"征夫抓差"，被征、被执的人叫"应差"。紫房子所操办的是新式婚仪，轿子铺所操办的是旧式婚仪。"山大王"也"满不吝"，想怎么办就怎么办。

"山大王"在山里凭枪说话、凭枪办事。进了北京后旧性不改，仍旧凭枪说话、凭枪办事。婚仪的队伍中多是全副武装的士兵，把紫房子和轿子铺的仪仗加在中间。武装士兵动辄上百人，最可笑的是还打着一面门旗，上面写着一个斗大的字，就是新郎官的姓。这原是寨门上的标识，在老北京民众看来，这面门旗和天桥把式手中的幡是"半斤八两，就是一个价"。老北京人讥讽暴发户时常用"五脊六兽——不知怎么作了"，这个时期发展成"娶媳妇打幡——没日子作了"。

婚礼仪仗队伍中的武装士兵军容不整、队列不齐。但都披大红绶带或挂大红花，洋号和唢呐吹得震天响，大鼓和洋鼓擂得天摇地动。花轿中不知是何许新娘，洋马车上端坐着新郎官。新郎官有的穿军装，有的回归"山大王"，头上插上两根雉鸡翎。

十三、大寿

在我国传统中，五十岁以上就可以称为"大寿"。习惯上逢十大办，故有五十大寿、六十大寿、七十大寿……之说。清末民初之时，"人活七十古来稀"，能办八十大寿的人不多。从吉祥数字来说，九为"最"，故有"庆九不庆十"的说法，凡大寿均提前一年办。

旧京俚云："三日为请、两日为叫、当天为提来。"官场中办大寿，官越大的"准备期"越长。具体来说，有两项目的——敛财、造势，但弄不好也会伤财、败势。

清末民初官场上有办大寿的习俗，在台上时固然要大办，下野后也要大办。不办大寿了，也就是没戏了。溯大办之近源，是乾隆、慈禧。爱新觉罗氏的嫡裔常瀛生有云："这两个败家子，办大寿办亡了大清。"

两个败家子——乾隆、慈禧

乾隆办大寿由和珅张罗，户部银库见了底，就大肆卖官，卖官还凑不够数，就让犯了案的贪官交"赎罪银"，并鼓励尚未案发的官员交"议罪银"，三项银子加在一起，凑足了六百万两，乾隆风风光光地办了大寿。

大寿办了，乾隆盛世也差不多走到了尽头。

慈禧最热衷于办大寿，但五十大寿让中法战争给搅了。六十大寿让甲午中日战争给搅了。七十大寿在《辛丑条约》之后，办不起来了。为了办大寿，挪用了海军军费，酿成了甲午之耻。翁同龢"凌昆明湖以易渤海，成万寿山将失辽东"之叹不幸言中。大清连回光返照的余晖也没有了。

慈禧的七十大寿办得很萧条。重修颐和园，有此心无此力。八国联军侵华时，山东巡抚、两江总督（辖安徽、江苏、江西三省）、闽浙总督、两广总督、湖广总督、云贵总督和列强达成了"东南互保"的协议，不参加对八国的军事行动，八国也不进攻参加互保各省的辖区。此举在战时无异于宣布"独立"，但战后慈禧也无力"秋后算账"。

慈禧无力"算账"，封疆大吏们也就不尽力"买账"。久抚湖广的张之洞送了些中西合璧的"洋玩意儿"。拥兵北洋的袁世凯还忠诚，献上万寿无疆金币。但以直隶（今河北省）之财力，所铸之币数量有限。清廷此时正推行新政，遍令各衙门、各学堂放假，以示普天同庆。各衙门、各学堂为了"应对上谕"，皆张灯结彩。名为为太后祝寿，实则公款吃喝、公款唱戏。辜鸿铭诗曰："天子万年，百姓出钱。万寿无疆，百姓遭殃。"

徽班进京，是为了给乾隆祝寿，但乾隆"不认"，徽班也就未能进宫一展风采，可是很快就唱红了北京，终于在咸丰年间进入了紫禁城，得到皇家的认可。慈禧更是戏迷，哪怕因此误国、卖国，也要办大寿、唱大戏。

《辛丑条约》赔款白银4.5亿两，分三十九年还清，加上利息高达九亿多两。慈禧不心痛，明谕"量中华之物力，结友邦之欢心"。促李鸿章赶快在"卖身契"上画押，她好回銮办大寿、唱大戏。

太后七十大寿唱大戏，颐和园的大戏楼当然是名角云集。戏罢，慈禧宣布赏银千两。名角们齐呼："谢太后！"老佛爷挥手道："别谢我，这是皇上赏的，得谢皇上。"此时光绪只能认账，老老实实地替慈禧埋单。以后成为定制，"太后听戏，皇上掏钱"，算是尽孝。

清末民初，对办大寿持反对的观点之一是："给孩子过生日，是盼他快快长大。过二十岁生日，就到了总发之年，成年了，也就不必再过生日。年满五十方可言寿，办大寿是催老，还是催死，真是不好说。大寿还是不办为好。"

旧京有"坎儿年"之说："三十三大拐转；五十五阎王数一数；六十六不死掉块肉；七十三、八十四，阎王不请自己去。"坎儿年的"坎"均有说辞，而且各说不一。只有七十三、八十四两个"坎"的说辞统一，孔子终年七十三岁，孟子终年八十四岁。至圣、亚圣都过不去的"坎"，而况常人乎？

旧京亦有本命年之说。十二生肖，六十年一个花甲子。六十年中，人得过五个本命年。本命年就"犯太岁"，就是"坎"。为了过"坎"，就提前一年"作寿"，以示"坎年已过"。当官的比老百姓更怕死，所以逢坎儿年也要办大寿。

大小官员办寿，都要通过各种渠道"公示"。公示的目的不外是"敛财""造势"。中小官员多在"敛财"、高官旨在"造势"。敛财之道最简而易行的是"凑份子"。军官办大寿"公示"出来后则层层摊派，按职务、按军衔出"寿银"，最后摊派到士兵身上。文官办大寿，层层摊派后，也是由小民"埋单"。在层层摊派的过程中还要"加码"，也就是层层扣下一笔"寿银"。

上司办大寿，正是下属巴结的好时机。暗中送上大礼，当然会"笑纳"。"笑纳"后对所求自然"照准"。但也有例外，段祺瑞对"明钱"一律笑纳。投资正丰煤矿，修建吉兆胡同公馆，北洋武备学堂的学生均给段祺瑞"捐款"。对暗中送来的支票，则曰："送财务司登账，告诉他以后有钱多送点。"拍马屁拍到了马蹄子上，原因很简单，"我收了你这点小钱有什么用，要送就来个大数。想用小钱来办事，真把我段某人看小了。"

袁世凯办大寿——自揽寿堂

袁世凯办过五十大寿，以后每到生日只在居仁堂和家人"吃顿面"，从不借做寿敛财。

袁世凯不敛钱的原因很简单，因为他要当皇上。当了皇上就"以天下奉一人"，而且还要把天下传给子孙。窃国大盗当然不在乎小钱，更不会收小钱。所以新疆督军杨增新对不贪污的官员最不放心，认为"西出阳关无好人"，到新疆来的人就是为发财来的，不贪污就是其志非小，要打他的"主意"。

清末庆亲王奕劻是首席军机大臣，新政推行过程中又出任了内阁总理大臣，时人称之为"皇族内阁"。庆亲王系巨蛀、巨贪，每年都要"办大寿"，为的是敛财。袁世凯年年送上寿礼，都是货真价实的寿银。满朝的文武官员，对庆王爷的大寿，都要表示表示。那桐为了自保，更得表示表示。百思之后，心生一计，不送寿银，也不送寿礼，送上"大戏"。

那桐召集京城梨园界的"大腕儿"在庆王府的大戏楼开戏。压轴的大戏由京戏魁首谭鑫培唱，没想到的是这次谭鑫培犯起了"杠头"，眼看就该唱大轴了，就是迟迟不肯起驾。急得那桐双膝跪地"促驾"。这一跪可把谭鑫培吓坏了，爬起来就跑。从此以后，谭鑫培也就升级为"谭贝勒"了，意在说，谭老板有贝勒爷的范儿。

武昌起义爆发后，袁世凯取代了奕劻成为总理大臣，掌握了清廷的实权。满族权贵们组织了所谓的宗社党，试图"内诛权奸，外平乱党"。这群庸官权贵，实际上什么也干不了，其中有些人还暗通袁世凯，载涛就是其中之一。故宫博物院清理养心殿时，发现了溥仪手画的《九九消寒图》，对载涛颇有微词，认为这个皇叔收了袁世凯的银子，出卖了大清。

革命军和北洋军在京汉线、津浦线上打得炮火连天。袁世凯却在京城之中办起了五十大寿。此举原因有二，首先是对外表示"我袁某人有孔明安居平五路的气概"。其次向宗社党表示，"没把尔等放在心上"。

办大寿当然要唱大戏，最戏剧性的是"戏中有戏"。锣鼓声中突然山西巡抚陆钟琦的儿子闯进寿堂，号啕大哭，绘声绘色地报告了革命党在太原起事，血洗省城，对旗营的人不留活口……攻进巡抚衙门后屠他全家……袁世凯听罢，愤然色变，对载涛曰："此仇不报，实无天理。禁军当星夜出发，兵出娘子关夺回太原……"载涛此时吓得面无人色，结结巴巴地说："再议！再议！"袁世凯道："兵贵神速，毋庸再议……"

这出"戏中戏"，完全系袁世凯所导演，报丧的陆公子是位演员。报丧的人闯进总理大臣的寿堂，实系咄咄怪事，也是不可能的事。袁世凯意在吓破庸官朽贵们的胆。其实，太原起义前陆公子由日本归国省亲。陆公子早已参加了同盟会，省亲的目的是劝其父宣布"独立"。没想到的是新军突然起义，攻入抚台衙门，陆钟琦夫妻及两个儿子均在二堂被击毙。

首义的官兵只有两个连，振臂一呼全城响应即光复了太原。公推新军标统（团长）阎锡山为督都，阎锡山毕业于日本士官学校，在时人眼里也就等同于革命党。起义后全城秩序井然，陆氏一家由候补知县施金墨买棺收殓，停灵于抚台衙门二堂。袁世凯导演的戏中戏，把起义的过程描写得异常血腥、恐怖，完全达到了吓破朽贵们"官胆"的目的。

无论是民俗还是官俗，均忌办大寿、唱大戏时有人"搅寿"，袁世凯却反其道行之，利用"搅寿"达到了目的。袁不怕"搅寿"和他"信天命不信鬼神"的世界观有一定联系。

十三、大寿

227

形形色色的大寿——因官而异

徐世昌是翰林出身，乃民国唯一的"文人总统"。徐为人低调，不公开办大寿，只在居仁堂"小办"，北洋高官和前清遗老纷纷前来祝寿。祝寿之礼多为文玩、墨宝，时文谓之"干赂"。徐大总统所希冀的是当代的大学者前来祝寿，这些人只要送上祝寿的墨宝，无疑会使居仁堂蓬荜生辉。可是这些大学者偏偏不来，不买"文人大总统"的账。

文人大总统"办寿"难聚"文人"，这不由得令人想到和珅。真实的和珅有别于电视剧中的和珅，不仅相貌堂堂而且腹中颇有些学问，书法亦佳。高官们争先恐后地巴结和珅，穷儒们却不买这位"权相"的账。和珅办大寿，最希望翰林公前来捧场，可是全体翰林约定，是日齐集报国寺，凡不到者即被认为是去给和珅拜寿了。

和珅办大寿当然是锣鼓喧天，门庭若市。不但高官云集，皇亲国戚们亦趋其门。可是"七品官耳"的翰林无一至者，和珅甚憾。直到宴罢、戏散，才有位翰林前来。于是相爷亲迎，执手甚欢。这位翰林想走和珅的门路，但又怕"犯众怒"。于是托故早离报国寺，赶到和府拜寿。但没有不透风的墙，从此以后，该翰林无颜立足士林矣。

直皖战争中皖系战败，段祺瑞寓居天津租界当中。可是仍然掌控皖系各省督军，试图东山再起。这位前总理、总长的大寿办得异常"排场"，文武高官纷纷前来祝寿，时人谓之"督军团再现"。第一次闹督军团是推张勋为"盟主"，张勋组织举行了第二次徐州会议，率"辫子军"进京逼走了黎元洪，闹了一出大清复辟的闹剧。其实，这一切均由段祺瑞在背后"掌握"，张勋这个"大老粗"还蒙在鼓里。

段祺瑞在租界中办大寿系"造势"，更直白地讲是制造"声势"。皖系督军当然要前来助威，一些处于"中间地带"的督军前来捧场，甚至直系的督军也参与其中。参与的形式是多样的，有的派代表出席，这些代表多为"北洋老人"，和直皖两系的关系均很深；有的派出子侄前往，动以旧情大谈"小站练兵，本出一家，何有直皖之分"。总之，这次大寿办得很成功，为段祺瑞东山再起壮了声势，起到了推波助澜的作用。

蒋介石办大寿——献机

溥儒是恭亲王奕䜣之孙，手中有不少国宝。张伯驹怕国宝流失海外，尤其是《平复帖》，表示愿以五万大洋收藏。溥儒直言道："时下我不缺钱用，若相让得二十万大洋。"可是没过几个月，溥儒却找上门来，表示"等钱用，愿以五万相让"。张伯驹答复是："愿以四万元收藏。"此时"溥二爷"只能认头，于是成交。

溥儒由不缺钱到等钱用，原因是要为其母办大寿。此时的"溥二爷"，已不是贝勒爷。四万大洋在 20 世纪 30 年代是天文数字，办天价的大寿意在如何？敛财？自然无人送大礼；造势？时已逝势难返。尽孝也就是表示"存在"。

清室退位诏书中，承认了王公府邸是私产。民国政府亦承认，并发给了地契、房契。在此以前王公府邸归皇家所有，由内务府管理。也就是说王公们对府邸只有使用权，无产权。有了产权后，当然就可以出售。从 1913 年开始王公们就开始卖房，20 年代中期以后，诸府卖得也就差不多了。卖的最晚的是摄政王府，1950 年才易主。

溥伟、溥儒分家时，溥儒分得了恭亲王府的后花园，也就是时下的大观园。几经抵押，大观园归于辅仁大学。但溥儒保留了东部的一部分，仍居住在园中。虽今非昔比，但"溥二爷"的公馆还能撑得起门面，有地盘办大寿、唱大戏。

20 世纪 30 年代，"溥二爷"还是北平名流、名人，办大寿、唱大戏当然有人来捧场。这场寿办得响动之大，闹得四九城皆知。虽然造势不小，可是寿礼没收多少。聚了一群旧雨新雨，混吃混喝，宴罢、戏罢，求墨宝而去。"溥二爷"花光了四万块大洋，仍然只是"溥二爷"。

《何梅协定》之后，中央军、东北军退出河北、察哈尔（今张家口地区）两省和北平、天津两市。宋哲元以第 29 军军长、北平绥靖公署主任、冀察政务委员会委员长的身份，独撑危局。

第 29 军在长城抗战的过程中打得出色。喜峰口一战，让大刀队扬名四海，壮了军威，长了国人的志气。七七事变前，宋哲元的指导思想是"保持现状"。第 29 军原是冯玉祥的西北军，既无地盘又无靠山，是"没爹没娘的孩"。此时据有了冀察两省，平津两市，得到了发展的机会。兵员扩大到十万，武器也有所更新。"保持现状"首先得顶住日军的压力，保住冀察两省、平津两市。其指导方针是抗战不求战。

日军对宋哲元的方针是保持军事压力，将冀东防共自治政府扩大为"冀察防共自治政府"，兵不血刃地继"伪满洲国"之后再造一个"伪华北国"。在施压的过程中又千方百计地通过各种渠道拉宋哲元下水当汉奸。

宋哲元给母亲办大寿，东交民巷日本兵营的军头乘机前来祝寿，并送上寿礼。寿礼系"日本货"，声称是天皇的御用之物。宋老太太深明大义毅然拒收，拒收的情节有三种说法：一是老太太当场把瓷瓶给摔了，说："留着它我怕进不了祖坟。"二是老太太端坐不动，不伸手受礼，日酋下不了台，只好对侍从在老太太身边的人说："老夫人年高，就代收吧。"三是令女仆传话："老夫人年高，不见外客。"日酋定要女仆收下寿礼，女仆只好"暂收"。后两种说法均是日酋强行把寿礼留下了，宋老太太一怒之下把寿瓶给摔了。三种说法的具体情节略有不同，但都是宋老太太拒收或者摔瓶，此举可称为义举，故民间广为流传。

旧京坊间还有传说，宋家有个仆人比猴还精，赶紧跑来打扫寿堂，把碎片收拾走了。暗中悄悄送到琉璃厂，想卖个好价钱。没想到的是伙计看了之后，认定是地摊货。这个仆人说什么也不走，非要老掌柜过过目，掌掌眼。掌柜的只好看了看，然后笑着说："您还是拿走到日本洋行卖个好价钱吧，小店资薄收不起。"这个仆人还是不死心，说："您多少给点就行。"掌柜的也急了，说："摊货值几个大枣！摔碎了还能有价？"

最后一个小故事，出自老北京胡同口的小茶馆。茶客们若嫌某人老蹭吃蹭喝，则戏之曰："您是属鼠的，太太是属牛的，二太太是属大象的，喂不起了。"此典故出自单口相声《寿礼》，说一个县太爷是属鼠的，办大寿时全县"合资"铸了一只金鼠为寿礼。县太爷收下后很高兴，传下话来说："再过三个月，我太太也要办寿，她是属牛的。"此言一出，把全县的人都吓坏了，挖地三尺，也铸不出个金牛呀。再说了，县太爷还有二太太，二太太一定是属大象的。

这个故事反映了官场上的现实，大小官员借着办大寿敛财。层层摊派，最后还是落在民众身上。闹得下层不堪其扰，也就产生了相声段子《寿礼》。茶馆中的侃爷将其移植，用之嘲讽蹭吃蹭喝的人。

十四、大殡

国人有厚葬的传统，"视死如视生""事死如事生"。清末民初之际，厚葬之俗转化为大殡。究其因，厚葬无人知晓，而且政局动荡盗墓盛行。厚葬之举往往遗祸先人，不如大殡让先人走得风光。死人走得风光，生人也就活得风光，所以出大殡成为时尚。

官场中更重出大殡，出殡前亲朋故旧皆要前来吊唁、送葬。于政坛之士而言是亮相也是较量。春秋大义"不伐丧"，传统之说不拒丧、不闹丧；市井之人亦有拒婚不拒丧，闹婚不闹丧之说。此说有两意：一是一死百了，不与死人计较，不与死人斗气；二是不与死人再结怨，天大的事去找活人说。

人死之后都要停灵，官场之上停灵最少七天，多的四十九天。在停灵的过程中请僧、道超度逝者，也供世人吊唁。停灵的过程，也就是办理后事的过程。诸事毕，死者入土为安，停灵一般停在本宅正房。也有的停于寺庙之中，原因是诸事难毕，只能待葬。

由本宅或寺庙之中起灵到墓地安葬叫出殡，也就是生者送死者最后一程。起灵前要大祭，前往墓地的过程中也要路祭。大祭是亲朋、故旧、同人、同僚，路祭多是被其德感动的民众。路祭之人越多，越能造势，以示逝者生前泽被万民、功德无量。

政坛人物出大殡的过程，也是示威、示和的过程，造成声势是向敌对势力、异己势力示威。敌对势力、异己势力前来吊唁、送葬是示和。可是官场如戏场，大小军阀、官僚政客都会逢场作戏，假戏真唱。示威是实，示和可就难说了。虚中有实，实中有虚，虚实之间变化无常。

忠臣难葬——世增出殡

1911 年农历九月初九重阳节，云南新军起义。占领了昆明后，公推蔡锷为都督。云南布政使世增在私邸自缢，世增曾任清廷的驻法大使，在时人心目中属于"新派人物"。蔡锷"以兵围之于宅中，力劝世增从义"。世增殉清的过程《末代镖师》一书中有载，现转述之。

这天刚到东河沿，就见一队禁军向东车站开去，奇怪的是臂上都戴着黑纱。这队禁军刚过去，又来了一队巡警，警服是一身黑，可是胸前都戴着一朵白花，也向东车站开去。信德不由得一愣，军警戴孝，准是出了什么大事，于是也就奔了东车站，想弄个明白。

到了车站门口，信德一惊，一个用松枝搭成的素牌楼有两丈多高，上面挂满了白花。横悬"浩气长存"的金匾，上首是"忠烈可风"，下首是"志士何侍"的竖联。

禁军、巡警分列两旁，洋乐队鼓号长鸣。信德跟站上的人一打听，说是接灵，云南藩台世大人殉国了，灵柩由云南运了回来。朝廷要举行国丧，以慰忠魂，以树楷模……

正说着，接灵的礼炮响了，禁军行举枪礼，巡警行举手礼。黑漆棺木在护灵队的拱卫下，缓缓而出。棺两边是各部、院、寺的接灵官员，棺后是号啕大哭的女眷。棺下首是一个扶灵的军官，穿着标统制服。这个标统正是礼德。

灵柩从牌楼下经过就上了灵车，送灵的、接灵的、护灵的各自上车、上马，驰向嘉兴寺停灵。巡警断绝了交通，沿途布满了步军统领衙门的巡兵。灵车经过时军警都举枪、举手敬礼。

此时载沣犹居摄政王之位，对这位殉清的忠臣当然要国葬。目的是"以慰忠魂，以树楷模"。但世增的灵柩停到嘉兴寺后，就没有下文了。原因是"载沣退归藩邸"，下野了。袁世凯出任了内阁总理大臣，袁世凯正在和南京临时政府进行"议合"，试图利用革命形势逼迫宣统退位，进而窃取辛亥革命的果实。在这种情况下，当然不会对世增进行国葬。

但戏剧性发生了，袁世凯的"议合"并不顺利，需要利用清廷的力量给南京方面施加压力，迫使孙中山辞去临时大总统，由他继任。

礼德的呈文刚送上去，袁世凯就批了"隆重国葬"四个字。并以隆裕皇太后的名义，颁发诰命，册封遗孀为一品夫人。礼德又穿上了标统的"行头"，再次演出了一场扶棺之戏。

这出戏演得更邪，从嘉兴寺起灵时鸣放礼炮，灵车前是三镇的一营马队，车侧是内城总厅的武装巡警护灵，灵车后有一营步军统领衙门的巡兵殿后。一路之上，中西鼓号吹打震耳。送葬的车马拉了一条街，各衙门的堂官差不多都到齐了。

国葬的大队出了西直门白石桥，过了白石桥后，开道的、护灵的、送葬的把灵车一扔，四散而回。就剩下礼德和快马杨三，跟在灵车后面到了万安村，把世增的棺木草草掩埋了。由于时间太紧，碑都没来得及刻。

一品夫人抱着诰命哭得死去活来。不知怎么回事儿，烧纸时世太太把诰命扔到了火里。望着燃烧诰命升起的青烟，礼德把标统的翎顶大帽也扔到了火里。

"快马杨三"笑了，说："我头上是没这玩意儿，要是有，也就一道烧了，免得戴在头上沉甸甸的，我可不想让这玩意儿把我压死。"

世增夫人杨氏家是皇商，时人称之为"宫灯杨"。其弟"快马杨三"是跑车走马的"第一玩主儿"，清末时乃京城知名人物。世增无子，一女远嫁海外。20世纪50年代中期，杨氏无任何生活来源，区政府将其送至清河养老院以终天年。有人前往采访，杨氏口述了在法国、云南等地的经历。礼德是世增护院镖师，跟随世增到云南后初任管带（营长）、后任标统（团长）。

"东车站接灵""嘉兴寺出殡"的故事在老北京市民中流传甚广。采访者重点询问之，记之甚详。当时所记未能成书出版，"文革"中书稿不存，惜哉。

袁世凯出殡——半躬起灵

黎元洪是所谓的"首义元勋"，他所掌控的地区系九省道衢的湖北省。武汉三镇不仅是交通枢纽，而且经济文化均很发达。有全国最大的钢铁联合企业汉阳钢铁厂，全国最大的兵工厂——汉阳兵工厂。"汉阳造"系中国陆军的制式武器，有"凭此枪何敌不御"之赞。

正因如此，袁世凯和国民党都尽力和黎元洪保持良好关系。国会选举黎元洪为副总统，黎元洪通电"遥领"。袁世凯立即亲书"中华民国副总统府"的横匾令总统府武官长送往武昌。

按照民国官制，总统系陆海军大元帅。袁世凯任命黎元洪为参谋总长。参谋部位列陆军部、海军部之前，参谋总长也就是"首席军人"。黎元洪亦通电遥领，袁世凯则令参谋次长前往武昌"述职"。

孙中山"二次革命"兴兵讨袁，黎元洪按兵不动。之后，袁世凯对黎元洪不再客气，令陆军总长段祺瑞乘军舰溯长江而上，"接"黎副总统到京"理事"。此时黎元洪孤掌难鸣，只好"就范"进京。

黎元洪进京后很受袁世凯"礼遇"，并结为儿女亲家。洪宪帝制，袁世凯封黎元洪为"五义亲王"，黎坚决拒绝，并殴打了册封专使江朝宗。黎在北京所能掌控的"武装力量"，也就是由湖北带来的一个加强连，只有 200 余人。

蔡锷在云南举起了护国讨袁的义旗，得到了全国的响应。袁世凯见势不妙，只好宣布取消帝制。但各省护国军不承认袁世凯仍系"民国大总统"，在四面楚歌中，袁世凯急火攻心，不治身亡。

袁世凯死后停灵于中南海勤政殿，此时有传言，段祺瑞要兵围总统府发动政变。袁世凯之子袁克定、袁克文拜访段祺瑞探听虚实。段即把妻儿送进总统府为袁守灵，袁家人才解除了这场虚惊。

此时的段祺瑞凭军事实力控制着北京地区，黎元洪系国会选举产生的副总统，按照民国法制，应由黎元洪继任总统。经北洋军政集团高层多次协商后，决定让黎元洪出任总统。因为黎有"合法性"，黎出任总统后南方各省的护国军也就没有理由再进行北伐。

黎元洪出任总统后，即宣布恢复被袁世凯非法解散的国会，恢复南京临时政府颁布的《临时约法》。时人称之为"法统重光"，南方各省也就通电取消了"独立"。整体大环境上，对黎元洪还是有利的。南方各省为了防止"北洋军南下"，多对黎元洪采取支持的态度。

北京政府为袁世凯治丧，下令停止娱乐七天。北大教授辜鸿铭请了戏班子在家中唱大戏。警察前来干涉，辜照唱不误，说："袁世凯死了，与我何干。再说这戏是朋友送的，为我祝寿，不唱失了朋友的面子。"警察追问："哪位朋友？"辜答曰："黎元洪，不信你问他去。"

袁世凯的灵柩不可能久停勤政殿，只能归葬原籍。移灵时黎元洪以"半躬之礼"，送走了这位儿女亲家。移灵的队伍出了新华门后直奔前门东车站，军警前呼后拥，鼓乐齐鸣。北京市民没有路祭，送灵的队伍只限于北洋军政集团的高官。

袁世凯归葬原籍，但陵寝未备。直到徐世昌出任大总统时，袁世凯才得以下葬。袁克定要用"陵"字，徐世昌改为"林"字。对袁克定说："两字古时同意。"袁世凯下葬时，北洋军政集团的高官大多未"亲临"。

此时，北洋系已分裂为直皖两系，并爆发了直皖战争。袁克定指望的"陵前大聚"，高官们都不感兴趣了。

"京城守护神"——姜桂题出殡

姜桂题由热河都统调任陆军检阅使后，所部驻防南苑。姜部在北洋军阀中实力不算大，可是姜大帅资格老，算得上是军界前辈。故以元戎、宿将自许，北洋诸帅对姜也表示尊重。每有大聚，要推姜帅坐首桌、首席。

姜桂题病逝于南苑住所，出殡之时灵车由永定门进城，西直门出城，穿过北京城区。仪仗队由一营骑兵开道，十二名掌旗官手执帅旗，上绣斗大的"姜"字，分列灵车两旁，与步兵一起拥护着灵柩缓缓前行。殿后的是由八门山炮组成的炮队，以马、步、炮的战车序列组成仪仗队，真可谓军威显赫。

北京城区的主要路口，均举行了路祭。参与祭礼者大多是绅、商两界人士。绅界以清朝的遗老、遗少为代表，商界多是京城老字号的掌柜。祭词、挽联尽是歌功颂德之语，更有甚者，直呼姜桂题为"京城守护神"。姜氏实没有什么作为，但在北京有个好人缘，许多人念念不忘他平息"三镇变兵"之功。

"三镇兵变"是袁世凯一手策划和导演的，目的达到之后，就收场了。但一些失联的散兵还继续在城区抢劫，袁世凯令姜桂题办理"兵变后诸事"。姜派出执法队手持大令巡街，杀了几个不长眼的"变兵"，北京城区的秩序也就得到了恢复。

由于"兵变"是有计划的，所以"变兵"对洋人和民国新贵秋毫不犯。主要洗劫对象是商家，清廷的遗老也受了不少的惊吓和骚扰。这些人不明"兵变"的真相，认为姜桂题的大令有回天之力，所以誉其为"京城守护神"。

民国初年的一次酒宴席上，姜桂题谈起了自己对北京的又一大"功德"。1900 年义和团和董福祥部围攻东交民巷使馆区时，姜桂题部也驻扎在北京。一天，姜桂题遇到董部的一个统领，于是问道："一个小小东交民巷，怎么两个月还没有打下来。要是由我打，早把东交民巷给轰平了。"这位统领回答说："你可别冒傻气，要真打，十个东交民巷也不经我一打，打下来怎么办？"

没过几天，姜部奉直隶总督荣禄之命，炮击东交民巷助战。姜桂题指挥炮兵进入阵地，各炮就位后亲自禀报荣禄，请示何时开炮。荣禄慢吞吞地吐出了两个字"打吧"。姜桂题说："请大帅给标下下一个手令。"荣禄摇了摇头。姜桂题直言道："没手令标下不敢打。"荣禄笑了："炮声一响，宫里就听见了。"

姜桂题心领神会。返回炮兵阵地后，命令各炮调高标尺，把炮弹打到前门至崇文门间的护城河里。但炮技欠佳，有几发落到了东河沿的商号里，一些唯利是图的商人正在定大计，试图囤积居奇，大发国难财。不料炮弹从天而降，与会者四散而逃。

姜桂题认为自己的功德在于"我要是把东交民巷轰平了，八国联军非把北京城轰平了不可。这几发炮弹也长眼睛，歪打正着落到了商号房上，这是北京的造化，全城人的福分。"

三等警士的国葬

徐世昌任总统，吴炳湘任警察总监时，有一个三等警士因公殉职。在政局动荡的民国初期，这本是一件小事中的小事。可是其母上书徐世昌、吴炳湘，要求国葬。理由是因公殉职就是殉国，理应国葬。

徐世昌批曰："厚抚。"并拨款两千银圆为费用。吴炳湘将两千银圆全部作为抚恤金，派专人转交三等警的母亲，并组织了一个声势浩大的出殡仪式，老北京市民称之为"国葬"。

两千银圆在当时（1918—1920）可买一座两进的四合院，若存入中国银行、交通银行吃利息，"庶几小康"。若存入银号，"庶几丰衣足食"。

京师警察厅有一个颇具规模的军乐队，实谓京城第一。出殡之时乐队全员出动，骑警、步警前呼后拥。所有送葬的警察均戴黑纱臂章或胸前挂朵小白花。

对于因公殉职的三等警士给予如此高的礼遇，在民国时期实属空前绝后。究其因，徐世昌想收人心，让北京警察为他所用。北京警察始建于1900年，在清廷推行新政的过程中得到迅速的发展。警察配有汉阳造步枪、巩县造左轮手枪，是一支准武装力量。

吴炳湘出任警察总监时，从山东带来了一支五千余人的警察部队。有八营步兵两营骑兵，系一个旅级编制。"小站练兵"时，吴炳湘掌直隶执法营务处，和袁世凯徐世昌关系颇近。袁世凯为了加强对北京的控制，对京师警察厅拨款甚丰。北京的警察部队增添了装甲汽车队、汽车队、三轮摩托车队，这些装备在正规陆军中都是少见的。

徐世昌是文人总统，手中没有兵，就想拉拢北京警察作为自己的武装力量，所以厚抚这个因公殉职的三等警。吴炳湘也是个明白人，利用这个时机不但可以扩大北京警察的影响，还可以进一步获得部下的拥戴，所以搞了一个大出殡。

但好景不长，1920年直皖战争爆发。由于吴炳湘是皖系的中坚分子，所以被列入"十大祸首"。北京警察的武器装备大多被直军"缴收"，只留下了警棍防身，老百姓称警棍为"哭丧棒"。时人讥之曰："小巡警一身青，不怕别人怕大兵。"后经徐世昌从中调停，直军虽然发还了部分枪械，但仅够分驻所的巡街时装装门面。

旧京警察十分怀念"吴炳湘时代"，认为"吴总监就是牛，身兼京津保军警稽查总长，大小丘八谁敢在北京闹事。闹事的碰上稽查队，不服管，敢犯横，先下他的枪，然后送执法处，到了执法处，那可就没好果子吃了……"

老警察们更好说"三级警士国丧"这段往事，认为"吴总监就是厚道……"。殊不知徐大总统的用心。其实，三级警士也未真正享受国葬的礼遇，警察们好这么说，老北京市民也就跟着说。出殡时不但没有高官送葬，吴炳湘本人也未前往，只是举行了一个"响动"特别大的游行，扩大了影响，收买了"警心"。

孙中山移灵

1924年11月孙中山由广州抱病北上，谋求在北京召开国民大会，废除不平等条约。

1925年3月11日孙中山病逝于北京，终年五十九岁。

3月19日，孙中山移殡，中央公园社稷坛举行公祭，北京市民先后前往致奠多达七十万人次。4月2日孙中山移厝西山碧云寺，三十万人送至西直门，万人送至碧云寺。沿途有多处举行了路祭，声势浩大。

孙中山病逝后，"北京政府"要为之举行"国丧"。"广州政府"表示拒绝，原因是他们对段祺瑞的"临时总执政"不予承认。

由于"广州政府"对"北京政府"不予承认，孙中山莅京时的仪仗部队、警卫部队的职责均由北大学生军代劳。孙中山逝世后，守灵的仪仗兵、护卫的警卫兵，也是北大学生军。

孙中山病逝后的停灵、祭奠、移灵，无疑是在向段祺瑞执政府示威。

南京中山陵建成之后，国民党举行了奉安大典，主要的活动在南京举行。在北平的仪式系由碧云寺起灵，经西直门入城出正阳门，由东车站上奉安专列，到南京紫金山安葬。

此时，国民党在形式上已经统一了全国，奉安大典在于显示"承国父正统大业，遵三民主义精神，行五权宪法政楷"。于蒋介石而言，意在党内显示自己的正统身份。

在碧云寺起灵时，举行了规模甚大、声势甚大的仪式，南京的奉安委员会派出专使迎灵，北平军政长官齐集碧云寺送灵、护灵，各界人士纷纷参加送灵的队伍。北大学生军再次全员出动，进行护灵、送灵。由碧云寺起灵后，沿途不断有人加入送灵的队伍，送灵的车马长达数里。进入西直门后，路旁站满了前来送灵的市民，主要街口均举行了路祭。

1925 年初孙中山病逝于北京，"社稷坛停灵""碧云寺暂厝"均由国共两党共同组织，有深厚的社会基础。据当时报纸估算，有七十万民众参加了吊唁、公祭、护灵、送灵的活动，超过了北京人口的一半。反映了民众对段祺瑞召开的善后会议的不满，对孙中山力主召开的国民大会的渴望。两者最对立的是善后会议承认不平等条约，国民大会旨在废除不平等条约。

国人之叹——段祺瑞归葬北平

在北洋军阀史上，段祺瑞是个影响甚大的人。誉之者为他评功摆好，称其有"三造共和"之功。一造共和是领衔发出通电，迫宣统退位；二造共和是抵制袁世凯洪宪称帝；三造共和是组织讨逆军，驱逐张勋，恢复了共和体制。

段祺瑞力主对德宣战，如果中国不对德宣战，也就没有资格参加巴黎和会，更不可能拒绝在巴黎协定上签字，日本将顺利地攫取德国在山东的权益。

三造共和姑且不论，力主对德宣战确实是明智之举。段祺瑞早年留德，攻习炮兵。时人皆以为段"亲德"，段的副手（陆军部次长、国务秘书长）徐树铮亦竭力反对德宣战。段对徐言听计从，唯独在对德宣战问题上斥徐"无知"，力排众议毅然对德宣战，使中国成了战胜国。

段祺瑞被钉在历史耻辱柱上的罪行是 1926 年 3 月 18 日对手无寸铁的学生开枪，致 47 人死亡，二百余人受伤，制造了震惊中外的三一八惨案。惨案发生后举国上下一致声讨，冯玉祥部国民军对段祺瑞断然采取行动，段逃入东交民巷，宣布下野后避居天津租界。

九一八事变后日军进逼长城沿线，中国军队在喜峰口、古北口重创来犯的日军。但在"攘外必先安内"的政策下，以签订《何梅协定》而告终。协定签订后，中央军、东北军撤出平、津、冀，冀东划为中国军队不能驻防的非军事区。汉奸殷汝耕在距北平朝阳门四十里的通州，成立了冀东防共自治政府，降下了青天白日旗，宣布独立。

此时，平津地区日谍活跃，汉奸猖獗。溥仪潜出天津租界，前往东北叛国投敌，当了"康德皇帝"。天津租界内的北洋遗老，成了日谍"策反"的对象。不但具有社会影响，在军政两界还存在着一定基础的段祺瑞，自然成了日谍策反的首选。

1933 年段祺瑞移居上海，蒋介石曾就读于北洋武备学堂（保定军校前身），为了稳住段祺瑞，蒋介石进行了"认师"，信中称段为"夫子大人"，自称学生。经济上给段以优厚的待遇，每月生活费两万元，政治上以高度的礼遇，任命段为国府委员。

1936 年段祺瑞病逝，蒋介石欲将段祺瑞"国葬于黄山"。段宏业婉言拒之曰："先父事业在北方，临终遗言，归葬北平。"蒋自然"照准"，段宏业也就领取了丧葬费后，扶灵北归。

此时，北平已在第 29 军的控制之下。溯第 29 军之初，是西北军，西北军也就是 1926 年三一八惨案后驱段祺瑞下台的国民军，乃冯玉祥的老班底。但北京的军政当局对段祺瑞归葬北平，还是给予礼遇。这在官场上是正常现象，既然蒋介石对段给予礼遇，北平军政当局自然也就给予礼遇。

可叹的是，此时距三一八惨案只有十年。本应记忆犹新，国人却把这页痛史翻了过去，最不可思议的是送葬的队伍中不但有各界人士，还有中学"童子军"的鼓号队。

段祺瑞葬于八宝山南麓，墓在路边。墓碑铭文是"父段公芝泉、母张佩衡之墓。男：宏业、宏范及诸孙敬立"。20世纪60年代初，八宝山前加宽马路，段祺瑞墓在搬迁范围内。段家后人上书市政府，请示移墓方案，后经民政局协调，移葬万安公墓。

吴佩孚出殡——敬其大节

民国元年（1912）时，吴佩孚是北洋三镇的炮兵团长。在混战中，凭军功很快就成了师长，乃直系第一悍将。曹锟任直鲁豫巡阅使时吴任副使，是直军的实际掌控者。

1919年蔡元培在庆祝欧战胜利的演说中，提出了"劳工神圣"的口号。继蔡元培之后，吴佩孚提出了"保护劳工"的口号，并任命李大钊为京汉铁路调查员，了解工人的状况。可是1923年又镇压了"二七"大罢工，造成了血案。

第二次直奉战争中直系战败，吴佩孚所部退至长江流域。后又和奉军联合，共同对付北伐军。北伐军攻占武汉三镇后，吴率一个加强营的卫队前往四川，受到了四川军阀杨森的礼遇。

吴佩孚奉行"三不主义"——不签卖国条约，不借外债，不入租界。到四川投奔杨森，即是践行"不入租界"。由"三不主义"来看，吴和其他军阀还是有所不同。曾诗云："百战愧无国际功。"在五四运动中，吴佩孚和冯玉祥等直军将领发出通号，要求拒约，也就是不在《凡尔赛和约》上签字。

1932年吴佩孚回到北平当"寓公"，溥仪出任伪满洲国皇帝，吴佩孚发出通电声讨。七七事变后，吴佩孚的老部下齐燮元当了汉奸，出任了伪治安督办、治安军总司令。吴佩孚的名气、影响比齐要大得多，日军千方百计地想拉吴下水，"吴佩孚皆拒之"。在1939年的记者招待会上，吴佩孚公开要求日军退出中国。

此时，吴佩孚已意识到自己将有不测。时值伪蒙疆骑兵司令李守信到北平开会，李亦是吴的老部下，吴向李表示："能否用绑票的方式把我弄出北平。"李守信表示此行只带了少数护兵，都是些粗人，唱不了这出戏。

吴佩孚患牙病，日本"医生"乘机将其毒杀。军统也对吴进行监视、掌控，对吴的死因有所知晓。重庆方面对吴的逝世发出了唁电，并追授陆军上将。

吴佩孚去世后，北平各界人士给予了极高的礼遇，停灵旧古楼大街大石桥胡同内的拈花寺，前往吊唁、祭祀的人络绎不绝，并举行了盛大的法会。在钟楼后的空地上放焰火烧法船，悼念了多日。

日军也认识到上述活动具有针对性，从各方面进行了阻止。对于吴佩孚的安葬，各方面有不同的意见。最后决定在拈花寺东的菜园里建武圣祠，作为吴的暂厝之所。

抗战胜利后，国民政府对吴佩孚进行了国葬，葬礼由北平行营主任李宗仁主持，军政部副部长秦德纯致悼词。由行营卫队和宪兵部队组成仪仗队，吴的灵柩置于美式大型吉普车之上。葬礼皆按军仪，公祭毕车队出西直门前往玉泉山安葬。其沿途军警均立正敬礼。

吴佩孚的墓地在玉泉山西麓，周边是果园。宝顶高3米，直径2.5米，刻碑"孚威上将军吴公之墓"。

两则怪闻

袁克文本是风流名士，对政治并不热衷。清末曾在法部任职，民国初年系总统府内史（秘书），皆是挂名。洪宪帝制时袁克文因诗得祸，袁世凯一气之下把他"圈禁"在中南海，不许逾大门一步。袁世凯死后，袁克文成了"真名士"。在风流场尽风流，但也难免产生虎落平阳之感。

有人说袁克文在上海曾遭绑票，青帮大佬出手相援始得脱。其实，是袁克文在上海滩和人发生了冲突，小跟班见势不妙就报了袁克文的大号，没想到对方一点也不买账。在场的一位青帮大爷出来说了一句话，立即把对方镇住，这场冲突才算了结。

袁克文很受刺激，于是开香堂拜老祖，成了青帮大字辈的"小老大"。回到天津后，也就开山门收徒。其三妹袁静雪亲睹了乃兄开香堂收徒的盛状，并有文字记载。袁克文先后收了一百多个徒弟，再加上徒孙，总计有四千多人。

袁克文是个"文人"，又是"名士"，最不济以卖字为生，并没有干过黑社会的勾当。他之所以能在青帮建立起一个庞大的"家族"，是由于他辈分高，拜在他名下就可以高于别人三头。

袁克文好唱京戏，是 20 世纪 20 年代的名票。经常和张伯驹、溥侗等人一起去客串演戏。袁克文在新民大戏院与陈德霖合演《游园惊梦》，一时间轰动了北京城。原因是票友登台，特别是豪门票友登台都是在府邸之中自娱自乐，在戏院登台售票演出，此举乃京城首创。

袁克定认为袁克文有损家风、败坏门庭，请警方出面干涉，将袁克文拘押，递解天津。

但袁克文丝毫不示弱，命令徒子徒孙们把警察拒之门外。声称"奉二公子命，任何人不得干扰演出"，一时之间观者塞路。这本是袁氏家事，警察当然不会强行介入。袁克文还是唱完了第二天的戏，才打道回天津。名角唱戏赚钱，名票唱戏赔钱。袁克文唱了两场《游园惊梦》，赔了不下四千块大洋。四千块大洋在当时，可买一座三进四合院。

十四、大殡

袁克文于 20 世纪 30 年代初因患猩红热病逝,身后所遗,只有笔筒中所存放的二十元钱。但他的丧事办得挺隆重,在京津两城轰动一时。"二皇子"也好,"二公子"也罢,此时也就是租界中的袁先生,又是青帮大字辈的"小老大"。按帮规,徒子徒孙们都赶来披麻戴孝。还有许多妓女系着白头绳到灵堂哭吊,她们都受过袁克文的恩惠。

送葬的队伍有五千余人,京津两地的和尚、道士、尼姑、喇嘛都参加了送葬仪式,围观、追观者如潮,吹吹打打好生热闹,系街谈巷议的社会新闻。

知子莫若父,袁世凯生前曾说:"小二子当了皇上,也是陈后主、李后主。"但袁世凯再也想不到,袁克文能开香堂,当上了"袁帮主"。

清末,户部侍郎王敬斋告老还乡。王在官场上为人低调,可是敛财有道,所购置的田地跨直鲁两省。王敬斋只有一子,人称"万顷地一棵苗",王家有两件可记的事,一是"生前办大丧";二是"王大少爷土改时被划为贫农"。

知子莫若父,王敬斋知道儿子不知治家,更不知理财。所以生前办了两件事,一是"自己看着办自己的丧事";二是留下 365000 个元宝,儿子一天花一个,可供百年。

王侍郎办大丧时身体犹健,在家中置灵堂,陈柏木黑漆大棺。身着入殓时的寿衣,端坐棺前,来吊唁者皆披麻戴孝,行大礼口呼:"大喜!您大喜!"礼毕即入席。四乡八村的人均来道"大喜",所图为丈二白布的孝袍子,和大碗酒大碗肉。人多不可坐桌,大多数都席地。由于均穿着孝袍子,白花花地坐满了二十亩地。吊唁毕,开台唱了七天的大戏,十里八乡的人都赶来听戏,盛况可谓空前绝后。

乐极生悲,王敬斋不久即驾鹤西游,他儿子开始管家。王敬斋的儿子不抽、不嫖、不赌,但是对打猎情有独钟。但打猎的方式与世人殊,颇和皇上打猎的方式同。出动上千人把地里的野兔子、野鸡从两边赶到大路上，他骑着高头大马"以火枪击之"。

凡随他围猎的人，吃喝均包，而且吃得好，喝得好，"不能亏了给我跑腿的"，"每行猎，千人从之"。一天花一个元宝是王敬斋的安排，千人行猎使元宝如流水般地花光了。最后，只好卖房卖地。

十四、大殡

十五、大雅

梁启超有云:"打麻将不误作学问;作学问不误打麻将。"此是"两不误说"。其实,误与不误难究,处理不当是"两皆误"。于清代而论,读书人的十年寒窗甚苦,所习者何?儒家经典与八股时艺。对儒家经典只背朱注,对八股文章只是仿时文、时艺。此为应试之学,步入仕途的敲门砖。

跃龙门后,"应试之学"也就成了"无用之学"了。京官不理事,一切由书吏代劳,系有闲之士。特别是翰林、内阁中书等清官,无公可办,无事可理。此时有时间、有精力作些真学问了。开始深入探讨史学、经学、金石学、考据学、目录学、版本学、方志学、音韵学⋯⋯的真谛,虽不能皆成一家之言,但学有所获者还是大有人在。

其实,"书城寻路本无路,砚海扬波难驶舟"。试途上有"十年寒窗无人晓"之叹,金榜题名进入仕途之后又重归于故纸翰墨之中。

当官以后作学问,并不是特例。官人、学人合二而一,执两不误之道。清流如此,封疆大吏亦然。以张之洞为例,在公务之余著有《书目答问》《輶轩语》等书籍。科举制度确立后,幸运儿即可由试途进入仕途。但试途中无暇于真学问,只有在仕途中才可探究真学问。《四库全书》的编纂,乾嘉学派的形成,都说明官场上实不乏有学问的各级官员。

仕途治学，并不是不务正业。因为各级官员的"业"，是"儒业"。对孔夫子、董仲舒之道通透不惑，皇上用之才放心。故皇上对仕途治学的各级官员，多以青眼视之。但试途上成长起来的"迂儒""愚儒"，也很难转化为"通儒"。金字塔得有底座，才能屹立数千年。治学能有所高度，也得有知识基础，得"杂"。

治学之道上的杂家于经、史、子、集；诗、词、歌、赋；琴、棋、书、画；金、石、甲骨；版本、目录；典章、制度；辨伪、考真；天文、地理；文字、音韵；算术、物理；星象、历法；水利、河工；矿脉、冶金；林木、鱼鸟、医药、农桑……诸科诸门无所不涉及。

由于董仲舒以后的知识分子均戴儒巾，以区分"非儒经不读"，"非朱注不诵"的"纯儒"。由此来看"杂儒"肚子里多少还有些经世致用的真学问；"纯儒"的肚子里只装了几部"儒经"，只会背"朱注"，只精熟八股文的起、承、转、合，除此之外别无他物，谓之迂且愚，宜也。

如果，普天之下的士大夫皆是"纯儒"，中国封建社会真的可以成为一具保持得最为完善的木乃伊。这正是历朝历代孤家寡人所求的。但士大夫中不乏"杂儒"，在儒冠下仍存留了几分诸子百家的学问，因此，中国封建社会在长期的停滞之中才得以缓慢地发展，中国传统文化才能如此丰富多彩。

视杂家为"杂儒"。其实，杂家是"通儒"的初成。通儒者，"学而不迂"，学而不迂也就难愚。通儒在通的过程中，认识了别人、认识了外界，也认识了自己。认识别人、认识外界和认识自己是相辅相成的，认识了别人、认识了外界才能更好地认识自己。真正地认识了自己之后，才能真正地认识别人、认识外界。这一切，均需在"杂"的基础之上，在"杂"的比较之中进行。

19世纪中期，西方列强用坚船利炮打开了中国的大门。士大夫们开始睁开眼睛看世界：第一批睁开眼睛看世界的人，提出"师夷长技以制夷"。第二批睁开眼睛看世界的人进行了洋务运动，也可称之为"自强运动"。第三批睁开眼睛看世界的人，提出了维新变法。前两者系"引物"，后者是引进西方的制度。步入20世纪后，学人知识分子认识到文化的重要性，于是兴起了新文化运动。

第三批睁开眼睛看世界的人，可以说均是士大夫，是官场中的人。20世纪初新文化运动的发动者、推动者、拥护者，多是高等学校的师生，是学苑中的人。但20世纪初期学人的启蒙教育、初始教育还是在19世纪的塾学进行的，有着士大夫的烙印。例而言之，激进如陈独秀者，亦是秀才出身。但陈独秀无论是"为政"还是"治学"，均大跨步冲向20世纪。但大多数士大夫，前脚虽然跨入了20世纪，后脚却很难拔出19世纪。

1905年清廷废弃了科举制度，学与仕开始"分道"，但"合道"的时间太长了，"学而优则仕"的影响也太深了，短期内学与仕难以完全切割。以象牙之塔而论，国立大学是半个官场；教会所办的大学是半个洋场；私立大学难以立足。步入共和后马蹄袖虽然消失了，但马蹄袖阴魂不散，借笔筒之躯还魂了。此说是对一些学人的讥讽，清朝时官员见上司、皇上时得放下马蹄袖，意在示尊示敬，说白了就是"我是您的马，任驱使"。用马蹄袖的造型制成笔筒，意在说"学人"提笔，犹如"官人"见上司、见皇帝。悲夫！

科举制度下，士人步入仕途后，能作一些真学问。步入共和后，试途的成功仅是一块敲门砖，洋博士在官场之上春风得意，在学术上却乏善可陈。以蒋梦麟为例，以洋博士的身份任北大教授、教务长、代校长、教育部长，又回任北大校长，抗战胜利后彻底"下海"，当了行政院秘书长。返之则难，民国的官场不是作学问之所。"先学后官"是通例；"先官后学"难得其例。这也是清朝和民国之殊、之异。

溯史求之，清代的学人由试途步入仕途后，在治学之道上有所获、有所成者不乏其人，其成就集中在思想、学术的范围内。"学而优则仕"，仕途又相对稳定，可以治学。皇帝不仅不反对仕途治学，而且在一定程度上给予支持。民国则不然了，政局多变，各级官员位不暖席，当上官也就无心于学问了。

书文化——藏与用

一、家藏万卷书

我国古代无公共图书馆，直至《四库全书》开江南三阁，始具公共图书馆之雏形。从总体来讲，图书馆事业还是兴于辛亥革命之后。所以清代的士大夫阶层人士均很注意收藏各种书籍，家中藏书的数量和质量绝不仅是富有程度的显示，而且是文化积淀丰厚的标志。故有"三年起第，十年成园，百年建藏书楼"之说。意在暴发户三年之中可建起府第，十年绿化始有园林之幽，若建起藏书楼，需要三代人的收藏成果，非百年不可。清代北京的名家藏书楼甚多，见诸记载的有池北书库（王士禛）、谦牧堂（揆叙）、椒花吟舫（朱筠）、宝苏斋（翁方纲）、共读楼（国英藏书处）、群碧楼（邓述藏书处）、艺风堂（缪荃孙藏书处）、观海堂（杨守敬藏书处）、木犀轩（李盛铎藏书处）、藏园（傅增湘藏书处）……均是书之渊薮。傅增湘的藏园有三十余万卷藏书。

二、居京访书

士大夫滞留京师期间，均有书市访书的雅兴。因为京城是书聚之所，一旦回归故里，"纵有千金之富，难求万卷之书"。明末清初北京的书市在慈仁寺（今广安门大街路北报国寺），因为该寺位于宣南士乡，所以一向为学人聚游之地。顾炎武旅居北京之时，下榻寺中，王渔洋、孔尚任、宋荦、王敬之、翁方纲、吴锡麟、高珩、姜宏英……均有咏慈仁寺的诗。清初大诗人王士祯（渔洋）爱游书市，当时四方莅京登门求教者甚多，谒门不得见，到慈仁寺书摊必能遇之。久而久之，凡欲求见者不至其家，而是候于慈仁寺书肆。

清初时慈仁寺规模宏大（该寺毁于八国联军之役，现存建筑系庚子后重建），有殿七重，后有毗卢阁高三十六层，为北京城区最高建筑，是登高远眺之所。士大夫们游毕书市，必登阁一抒心志，浩然之气可谓得之于书，展之于京城第一阁也。慈仁寺的毗卢阁毁于康熙年间的大地震，一蹶之后难以恢复旧观，书市也就随之衰落了下来。

乾隆年间北京的书肆聚于琉璃厂，时值修《四库全书》，天下文人云聚北京，天下之书亦聚于北京。书聚的原因是乾隆诏谕各省督抚征集逸书，送四库书馆。地方官对这项任务的态度是只求数量不求质量，应付一下皇差。可是书商却抓住了时机，搜寻天下逸书，送到琉璃厂书市以求高价。在编纂《四库全书》的过程中，官方大量购进不同版本的书籍，以备四库书馆查用。士大夫们对善本书籍更是有"英雄爱宝剑"的独钟，所以也不惜重金收购，琉璃厂的书业蓬勃地发展了起来。

由于士大夫滞留京师时期均注意搜寻各种珍本书籍，所以告老还乡或"外放"时也均有大量书籍相随，携带的书越多，越能显示出其高雅。清廷还有一项"成例"，犯官被抄家时，书不列为查抄范围。原因是书是圣贤之道的载体，书存道行，所以不剥夺犯官的藏书。

无论士大夫们收集各种书籍的目的是什么，"家藏万卷书"并不是一朝一夕就能达到的，所以各层次的士大夫们都是琉璃厂书肆的常客。据乾隆时李文藻《琉璃厂书肆记》所载，当时已有书肆三十余家，形成了书文化区。乾隆以后琉璃厂书业有起有落，但一直处于发展之中，以清末时而论，见诸记载的书肆有荣禄堂、翰文斋、文雅堂、宝书堂、文贵堂、书业公司、福涧堂、带经堂、有益堂、直隶书局、文友堂、文奎堂、会文斋、文光楼、宝名斋、宝文堂、槐荫山房、富文堂、三槐堂……，这些书肆所以能见诸文字记载，均是由于在经营方面具有特色，取得了士大夫阶层人士的好评，在名人的日记、杂记中占了数行之墨，于是飞鸿已去，雪泥犹存。

琉璃厂的书业之所以能形成书文化区，是因为卖书者和买书者除商业性质的交易之外，还形成了文化上的交流，使书文化在士大夫文化体系中占了一席之地。

琉璃厂的书肆建筑格局均很典雅，室内陈设更是古香古色。营业室连通小四合院，院内花木扶疏，绿意盎然。和营业室相对的正房是客厅，老主顾进门后，站门的伙计立即让入客厅就座，敬上香茗，然后询问所需。这时坐堂（值班）的掌柜连忙指挥着伙计们送上各种版本供客人挑选。书肆的掌柜、伙计、学徒均是长衫帮的人士，精通目录学、版本学。书肆中还聘有一两名先生，专门从事接待工作。先生大多是久试不第的文人，虽然时运不济，连个秀才也考不取，但也是饱学之士，足以和客人坐而论道，推荐各种善本书籍。

首次进书店购书的客人，如真是买主，或是言谈不俗的识货行家，会被坐堂的掌柜恭请到小院客厅中小憩，献上一杯清茶表示敬意。彼此之间也算是有初交之诚，如再度临门，就是一回生、二回熟了。由于士大夫们滞留京师期间多是琉璃厂书肆的常客，所以买主和卖主往往形成固定供需关系，老主顾临门当然要热情招待，有了珍本书籍也会送上门供老主顾选购。

京城士大夫们有时几个好友同游琉璃厂书肆；有时知己们在书肆的客厅中不期而会；也有的人本不相识，可是由于经常在书肆中碰面，也就成了熟人。久而久之书肆的客厅也就成了士大夫们相聚的"沙龙"，在买书和卖书的过程中形成了独具特色的琉璃厂书文化。

三、庚乱收书

位于内城东四牌楼西北的隆福寺街，是北京历史最悠久的书肆，历明、清两朝至民国而不衰。书肆初始于庙会期间设摊售书，后逐渐发展成有固定营业场所的书肆。有的书肆既是刻书的作坊，又是售书的商店，产销一体化。明版的《词林摘艳》《五音篇海集韵》就成书于隆福寺书肆。

清初实行"迁汉"（内城非旗籍居民一律迁往外城），隆福寺的书业受到了严重的打击，很多书肆被迫迁至外城慈仁寺。但由于"迁汉"的法令不包括寺庙中的僧人，所以庙会期间设摊售书的书市还是延续了下来。乾隆时期"内城隆福寺遇会期多有卖书者，谓之赶庙，散佚满地，往往不全而价低"。由此可见，在慈仁寺、琉璃厂书肆兴起后，隆福寺书市虽然犹存，但是属于低档次的摊位经营，主要面向低收入的读书人。由于内城居民基本上是旗人，在隆福寺购书者以八旗官学的学生、各衙门中的笔帖式居多。这些人也属于京旗士大夫群体。

八国联军攻占北京的过程中，内城遭到的破坏要比外城严重，主要原因是京旗部队在内城和八国联军发生了巷战。八国联军占领北京后，一些皇亲国戚、达官显贵的府邸遭到洗劫。由于书籍不是联军掠夺对象，所以被肆意毁坏、遗弃，一些珍本书籍流失在外。内城的书籍行业对这些失散的图书进行了抢救，在此基础之上隆福寺的书肆开始发展起来。书贾们抢救流散于社会上的书籍是受经济利益所驱动，因为当时是"书贱于纸"，但客观上却促进了书文化的发展。

四、儒商儒贾

庚子之后，清廷为了粉饰太平，缓和国内外的矛盾，实行了所谓的新政，进行了一些改革，废除了科举制度，兴办了各级学堂。京师大学堂邻近隆福寺书肆，师生们也就成了购书的常客。东雅堂、修文堂、粹雅堂、三友堂、观古堂、宝绘斋、大奎堂、文讲阁……，均是士大夫们经常光顾的书肆。书肆经营者对版本的真、伪、陈、新以及校勘的精致粗劣知之甚详。而且颇熟悉顾客，喜爱结交名流，所以在北京城中亦有相当大的影响力。胡适就曾对北大的学生们说："这儿距隆福寺街很近，你们应该常去跑跑，那里的老掌柜的并不见得比大学生懂得少呢！"

北京的书文化在全国独树一帜，这不仅是北京书肆的数量居全国榜首，更主要的是北京书肆的质量居全国榜首，北京的售书者、购书者的素质亦居全国榜首。三榜居首当然能形成自己独特的书文化。这种书文化是建立在卖方高品位经营，力求达到版本学、目录学上的"全、珍"二字。买方不仅把所购之书视为只有使用价值的商品，而且将所购之书视为集学术价值、鉴赏价值、收藏价值于一体的高品位珍品。卖方高品位经营，买方高品位收购，使得书这种商品在流通之中产生了浓厚的文化气息，形成了独具特色的书文化。故时至今日，国内外文化界人士到达北京之后，必有琉璃厂之游。在商品信息时代，环球购书只需一纸传真即可成交，不远千里、万里到北京来游琉璃厂，与其说是购书不如说是来领略北京的书文化。具有丰厚积淀的北京书文化，应该说是形成于京城士大夫阶层。因为卖书者、买书者均可以说是士大夫阶层的人士，书肆的经营者是典型的儒商。这不仅因为书业的经营者均需有一定的文化素养，其中不乏士大夫阶层的人士，而且书业的经营者对自己所售的商品绝对讲究货真价实，一旦"打眼"，不只是坑了买主，而且砸了自己的招牌，甚至十年之功毁于一旦，倒了百年老店的字号。

五、由深藏到致用

我国有"盛世书聚、乱世书散"之说。国泰民安，公私书籍自然盈库盈室，动乱之中难免失散。私家藏书不仅受到社会治乱的影响，而且和家道兴衰有直接关系，三代进士公的府邸之中万卷藏书绝非虚语。故士大夫阶层的人士最忌讳书散，家境不佳时，宁可出售田宅，也要保住藏书。"书存"也就是"家兴"。在子孙分家时，田宅可分，书不可分。以宁波的天一阁为例，阁中存书不但不许出卖，亦不许携出阁外，各房均加锁加封。书的产权承袭者不到齐，不许开阁。总之，天一阁的"条例"使存书彻底存死了，失去了使用价值。

京城士大夫存书之道颇与天一阁异，收万卷书、藏万卷书的目的是致用，故家中藏书是开放性的。以缪荃孙的艺风堂藏书为例，所存之书多用于交流、借阅。天一阁和艺风堂存书之道不同的原因是，京城士大夫是士大夫阶层中最有进取精神的群体，和乡井之士相比，无疑在开拓之中充满了自信。这种积极乐观的精神面貌反映到存书之道上，收万卷书的目的当然不是为了藏书而藏书，而是为了致用而藏书。家藏万卷书进行交流和借阅，万卷书也就藏活了，把书文化推向了更高的水平。这是北京书文化和乡井书文化之间的分野。

京城士大夫们游书肆，亦喜游藏书楼。各邸寓的藏书可以说是互相开放的，在各自的藏书之所接待书友，互相品评、鉴赏的书巢之游，更是别有情趣。徜徉在书海、书乡之中研讨目录学、版本学、辑佚学、校勘学，其乐无穷。

诗文化——钟情与咏志

中国文学史上，唐诗、宋词、元曲、明清小说为时代之巅峰。以诗而论，唐诗的质量独美于前，清诗不能与之相提并论。但清诗的数量对前贤却有绝对的压倒性优势。若编一部《全清诗》恐怕非要车载舟装不可。清诗以数量取胜，一方面是由于清代人口已突破四亿；另一方面是由于科举制度的影响，教育事业的发展达到了前所未有的水平。由于教育事业是科举制度的附庸，所以实难教育出超越科举的人才。文坛虽诗人济济，但是多庸者。纵观清代的进士公们，金榜题名之后在礼部宴上、祭孔仪典上、国子监宴上、会馆志喜宴上及孔庙谒碑之时皆有咏志之诗，而且汇编成书，以期传世。但时至今日，未足百年，当时的显赫之作不闻有传。溯其因腹中尽是"朱注"和八股文的起、承、转、合，可谓"空空如也"，诗以咏志又如何能发出惊天地泣鬼神壮语。清代的诗坛，不闻有"诗史"（杜甫）、"诗仙"（李白）、"诗佛"（王维）、"诗鬼"（李贺）、"诗魂"（李商隐）出领风骚，但一代才人，庸中佼佼还是辈出不穷，诗文化颇为普及。北京是士大夫会集之所，自然也就是诗的渊薮，以诗沟通、以诗结缘、以诗结社，互相唱和，形成了许多以诗为纽带连接成的小群体。这些小群体月有聚、季有会，聚会的地点大多在宣南附近的陶然亭、龙爪槐、法源寺等地，有时也能打破小团体的圈子，形成名流云集的盛会，传为佳话。

京城名士，一向有南北之分。同光时期南派以李慈铭（浙江绍兴人）为魁首，北派以张之洞（河北南皮人）为领袖。李慈铭中举人后屡试不中进士，通过捐纳进入仕途任户部郎中，后中进士转任御史。张之洞系探花出身，后出任学政，任满后归京任职，发起龙树寺觞咏大会。当时北派名士推尊李鸿藻，南派名士推尊潘伯寅，为了合南北而成盛会，张之洞致函潘伯寅云："四方胜流，尚集都下，不可无一绝大雅集。晚本有此意，陶然亭背窗而置坐，谢公祠不能自携行厨，天宁寺稍远，以龙树寺为佳……若翁叔平丈能出领名，则更妙矣！晚只可为疏附之人耳。"

是日居京的南北名流，云集龙树寺，由南海桂文灿作序，与会者皆赋诗记游，盛况空前。事后，无锡名士秦炳火泼墨作图，以记盛况。并题墨云："时雨乍晴，青芦瑟瑟，纵论古今，竟日流连，归作此图，以记鸿爪。"

十五、大雅

此次盛会影响颇大，与会者的序、诗、画均汇裱为长卷，陈于琉璃厂多日，实有今日书画展的性质。闻讯而来的参观者络绎不绝，"皆京城学子"。"观者如堵，亦是空前。"书肆的经营者，大多和士大夫阶层的中心人物有较深的关系，好把各种诗社、诗会的作品汇集成册，刊刻出版。当时出版诗集，有些类似现在的自费出版，书商不但不付稿酬，作者还要付出版费用。书成之后部分由作者分送有关人士以扩大影响，部分由书肆出售。购"当代名士诗选"的人士多是秀才、举人，购书的目的是从中汲取时代精神，希冀步名士之后跃龙门，金榜题名。

成名的士大夫企图通过出版诗集扩大影响获得社会效益；书贾企图通过售出诗集获得经济效益；未跃龙门的读书人企图通过购买诗集汲取时代精神，求得金榜题名达到名利双收。在这种情况下诗友、诗朋、诗会、诗社……越来越多，诗文化也就越传越广。人以诗闻，诗以人传；人以诗显，诗以人达；人以诗缘，诗以人兴……总之，士大夫阶层的人都有诗缘，诗文化也脱离不了士大夫阶层。尽管从中国文学史的角度来讲，清代诗坛难领文坛风骚，但是从诗坛自身来讲却是颇不寂寞，若是将全清诗成书，非令牛喘不可。

收藏文化——一部春秋

一、京城收藏热

清代北京收藏热不降温，其原因首先是京城士大夫们有较高的文化档次，对经商不感兴趣，认为士、农、工、商四民之中士居首，商居末，故不屑于经商。对收藏金、银、珠、玉……亦不太感兴趣，所以手中的钱有相当部分用于收藏书籍、字画、文房四宝、青铜、甲骨、折扇、鼻烟壶、手杖……；其次是官场如戏场，达官显贵之家往往是"眼见他起高楼，眼见他宴宾客，眼见他楼塌了"。起高楼是为了壮门面，攀附风雅，当然不惜重金从事收藏。一旦楼塌了，又低价抛售所藏。有收有抛，所以收藏市场十分兴旺。再次是王公显贵们的府邸可谓家大业大，"家大业大，丢点算啥"。于是从黑道上流出不少收藏品，黑道上来的收藏品由于急于脱手，大多廉价出售，促使收藏者们希冀"捡个漏儿"，刺激得收藏市场异常活跃。

二、家藏万卷书

士大夫们大多有藏书之癖好，古版书、珍本书、禁毁书皆收而藏之，京城多藏书之家，藏书的数量、质量往往标志着门第的高低。家无万卷藏书，恐难于立身士林，有关藏书的内容书文化一节已经阐明，故不再重复。

三、收尽古今名人字画

家藏古人字画，显示出世家门第；家藏今人字画，标志着当世显赫的家势。因为今人字画大多是可求而不可买，士大夫们非到贫穷潦倒之时是不会靠卖字鬻画为生的。但遇同僚、同学、同乡、同年求墨宝时，大多不吝泼墨相赠。收古人字画，往往藏之高阁，秘不示人；收今人字画大多悬之书房、客厅以示当世风骚。藏古悬今方显千年世家、百年望族、当世名门之家的风采。

四、青铜甲骨述春秋

商殷的青铜器、甲骨文是研究我国上古史的钥匙，有很高的学术研究价值，同时也是稀有的艺术珍品，具有很高收藏价值、鉴赏价值。商周青铜器一直被收藏界视为高品位的珍品，青铜器在先秦时期可以说是钟鸣鼎食之家的标志，秦汉以后青铜器逐渐成了古董，世人视之为收藏的珍品，尤为士大夫阶层所钟爱。因为殷周青铜器绿锈斑斑，古韵古风，置之书房、客厅古朴典雅，远胜金玉之器。故清代的文人雅士均以家藏古青铜器为荣，青铜器上多铸有铭文，世人称之为金文或钟鼎文，是研究先秦史的珍贵资料。

清末殷墟甲骨文的发现是考古学界的盛事，甲骨原被当成一味中药称为"龙骨"。国子监祭酒王懿荣在一次偶然之中发现了"龙骨"之上的文字，于是3000多年的明珠终于出土了。后经刘锷、罗振玉等人大力搜寻，并克服了古董商为了垄断货源而布下的迷阵，终于发现了甲骨的出处河南安阳，也就是殷墟的所在地。殷墟甲骨的出土可以说是考古史上划时代的事件。从此以后士大夫们争相收藏甲骨。甲骨虽不能置于书房、客厅点缀风雅，但有极高的学术研究价值，足以显示收藏者的文化档次和学术水平。故收集大量的甲骨进行研究的同时，收藏者往往把所藏甲骨整理编目供同侪们鉴赏。

五、文房四宝——纸笔墨砚

武夫凭三尺利剑闯天下，文人以纸、笔、墨、砚建功名。纸笔墨砚被称为文房四宝，宣纸、湖笔、徽墨、端砚最为驰名，为士大夫们所钟爱。笔、纸、墨的外观基本相同，完全以质量取胜。砚则不然，石质固然重要，但造型艺术的作用绝不可低估。砚中的上乘精品均是古朴、典雅之作，往往是匠心独具，于拙见巧，而隐大巧于大拙之中。故士大夫们不仅爱收集各种石砚，而且书斋之中大多置有许多各种功用的砚。

六、盛夏清风——折扇

北京夏季十分炎热，士大夫们好用折扇驱暑。折扇是艺术品，扇骨的材质固然重要，但扇面上的名人字画更能显示出扇主人的身份和文化档次。古人题画的扇面大多留下了家世的轨迹，今人题画的扇面往往表明执扇者在政坛、文坛上的地位。一些士大夫对折扇情有独钟，集上百把折扇于夏季置于书房扇架之上，日换一扇以示风雅。夏日里以扇架点缀书房不仅适于节令，而且一架折扇就是一部古今名人字画集，足可供世人鉴赏。

折扇又称为高丽扇，北宋时传入中国，为文人雅士所钟爱。清时折扇的精品大多是"四王"的山水画，文徵明、唐寅等人的小品之作亦属上乘。其次是清初"八大山人""扬州八怪"等人的作品，画面以松、竹、石、菊、兰、梅、荷……为主；当代名人的作品因时因人而兴。夏日书斋话风凉，上百把折扇足供品评上半日。清末时大学士孙家鼐藏扇最为丰富，其书房一度有千扇斋之称。原因是孙氏位尊望众，新科进士中善书画者皆以折扇呈进，希冀获得垂青。孙家鼐是对所呈进的折扇均置之外书房扇架之上，任凭来客鉴赏，千扇斋之名由此而获。

琴文化——阳春白雪

一、阳春白雪高格调

春秋时俞伯牙和钟子期就以琴相交，成了知音，志在高山，志在流水……西汉时司马相如和卓文君通过一曲琴声沟通了两颗炽热的心。魏晋时竹林七贤之一的稽康，在七弦之上弹拨了千古绝唱——《广陵散》，然后饮刀成一快，《广陵散》从此绝矣……东晋诗人陶渊明赋《归去来兮辞》，在世间只恋琴和酒。但琴有寂，酒有醒，他终归是人寰之中的诗人。所以唐代的士大夫就发出了"泠泠七弦上，静听松风寒。古调虽自爱，今人多不弹"的慨叹。

二、"小红低唱我吹箫"

以琴为妻，以鹤为子，固然高雅脱俗，可是仍然得食人间烟火。追求情趣的人也一定热爱生活，因为情趣永远来自人间，来自生活。琴声可以拨动爱的心弦，激发起卓文君夜奔，琴声也就永远伴随着卿卿我我。南宋诗人还以"小红低唱我吹箫"的诗句展现泛舟太湖的风雅。清代是理学家、"道学先生"的天下，若在太湖泛舟之时，"小红"玉立船头脉脉含情地低唱，郎君吹箫相和，世人则认为此舟是卖艺、卖淫的花船，此行是江山船在"招生意"。士大夫斗胆也不敢如此风雅，怕招来非议，断送前程。

中国乐器甚多，笙、管、笛、箫、琴、筝……，士大夫们为了避"轻薄"之名，远青楼之嫌，只好与古琴、古筝为友了。因为琴、筝是世之雅乐，抚琴弄筝古已有之，孔圣人尚且三月不知肉味，时人对书斋之中置古琴、古筝也就没有理由非议了。

三、躲进琴斋知音稀

古筝、古琴是属于高雅乐器，抚琴弄筝确有一定的难度，尤其是古琴，七弦之上无所依托。全凭心与琴交，妙在神韵。非有一定文化素质和才气，实难于方寸之间生此琴感。故士大夫抚琴，大多先洗手、静心，然后焚一炷檀香，待香烟缕缕升起，书斋之中充满了幽情清韵之时，再与琴躯相抚、心相交，于是琴感油然而生，古调、古风、古意、古韵……心灵中徘徊着高山流水、蓝天白云、高峡大江、大漠孤烟、古道西风、小桥流水、花前月下、曲廊幽径、平湖秋月、春江花潮、夏日风荷、严冬白雪……，但终在人寰。也激荡着金台招士、金榜题名、金殿论道……治国安邦，但终是古人。也叹惜着武死战、文死谏，忠奸不并立、贤佞不同朝……倒下去的古人，尚站着的今人……向往着"绿树林边合，青山郭外斜。开轩面场圃，把酒话桑麻。待到重阳日，还来就菊花"的田园生活，但又觉得愧对治国平天下的初衷，委屈寒窗内萤灯下修来的满腹经纶。

四、犹有暗香来

儒家两千多年的道统、两千多年的文统、两千多年的雅韶大乐；士大夫两千多年的琴声、两千多年的心声，弹拨到了清末之时，确实是琴声幽、心声幽……知音稀了。可是琴声不绝，犹有暗香来。

清代的琴文化，有两个体系。一是琴师，二是琴友。琴师是以操琴为业的人，礼部、太常寺、顺天府均要举行众多的例行典仪，届时要演奏雅韶大乐，鼓乐队中当然少不了琴师。琴师操古琴为业，地位在一般吹鼓手之上。由于琴师的职业是家传，虽世操此业，但也难免有滥竽充数的现象，但总体上来说琴师尚属于"长衫帮"的人士，腹中有些文墨者也就可以置身士林。由于雅韶大乐过于古雅，不仅"今人多不弹"，而且"今人多不懂"。官方典仪上的演奏也就流于形式，琴师的水平也就是应差而已。清末之时，官乐队之中实乏佼佼之士。

琴友是以琴为友的雅士，能有三间琴斋，或是书斋兼琴斋者，当然是士大夫阶层的人士。琴文化的主体部分可以说是植根于士大夫阶层。抚琴弄筝，绝对没有表演的性质，纯为孤芳自赏，至多是知音共闻，在琴声幽、心声更幽……，在知音稀的情况下，琴友的圈子也就越来越小，以致在士大夫阶层中造不成什么影响，只有躲进琴斋成一统了。

琴斋比书斋更雅，绝无金玉之气。其装修陈设介于书斋、花厅之间，其主要基调是显示主人书剑相随、琴棋为伴的情怀。清末之时，京城士大夫群体之中"书气剑气俱寥落"。但琴斋之中琴棋为伴、石兰为友的韵致依然尚存，故琴斋之中多置兰花、菊花、文竹、昙花……，收集各种奇石叠为盆景。众多的名花奇石和斋中的古青铜器、精美陶瓷器相交映，给人以古朴、大雅、清新之感。竹木几上的七弦琴古香古色，可以说是镇斋之宝，四壁上挂的名人字画表明主人亦是"名流"。案头的青铜檀香盒上，一缕檀香正冉冉升起，使人沉浸在幽静、典雅、清新的情趣之中，去用心灵拥抱琴魂，心声和琴声也就融为一体，可是琴声幽，心声更幽……知音稀。

临近 20 世纪时，琴声也就逐渐被西皮调和二簧腔所取代。因为皮簧在宫里、宫外，上层、下层均有"知音"。

花文化——心境花境

一、京城无处不飞花

北京在国内外无花都、花城之誉，主要原因是政治中心、文化中心的地位太突出了，对于花也就忽略了。有些著述之中称北京花开三季，其实北京冬季虽然寒冷，但室内、室外均有花枝俏。蜡梅、迎春、杏花、桃花、玉兰花、梨花、海棠花、李花、春兰、丁香花、桂花、槐花、芙蓉花、月季花、芍药花、牡丹花、珍珠梅、太平花、金银花、藤萝花、荷花、大丽花、菊花、秋兰……，可谓一年四季花常开。

明人所著的《帝京景物略》中记载草桥花乡一年四季所养之花就有四十余种。这四十余种花均是盆栽市鬻的商品花。故草桥地区沿河岸形成了一个花卉种植区，有十里栽花算种田之盛。若从观赏价值来讲，北京名花多达百余种，可谓名副其实的花都、花城。

二、踏花归来马蹄香

现在北京地区的公园，是市民们观花之所，但现在的公园在辛亥革命前大多是皇家的禁苑。士大夫们观花只能到私人花园或寺庙之中。私人花园接待范围十分有限，寺庙普渡众生，当然是开放场所，而且花期开山门接待香客，是收取"布施"的大好时机。故卧佛寺的蜡梅、大觉寺的杏花、极乐寺的海棠、重霄寺的牡丹、法源寺的丁香、宝禅寺的桂花、龙树寺的槐花、净业寺的荷花、天宁寺的菊花……都是京城士大夫们观花之所。唐代的长安花事虽盛，但"春风得意马蹄疾，一日看尽长安花"。北京若是走马观花，绝非一日可尽。但"踏花归来马蹄香"绝非虚语。花如海、诗如潮，京城花盛诗意盈。诗如海、酒如潮，京城诗盈酒更浓。因为士大夫们观花不可无诗，赋诗不可无酒，名花、好诗、醇酒，花文化、诗文化、酒文化也就融为一体。

三、书舍花枝俏

士大夫们的书房讲究古朴，但古朴需要清新来点缀。古朴莫过青铜，清新莫过花木，绿锈斑斑的古青铜器旁倚着几盆淡雅的名花，真是别有情韵。花厅中固然是花的世界，琴斋中花占了半边春色，书舍中亦是犹有花枝俏。

书舍中的花首先是应时的花，蜡梅辞岁之后是岁首迎春。继之是红杏闹春，桃李辞春。木本的花，盆栽斋养应时而开是要颇费些周折，要由花匠精心调理。让盆栽斋养的花违时而开，更需花师匠心独用，隆冬的牡丹、仲春的黄菊、孟秋的梅花，实令世人皆惊。但让花神听宣，是要以破费银子为代价的，只有士大夫阶层的上层人士才能有此经济能力。一般中下层士大夫的书舍之中以四季常青的文竹、仙人掌、兰花……为常在；以春日水仙、秋日菊花……为应时。总之，书舍之中一年四季书香常在，花香常在。

四、心中的花

每个人都有自己心中的花，心中的花就是心中的寄托、心中的想往、心中的憧憬。傲霜的黄菊、富贵的牡丹。山间的百合花、庭下紫罗兰……

都是士大夫心中的花。

（一）访梅

北京冬季寒冷，梅花可以说是尽是盆栽斋养的"病梅"。只有京西寿安山下卧佛寺有一株古梅，据说已有1300多年的树龄，可谓饱经人世沧桑。据记载这株古梅是唐代所植，说不定历开元盛世、享天宝升平，蕴含了大唐风韵。当时一些亚热带植物如柑、橘、竹、梅可以在黄河流域广泛生长，11世纪以后全球进入了小冰河期，梅首先在华北地区逐渐消失。这株千年古梅居然抗过了12世纪至18世纪的小冰河期，在幽燕大地上顽强地生存了下来，这不能不说是一个奇迹。清朝末年，这株古梅一度枯死，可是不久又从根部发出了许多新枝，于是在北京地区寒冷的冬季就又"犹有花枝俏"。

卧佛寺后是樱桃沟，又名为退谷。孙承泽曾一度隐居于此，可是隐而复出，在顺治年间官拜吏部侍郎。孙承泽的著述甚多，是著名学者，又是顺天大兴人，崇祯进士，可谓名副其实的京城士大夫。

江南士大夫冬日访梅可至江宁之龙蟠、苏州之邓尉、杭州之西溪、扬州之梅岭……京城士大夫冬日访梅，舍卧佛寺别无他处，儒释本不同论、不同源。有出世入世的原则分歧，在伦理观上儒家认为"不孝有三，无后为大"；释家认为"弃亲绝伦，断子绝孙"，方不再造业。在"有""无"之争上，佛主四大皆空，人生为虚幻，儒主张"有"，而且是实有，故志在"修身、齐家、治国、平天下""安社稷、济苍生"。可是京城士大夫们冬日访梅只能到佛门之地。佛门之地也非净土，所以高僧们的修持之道上自有绝招，讲求顿悟，立地成佛。顿悟的最好方式是把一切视为虚幻和乌有，故"菩提本无树，明镜亦非台。本来无一物，何处惹尘埃"。

士大夫们在隆冬雪霁之后驱骡车出西直门，驰过拱卫京城的京西三大营（外火器营、圆明园护军营、健锐营）和皇家的禁苑三山五园来到寿安山下，步入卧佛寺后，越过三层大殿，始到千年古梅之旁。"西山晴雪"是著名的燕京八景之一，雪后初霁，梅花吐芳。雪洗尘净，暗香幽远。在北国隆冬季节，真可谓一绝妙景观。卧佛寺始建于唐代贞观年间，可以说古寺和古梅是同龄人。到佛门访梅，当然不是弃儒从释，但中国人有入乡随俗之说，于是姑且视幽燕大地上唐、辽、金、元、明、清的沧桑为红尘之中的幻影。

（二）友兰

兰花是多年生草本植物，四季葱绿，四季飘香，而且花风高雅，花期长久，花香清淡。故世人以"金兰之好"象征着友谊长存。因为黄金不会变色，兰花永远清芬。

上层士大夫的花园之中可置兰斋，聚千盆兰于一厅，可谓群幽毕显。下层士大夫的斗室书巢之中"一兰独秀"，满室清芳更别有情韵。兰花在北京地区亦属盆栽斋养之花，兰花不仅四季常青，而且花期最长，既不用花匠绳之应时，也不用花师勒之违时。所以来自幽谷云峦的兰花多少还保存了些山野之性，贵在自然，少带媚态阿姿。

士大夫们以兰为友是因为雪中的蜡梅难免有些孤傲拒人；琼楼花坛中的牡丹颇有些富贵骄人……；兰花常年郁绿，常年清芳，疏密皆宜，枝叶修长而不弄姿，花香淡雅而不袭人，既不应时，也不违时，可谓平易近人。所以士大夫们的书斋之中多置几盆兰花点缀其间。

兰花大多栽种在宜兴陶器花盆之中，宜兴陶器向以造型古朴典雅著称于世。褐色的花盆犹如大地，郁绿的修枝象征着自然，案头砚边摆上一盆兰花，给书室带来了盎然绿郁，显得一派清新，生机勃勃，也带来了几分山林野趣，使人遐思。这些原生于幽谷、云峦之中的幽兰，感日精月华，沐清风雨露……，时过境迁之后，虽然已成为盆栽斋养的清雅点缀物，但依然还带有几分幽谷云峦间的余韵，与其说士大夫们友兰，不如说是兰花友人。

（三）赏莲

北京的城区和郊区于华北平原而论，可谓湖泊之乡，城区的禁苑三海（南海、中海、北海）、什刹海三海（什刹海、后海、积水潭）、龙潭湖、陶然亭均是一泓清水，荷花荡漾的城市翠湖，是世人闹市取静观荷赏莲之所。西郊的紫竹院、莲花池、玉渊潭……，概而言之，从玉泉山到白石桥，以海淀为中心是遍植荷莲的水乡，柳浪庄十里白莲，紫竹院千亩碧荷是京西的著名景观，是夏日避暑纳凉、观荷赏莲的佳处。

中国士大夫有爱莲的传统，北宋的周敦颐著《爱莲说》云："予独爱莲之出淤泥而不染，濯清涟而不妖，中通外直，不蔓不枝，香远益清，亭亭净植，可远观而不可亵玩焉。"元朝的王冕诗云：

我家洗砚池头树，朵朵花开淡墨痕。

不要人夸好颜色，只留清气满乾坤。

士大夫们在夏日临湖观荷赏莲，即便是蜗居小四合院中，也要在庭前置荷花盆或荷花缸。一瓮清波之上，碧荷、白莲，清韵、清雅，给小院带来了无限情趣和盎然生机。士大夫们书斋之中也爱悬挂周敦颐的《爱莲说》。其实"出淤泥而不染"，只是一种处世愿望。"濯清涟而不妖"是一种应时的向往。"中通外直，不蔓不枝"是一种做人的追求。"香远益清，亭亭净植，可远观而不可亵玩焉"是一种人生的寄托。愿望、向往、追求、寄托与荷莲融合在了一起。

（四）醉菊花

傲寒霜、勇斗西风，是诗人对菊花的赞许。其实北京地区的菊花完全是盆栽斋养的温室花朵。既不是东篱之下的傲霜菊，也不是云峦之上的悬崖菊，可是京城士大夫们对菊花还是情有独钟。

唐末黄巢赞美菊花：

题菊花
飒飒西风满院栽，蕊寒香冷蝶难来。
他年我若为青帝，报与桃花一处开。

不第后赋菊
待到秋来九月八，我花开后百花杀。
冲天香阵透长安，满城尽带黄金甲。

其气魄之大，可谓不同凡响，绝非一般落第举子可比。

京城士大夫爱菊，当首推康熙年间的工部郎中江藻。江藻慕陶渊明、白居易的诗风和人节。对白居易"更待菊黄家酿熟，共君一醉一陶然"的诗意颇为入境。于是在元代古刹慈悲禅林（俗称慈悲庵）中建面湖厢房三间，取名陶然亭，并在庵中培植菊花。秋高的佳日约三两知己好友在陶然亭赏菊花、赋菊花诗、醉菊花酒。陶然亭因此声名大振，世人逐渐把慈悲庵附近湖区水域及景点泛称为陶然亭。陶然亭也就和天宁寺齐名，成为京城士大夫秋日赏菊的佳处。

京城士大夫赏菊当然和黄巢异，和终身独居山林的隐士亦有不同之处。京城士大夫大多数是已仕之人，"四十少进士"在清代也绝非虚话。人过中年官场是否得意姑且不论，金榜题名喜登龙门，科场总算得意。清代非科举正途出身的官员尽管可以身居高位，但世人总以"杂牌"视之。进士公入仕虽然不过区区的"七品官耳"，可是各级长官都要礼敬几分，因为进士公参加过殿试，是"天子门生"。在这种世风之下，京城士大夫都有几分"春华秋实""秋有所获""老有所成"之感。菊花是秋天的骄傲，而且花期长，花种繁多。亦给世人以欣欣向荣，繁荣昌盛的丰收之感。京城士大夫赏菊的风雅之中，颇有几分自得自赏的自我陶醉之情。所以称赏菊花为醉菊花，饮菊花酒更是酒不醉人人自醉了。

棋文化——且深具奥

士大夫阶层话及风雅时，总以琴、棋、书、画并论，清代的京城士大夫精通音律者不多，造成这种现象的主要原因是科举考试的内容与音乐无关，而且"精音"往往和"狎妓"有一种所谓的联系，稍有不慎就会落个轻薄的声名。棋则不然，无论是围棋还是象棋，均被视为高雅之物，下棋是修身养性、怡情宁志的养心之道，故士大夫阶层之中，棋文化颇有成韵。据毛祥麟《墨余录》载："乾嘉时，朝贵盛行弈艺，从此四方弈士咸集京师。"

有些谈老北京的著述中把宝局（赌局）和棋局相提并论，此说尚有值得推敲之处。以棋相赌早见诸史册，东晋名相谢安就在东山与其侄谢玄以棋局赌别墅。但这种赌，大多是"醉翁之意不在酒"，不能视以棋盘为赌盘。设棋局的目的当然是经济效益，但棋局设于书文化区琉璃厂，大有棋文化附之于书文化之意。总体来讲，无论上层还是下层均未把对弈与赌博视为一体。

士大夫阶层观棋对弈，确实是为了修身养性。情有所结，意有所郁，寓之于棋，抒之于弈，实为养生之道、怡情之序，也可以培养意志、毅力。容千军万马于方寸，"浩然之气常发于对弈之阵，宏毅之志始成于黑白之间"，正因如此，棋文化千年不衰，棋心棋胆，可塞天地之间。

对下棋感兴趣，以棋道相娱者，士大夫阶层中大有人在，以棋相交，以棋相知，往往可以超越科举功名、政治地位的鸿沟，成为棋友。棋友们结成的棋社，往往是棋文化的传播中心，以棋社为依托，北京还产生了职业棋手，人称棋士，但数量不多。棋士或主持棋社，或以清客的身份出入达官显贵之门。

京城之中的和尚、道士之中，亦不乏善弈之士，佛寺、道观之中又是清静、幽僻之地，正是论棋道、对棋艺的好去处，所以不少寺观也就成了棋文化活动中心。京城士大夫好游寺观，这并不是孔门之徒崇佛佞道，而是京城内外的园苑均为皇家所占有，只有佛寺、道观借助于释迦牟尼、太上老君的金面，在人间占了一席风水宝地，外城的法源寺、龙泉寺、龙树寺……，内城什刹海环湖诸寺，在一定程度上也就起到了公园的作用。成为士大夫们的聚游之所，诗文化、棋文化和寺观也就产生了缘分。能够成为士大夫们的聚游之所的寺观，可以说是殿堂宏阔、环境幽雅、花木扶疏的人间仙境，而且大多位于什刹三海、陶然亭等城区之中的风景区。

北京城中还有专为对弈者所设的棋茶馆，棋茶馆专门接待对弈品茗的来客。到茶馆来对弈品茗的人士，其政治地位、经济地位当然不会太高，主要是市民阶层的人士，具体地说也就是八旗子弟之中的好棋弈之道者，若有士大夫阶层的人士游弈其间，也是士大夫之中的下层人士，以旗籍的笔帖式居多。但棋茶馆对传播棋文化、普及棋文化都发挥了重大的作用。因为府邸之中的棋士、棋社之中的棋友、寺观之中的棋客，均属于棋界上层人士，其活动范围囿于小群体中，所形成的棋文化具有很强的封闭性，不造成社会影响。棋茶馆是面向社会开放的棋文化活动中心，不仅具有群众性，而且极易在社会上造成影响，使棋文化拥有广泛的民众基础。

有些研究老北京的著述中认为棋茶馆设备简陋，顾客多为劳动者和无业者，以下棋喝茶消磨时光。这在民国时期确实如此，但棋茶馆初始之时，还是环境幽雅的对弈品茗之所，因为八旗子弟最讲究派头，绝不会到设备简陋的小茶馆下棋喝茶。笔帖式们虽然干的是清水差事，但也是八品文官，在街面上是属于"爷"字辈的体面人物，公暇找个对弈品茗的去处，当然也要找个窗明几净清雅舒适之所。辛亥革命之后，旗人特殊公民的身份不存在了，沦为了城市贫民，所以棋茶馆也就迅速贫民化，成为无业游民消磨时光的场所。这一时期也正是士大夫阶层解体的时期，棋茶馆的变化，可以视为棋文化所依托士大夫阶层转化为市民阶层的一种反映。

书斋文化——物我谓同

一、府邸中的书斋

凡是士大夫阶层的人士，无论是正一品大学士，还是九品县学教谕，总得有个书房，书房均冠以斋、堂、馆、轩、楼、榭、舫等雅号。书斋在寓所中占有重要的地位。以府邸而言，设外书房以文会友，只要不是官场中的礼节应酬，大多在外书房进行。故外书房是个社交的场所，具有客厅的功效。宅主人在临花园之地另设小书房（又称内书房），小书房是自己读书养心和知己们小聚的场所，是宅主人真正的"小天地"。

一般情况下，外书房的建筑格局均是前宅正厅侧畔的一进四合院，院中植有观赏植物。书斋的名号往往和所植观赏植物有关。如"四松堂""有槐书屋""个轩"……院墙布满爬山虎，显得绿意盎然，院中有莲花池、堆秀石之类的点缀。外书房的室内陈设大多古朴典雅，中庸平和，以示宅主人淡泊宁静的情怀和忠君报国的志向。一般来说，外书房是社交场所，具有客厅的用途，所以缺乏特色。

内书房是宅主人的"小天地"，非知己好友是不会进入内书房的。内书房一般都建于后花园之中，或内宅和花园临界之处。所谓临界之处就是书斋前门是内宅，后门即是花园。前门是内宅可与住室相邻，后门是花园便于开轩收景。

内书房的建筑造型一般都很雅致，是名副其实的楼、榭、轩、堂、馆、舍、舫……，在曲廊、小亭、花坛、清池、叠石、古木、修竹、名花的烘衬之下显得幽静宁适。现存有文字记载并有旧址可考的府邸书斋已不多，位于今宣武门珠市口西大街241号的纪晓岚故居，由于文字记载和旧址俱存，故可知其大端。

纪晓岚名昀，河北献县人，乾隆时期进士，官至礼部尚书，协办大学士，领衔编纂《四库全书》，是清代的著名学者。纪晓岚写过一部笔记小说《阅微草堂笔记》，阅微草堂是他书斋的名字，是一间过厅式的书屋（今尚存）。后花园有一间房子是船型，当年匾额上书题"岸舟"，岸舟也是纪晓岚的书斋。把书斋建成舫型，目的是利用舫型建筑四面皆轩的特征，把花园中的景物俱收入一室之中，成为四有书屋。所谓四有书屋就是春有桃李、夏有竹莲、秋有枫菊、冬有松梅。

内书房的陈设大多充分地体现了主人的情趣和风韵。一般说来书斋之中不会是金玉满堂，尽显珠光宝气。而是四壁挂满名人书画，多宝格上尽是宋版古书、商周礼器，书案之上的文房四宝，以砚最为醒目，一方古砚或许价值千金。所以说内书房往往是藏珍之所，表面上看起来古朴清雅，实际上是金玉难匹。

清末时谚有云："树小房新画不古，一看就是内务府。书斋之中坐一坐，三代来头全看破。"其实是说内务府是皇家包衣三旗的专差，说发就发，但一年可起第，百年才能建起藏书楼。没有三代人的收集，书斋之中很难是四壁古画。这种时谚虽然是讽刺"暴发户"，但也说明了书斋文化要有丰厚的积淀，宅主人有较高的素质。

二、四合院中的书房

一般的士大夫当然不可能在京城之中建有府邸，设立外书房、内书房，但是在四合院中总得有三间书斋作为读书会友之所。受经济条件的限制，四合院中的书房在建筑造型和室内陈设方面均不可能和府邸相匹，但更能表现出主人的素质，把书斋文化推向更高的档次。

中小四合院中置三间书房不可能有曲廊、莲池、小桥、花径、叠山……的烘托，在借景方面只有进一步提高自然的情韵，以古木、修竹、紫藤、怪石、花坛、疏篱……为陪衬，分层次烘托，给人以绿荫笼罩花木扶疏的清雅之感，仿佛置身于幽静之中的无限空间。

三间书斋大多"两明一暗"。两个明间有客厅的功效，暗间是主人读书之所，这种书屋格局很有普遍性。室内陈设可以充分显示主人的情趣和志向，以书剑自随相许者，志在干一番事业，当然在斋中悬剑以自勉。壁间字画也少不了祖狄鸣鸡起舞的诗画及岳飞手书《出师表》的大幅横幅，以示胸中浩然之气。以琴棋自娱者，意在淡泊宁静，独善其身。书斋之中当然置古琴、古筝，围棋、象棋。壁间字画多以名家所书、所画的陶渊明、马致远等人的诗文和画意为主。

一般的士大夫阶层，受经济条件的限制，在书斋土木建筑布局上不可能随心所欲，但在室内装修、陈设方面还是有能力显示自己的风韵。清末戊戌科翰林周介仁的书房名为"个斋"，原因是室内装修均饰以竹，陈设亦均为竹藤。竹藤结构的座椅、躺椅，其使用功效远胜硬木、紫檀的太师椅、西施榻，不仅十分舒适，而且造型古朴大方，给人以清幽朴雅之感。"个斋"之中无金玉之俗，亦免雕木之庸，确实体现了主人的个性。

三、会馆中的书房

许多穷京官在北京无自己的寓所，而是寄居于会馆之中。有些内阁中书，由于京城米贵，无力把家室接到北京，一直在会馆中过着独居生活。独居会馆之中的穷京官一般都住在两明一暗的"三居室"中，两明是客厅兼书房，一暗是卧室。王晓岩中进士后任内阁中书，就在六安会馆中住了三年多"两明一暗"。每月俸银只有三两七钱，当然雇不起仆人，只好几个人合用一位厨子做饭，共用一个跟班收拾房子、沏茶倒水。

王晓岩的书房名为苦茗书屋。苦茗书屋是名副其实的书房，可与陆放翁的"书巢"相匹。四壁环书，可谓巢书而居，书案之上的湖笔、端砚、宣纸、徽墨，均是古朴大方的文玩，不雕不琢，但造型清雅别致。六安是著名的茶乡，六安瓜片驰名全国，沏出茶来味苦、色清、气醇。寄身六安会馆之中，当然不会喝不上六安瓜片。凡是到苦茗书屋作客的人，主客相对谈文论史，只有苦茗一杯相伴。

戊戌变法的过程中，康有为寓于南海会馆之中。南海是广东有名的富县，故会馆规模宏大，是一组四路四进的大型建筑群。康有为住在北跨院中，院中有七棵树，故又号为七棵堂。七棵堂院中有叠石，上披满爬山虎。可谓小院清清，是绿色的天地。三间西屋是康有为的卧室，北房四间是康有为的书房，其中有一间房类船型，号为"汗漫舫"，是康有为著书立说之所。室内的装饰陈设，现已无从考查，寄居于会馆之中的穷儒，其书斋想来不会有金玉之气，但变法图强的气息一定异常浓烈。

戊戌变法的过程中，谭嗣同寓于浏阳会馆，住一套"五居室"的西屋。所谓"五居室"就是五间并排的西房，中间的一室为"过厅"，北边两间是卧室，南边两间是书房。书房门上悬有自题的"莽苍苍斋"匾额。门槛上书有一副对联，上联是"家无儋石"，下联是"气雄万夫"。康有为见后，认为锋芒太露，劝谭韬光养晦，于是改为上联是"视尔梦梦，天胡此醉"，下联为"于时处处，人亦有言"。于韬光养晦之中亦表现出这位维新志士不同凡响的气概。

花园文化——意的追求

一、私家花园遍京华

辛亥革命前，北京城区可以说是没有公园的，辛亥革命之后，皇家的禁园陆续开放，成了公园。所以清代北京地区私家花园特别发达，据不完全统计，见诸文献记载而又有迹可寻的私家花园就有一百多处。其实大大小小的四合院中都有花园，大四合院中的后花园可达十余亩，小四合院后罩房前的隙地就是植树、栽花、凿池、叠石之所，可称为花园。

二、园主人的风韵

京城士大夫来自全国各地，发迹之后总会在大小四合院中安个家。四合院大多是买来或租来的，主体建筑格局已定，一般来说难以反映居住者的文化档次。后花园亭、台、廊、阁……小巧易建，新的居住者大多会在原有基础之上进行增补或改建。在一定程度上可以反映园主人的文化需求，甚至情怀情素。

"此夜曲中闻折柳，何人不起故园情。"长期的客居生活，往往使游子之乡情油然而生。在后花园中植故乡的树，栽故乡的花，移植老宅故园的小桥、曲廊、幽径、亭台……，不但可慰思乡之情，也可向同僚们展示书香门第的家世和根基。京城士大夫们大多走过不少地方，进京赶考，辞阙外放，归京述职的途中自然会游览一些名园佳景，可以说腹中有不少曲廊、幽径、小桥、岸舫、翠缀、堆秀、砚池……的底稿，在北京定居下来后，在力所能及的条件下，腹中的底稿也就成了后花园改建的蓝图。

综上所述，士大夫阶层所居住的大大小小四合院，从建筑格局上来讲，均已经固定化、标准化，可以说是大同小异。一般来说体现不出居住者的文化档次和情趣风韵。但后花园的可塑性较强，每逢居住者改变，都会使四合院中的花园文化谱写新章。

三、三步一景，一景三叹

京城米贵，京城的地价更贵，所以一般的士大夫阶层，不可能享有一个大花园，只能利用有限的空间，建造起给人以无限空间概念的花园，这也正是精湛造园艺术的所在。大大小小四合院中的后花园均是在平地上造园，为了避免一览无余，必须使用障景。咫尺小院不可能造假山，所以只能利用叠石、树丛、水池、花篱、曲廊、月亮门……分割空间，进行换景。著名园林之中有十步一景之说，小四合院中的后花园巧夺天工，有三步一景之妙韵。

郊野名园大多依山傍水，园外可借景，园内可造景。简而易行的造景方法是引水入园，令清溪、碧湖、叠石相交错，小桥、水榭、曲廊相勾连，入园之后如行山阴道上，步步换景，有应接不暇之叹。但北京城区的花园无此条件。北京城区虽然有水道贯通，但只要是流经禁苑的河流均泛称为御河，明清两朝定制，凡引御河之水入宅者有僭越之罪。明孝宗所宠信的太监李广，案发时的主要罪行之一就是引御河水绕宅入户。纵观清朝，只有恭亲王府、醇亲王府、诚亲王府（新府），获得引御河水入邸的殊恩。士大夫们只能是望御河之水而兴叹了。虽不能说无水不能成园，但花园中缺少一泓清水也确实是有所遗憾，为了弥补这一缺陷，士大夫们大多在后花园中造荷花池、置青莲缸，可谓咫尺清波带来满园清漪。纪晓岚的阅微草堂、康有为的七树堂中均建有旱舫，利用船舫的造型，给人以绿波涟涟的水意。匠心独用之妙，实有入微之处。

下层士大夫囿于小四合院中，所谓的后花园也就只能建在上房和后罩房之间的隙地上。在区区丈分之地上建园，确实更需要精湛的工艺。士大夫们所追求的往往是几块叠山石布满了爬山虎，映得满院青绿，数杆修竹节节劲翠，引风长吟天籁谡谡；荷花池中一瓮清波，几株青莲，亭亭立立，缕缕荷香沁人心脾。奇石兀立、翠竹有节、荷花不染的情愫清韵盎然于小四合院的天地之间，实有一景三叹之微妙。

四、咫尺天地

小四合院的客厅、花厅、书房、茶寮、琴室、画屋……的效用，往往共存于三间斗室之中。咫尺小院难成园林之美，三间斗室又焉能尽占风雅之骚。士大夫们大多是见过许多名园的，园中的古树、奇石、名花……虽是过眼烟云，但心与神交之际，一一收之心底。原因是我与物、物与我、我悟物性、物悟我性。物之悟，终于悟出了所得，于是把心扉之中的古树、奇石、名花寄逸情傲韵于盆景之中。可以说，盆景艺术是追求不到的园林景观的创意与浓缩。

京城士大夫们室中所置盆景，大多有所寄托，一般是充满了生机的青翠，常见的有老干新枝、翠柏苍松、独木迎春等咫尺景观。老干新枝是在盆中植一梅花老干，粗劲曲傲，令老干上发出新枝。老干苍劲，新枝隽秀，兀然挺拔者，幼有承、老有寄也。翠柏苍松系植松、柏幼株于盆中，造型为苍松傲立，翠柏争奇，以示长青者不孤，傲立者有偶。两者有机地结合在一起，正象征着文人士大夫的追求与寄托。盆景中多置奇石，"一石兀立，可依也"。苍松、翠柏、雪梅只有依于磐石方能寄傲情于天地之间。盆景中的咫尺小天地，可以说是反映了人间难以寻求的大天地。